逸脱のフランス文学史

ウリポのプリズムから世界を見る

塩塚秀一郎

書肆侃侃房

逸脱のフランス文学史

ウリポのプリズムから
世界を見る

目次

はじめに

「文学史」とは何であろうか。文学の歴史とは「文学という観念そのものの歴史」以外のものではありえないのに、実際には歴史とは名ばかりで、各作家の個別研究の連なりたる「文学年代記」に過ぎない。ロラン・バルトはこう断じている。確かに、僕の個人的印象においても、かつて大学院受験のために繙いた文学史は、作家名や作品名の羅列に近く、情報源として有益であっても読み物として面白いとはお世辞にも言えなかった。「文学という観念」の歴史とは言えないにしても、古典主義、ロマン主義、レアリスム……と連なる美学の展開は記述されていたが、その興亡からは西洋哲学史における世界観の交替と比すればダイナミズムも必然性も感じられなかった。したがって、新たな文学史を構想するのなら、新機軸を打ち出す狙い目はここにあるわけだ。本書が「文学という観念そのものの歴史」を実現しえているのなら、新たな文学史が書かれた甲斐もあったと言うことになろう。だが、著者の非力ゆえ、本書もまた個別作品論の連なりの域を出ておらず、相変わらず「文学年代記」に留まってしまった。

あるいは、たとえ「文学年代記」に過ぎないにしても、取り上げられる作家や作品が入れ換えられ歴史の組み換えがなされるのなら、新たな文学史を構想する意味もあろう。シュルレアリスムが自らの価値観を押し出す過程で、サドやロートレアモンを発見し、文壇の大御所アナトール・フランスを貶めたことはよく知られている。近年日本でも、文学史の組み換えの試みは精力的になされており、その成果はたとえば、『〈前衛〉とは何か？　〈後衛〉とは何か？　文学史の虚構と近代性の時間』（塚本昌則・鈴木雅雄編）などに認められよう。さらにラディカルに考えるならば、文学史とは「それについて人が語ろうとはしないものの歴史」（蓮實重彥）でもありうるものだ。

とはいえ、これまた残念ながら、文学史の組み換え、既存の価値の再検討、隠蔽ないし無視されてきたものの発掘などは、本書の狙いそのものではない。後述する理由から、この「文学年代記」に登場する名前はごくオーソドックスなものとなるであろうし、僕には既存の文学史の転覆を図るほどの野心も力量もないと白状するほかないのだ。ひょっとすると、本書における作家・作品の選択の偏向が、文学史の組み換えに似た効果をもたらすことはあるかもしれないが、そうしたことがありえたとしても、あくまで予期せぬ副次的効果に過ぎないのである。

文学史を制度化したギュスターヴ・ランソンによれば、文学史とは分業の産物にほかならない。実際、中世から二十一世紀に至るフランス文学史をたった一人で記述するなどという企てには、まともな人間なら手を出さないだろう。しかしながら、ためらいを覚えるのは企画の無謀さによるだけでなく、これまでのフランス文学とのつきあい方や個人的資質からみて、僕くらい文学史の執筆に向かない人間もなかろうと思うからだ。大学の仏文科ではできるだけ大作家に取り組むよう指導を受ける。それは、尽きせぬ問題をはらむ大作家は論文に良質の題材を提供してくれるという当座の効能に加えて、作家研究から離陸した将来にも、若き日に刷り込まれた大作家の眼力が、より射程の広い大きな問題を考えるうえで役立つという配慮ゆえだったのだろう。ルソー、ボードレール、プルーストといった大作家を踏まえてこそ、思想、詩、小説の何たるかが摑めるものだろうし、そうして確立された視点は文学史全体を眺める際の軸にもなってくれるはずなのだ。

それなのにこの僕ときたら、先生方のありがたい教えに反抗するつもりもないまま勝手に迷走を重ね、気がつけば本流から離れた支流の、裏道の作家とばかりつきあってきた。考えてみれば、実学ではなく文学を選んだのも、英語ではなくフランス語を選んだのも、裏道を行くとは言わずとも、メインストリートの混雑を避けたいという、生来のマイナー志向に起因することは否定できない。自分に正直に振る舞ってきたという意味では後悔していないとはいえ、何かの間違いで仏文科の教壇に立ったり文学史を書く羽目になったりすると、とたんに弱気になるのは仕方なかろう。

本来の意味での文学史にあてられるのはこの小さな書物の一部に限られており、近現代文学を専攻する著者の能力の点から言っても、文学史の流れにせよ、作家の伝記的事柄にせよ、作品の詳細にせよ、網羅的な記述は望むべくもない。「太い線を描く」と言いたいところだが、線をなすにもいたらず、とぎれとぎれの点をばらまくのが関の山であろう。読者のごひいき作家や作品が取り上げられなかったり冷淡な扱いを受けていたりしても、どうかご寛恕いただきたい。日本における本格的なフランス文学紹介の先駆者のひとり辰野隆が「あれも面白い、これも面白いという人だった」（出口裕弘）と評されているとおり、いろいろな作品を幅広く楽しめることこそ優れた才能なのであって、「分からない」「好きになれない」という反応は非才のしるしに過ぎないのだ。脇道から、支流から垣間見える風景を点描した本書が、面白い作品を求める旅、読者自身の旅のきっかけになることを願っている。

フランス文学との
出会い

出会い

曲がりなりにもフランス文学者という看板を掲げて、外国や他分野の研究者と接していると、フランス文学を専攻するにいたった動機を尋ねられることがある。そう話を向けるご当人は、十代の頃プルーストの『失われた時を求めて』に出会って、とか、トルストイ『戦争と平和』を読んでロシア文学を志したとか、しごく立派で説得的な理由を述べつつ、当方にも同等の感動的な事件があったに違いないと、さも当然のように期待している様子なので、毎回しどろもどろの答えにならない答えを返す羽目になってしまう。おいおい述べることになるが、ドイツ文学でもアメリカ文学でもなくフランス文学を選んだ積極的な理由があったわけではないし、ある特定の作家に心酔した結果として進路を決めたわけでもなかった。ただ、理系として大学に入りながら途中で文系に転じた際には、哲学でも歴史でもなく、「文学」に関わりたいという気持ちははっきりとあって、そこにはひと言では説明しきれない「学問」への不信や反発が大いに関係していたのであるが、それ以上に、幼い頃から読書好きで、理系の自意識を持ちつづけていた高校時代も、絶えることなく文学と接していたことが決定的であったはずだ。

そもそも、どうしてフランス語を選択したのか。僕が大学に入学したのは冷戦終結直前の一九八九年で、理系はドイツ語選択という風潮がいまだ残っていたように思う。それにもかかわらずフランス語を選んだのは、数学書を読むため高校時代に齧っていたことに加え、愛憎半ばする思いはあったものの、現代思想の沸騰ぶりを見るにつけ、現在の知の発信源のひとつはフランスに違いないと思っていたためである。そんなわけで、二年夏の進路選択に際しては、フランス語習得に基軸を置きつつフランスの社会や文化を総合的に学ぶ学科（「フランス科」）への希望を提出した。「文学部仏文科」にしなかったのは、初級文法を教わったK先生を始めとして、オムニバス講義などに出席することで、フランス科の先生方のお顔に馴染みがあったためである。

フランス科に進学後はジェラール・ド・ネルヴァルが好きになり熱心に読んだ。授業で扱われたプルーストの評論に触発されたのだったか、最初は短編「シルヴィー」を読んで夢の夢に漂うような不思議な印象と美しい文章に惹かれたのだが、しょぼくれた冴えない中年親父といった風采の顔写真にも親近感を覚えていた。ボードレールやランボーのような、いかにも頭が切れそうな尖った雰囲気はなく、ちょっと困ったようにしかめた表情が文章から伝わる人柄にいかにも似つかわしい気がしたものだ。作家の作品を判断するのに顔写真を考慮に入れるなど邪道もいいところであるが、僕の場合、その後入れ込むことになるレーモン・クノーやジョルジュ・ペレックについても、彼らの顔に好感を抱いたことが小さくない意味を持っていたように思う。イラクによるクウェート侵攻や湾岸戦争の勃発に伴い、中東情勢が頻繁に報じられていたこともあり、ネルヴァルの『東方紀行』（一八五一）を原書で読み始め、数ヶ月かかって読了することができた。短編や短い散文詩集を除けば、フランス語で読み切った最初の一冊となり、大いに自信をつけるとともに、せっかくだから卒業論文もこの旅行記について書いてしまおう、とさもしいことを考え始める。とはいえ、なにぶん大部の書物であるから、どこをどう論じればいいやら手をつけかねていた頃、授業で読んだロートレアモン『マルドロールの歌』（一八六八）にあっさり心を移し、結局卒論はこの散文詩について書いた。好きだとか美しいといった感情ではネルヴァルに及ばなかったものの、その分対象への距離が取りやすく、なにしろ奇怪なテクストであったから引っかかる箇所には事欠かず、それがそのまま卒論の題材になってくれたのだ。

なお、ボードレールやランボーのような仏文の王道詩人ではなくロートレアモンを選んだのは、黒いユーモアと突飛な発想に惹かれたからだった。ロマン派的な大仰な調子が基底にあるにせよ、悲壮さや真面目さを茶化す態度を好ましく思ったのである。こういう価値観はその後一貫して僕をとらえていて、真剣さが一片も認められない作品を相手にする気にはならない反面、ただひたすら真面目、悲壮、深刻なだけで、そうした自らの姿を相対化する視点を持たない作家や作品には、今でもどこか冷淡であり続けている。ちなみに、二十世紀後半になって一枚だけ発見されたロートレアモンの顔写真は僕にとって好感を抱かせるものではなかった。

当初、卒論の題材に旅行記を選んだことが端的に示しているように、文学少年でなかった僕は、小説や詩が好きでたまらないという風でもなく、フランス語で書かれた面白そうな本は何でも読んでやろうという構えでいた。フランス語の教員になれば、語学を教える片手間で色んな本が読めるだろうという、今から思えば実に不埒な了見でもって、文学部仏文科の大学院に進学することを決めたのである。とはいえ、そうしていざ進学してみると、面白そうな本が読みたいでは済まず、何かの専門家として看板を掲げなくてはならないらしい。それも、一人前になればともかく、大学院生の間は「小説」とか「十九世紀」といった茫漠たる看板は許されず、作家名を掲げなければならないようだ。僕がそれまで多少とも齧ったことのある学問分野では、「位相幾何学」とか「現象学」とかいったものが看板になっているようだったのに、仏文の大学院では「スタンダール」とか「プルースト」といった専門を掲げなければいけないというのだ。研究室の名簿を見ると、学生の名前の後ろに研究対象の作家名が書いてあって、否が応でも一対一対応によって関連付けられてしまう。名簿を眺めているうちに、何とも言えない居心地の悪さや不安感に襲われた。これでいいのだろうか。

過剰な自意識のあしらいは別にしても、現実にフランス語の教員になるためには、修士論文、博士論文と、次第に規模の大きな論文を書かなければならないわけだが、ずっと一作家ひと筋でつきあい続けられるだろうか。

もちろん、先生方や諸先輩を見ていれば、特定の作家についての論文で学位をとった後は、誰しも自然に仕事の領域を拡大しているようだと分かってくる。では、自分はどうすべきか。ロートレアモンから広げていくのであれば、ボードレール、ランボー、マラルメというふうに、フランス文学の華である近代詩を掘り進めるのが王道だろう。けれども、詩は僕にとって覚えて口ずさむものであり、分析して論じる対象ではないと確信するようになっていて、自分の居場所が詩の研究にあるとは思えなかった。『マルドロールの歌』再発見の立役者であり、「黒いユーモア」との親近性を感じさせるシュルレアリスムへと広げていくのはどうだろうか。シュルレアリスムについては、突飛なるものへの愛着、日常性への視線、文学史の組み換えなど、いまだに共感しつつ関心を持ちつづけている側面がある一方で、大仰なことを語りだしたときのブルトンのファナティックな口調にはついていけないところもあって、やはり違和感が拭えなかった。もっとも、書棚に偏愛の作家を並べようというのでなく、「研究対象」を選ぶ際には、むしろこうした違和感をこそ大事にすべきであって、べったりと同一化を許してしまうような、自己の分身みたいな対象を選んでいてはろくなことにならない。と、今ならはっきりそう言えるのであるが、当時の僕は分身を探そうとするほどナイーブではなかったにせよ、違和感の生産的意義を必ずしも捉え切れていなかったようだ。

僕個人の感じ方はさておき、ブルトンの権威主義的パーソナリティに反発して、シュルレアリスムと袂を分かった作家は多い。デスノス、バタイユ、レリスなど、いずれもグループ離脱後に独自の世界を開花させた個性豊かな面々であり、こうした才能を一時的にでも惹きつけ包み込んでいたシュルレアリスムはやはり懐の深い運動だったと思わざるを得ない。僕がフランス留学中の研究対象に定めたレーモン・クノー（一九〇三〜一九七六）もまた、多士済々たる「シュルレアリスムからの脱走者」のひとりである。その代表作のひとつ『文体練習』（一九四七）で、クノーはささいな出来事を九十九通りの文体で書き分け、別の代表作『地下鉄のザジ』（一九五九）では、強烈な俗語をまき散らす少女を主人公に据え、現実から微妙にずれたパリをめぐって、夢幻的な冒険を描きだした。ややもすると軽薄なコミック作家と受け取られがちなクノーだが、実は鋭い批評眼と博覧強記で鳴らし、百科事典の編集責任者を務める知識人でもあったのだ。そんなクノーに好感をもったのは、偉そうな感じがしなかったからか。フランス現代思想を理解する意欲はとっくに失せていたものの、やはり気になりおずおずと読みつづけてみても、相変わらず難解さに打ちのめされ、自分の頭の悪さを思い知らされる。しかも、難解な思想家の祖述者たちが、これまた輪をかけて難しい呪文を唱えては、嵩にかかって偉そうなのだった。思想にせよ、批評にせよ、場合によっては文学そのものでさえ、小難しいことばかりが幅を利かせるフランス的な知的風土に嫌気が差していたのかもしれない。フランス研究者同士はこういうことをあまり口にしないけれども、英文・独文など他国の文学や、歴史、アジアの地域研究など他分野の研究者たちからは、「偉そうで小難しいフランス」への怨嗟の声をしばしば聞くのである。僕にとって、クノーのおふざけは反発を感じつつあった知的風土への解毒剤であり清涼剤でもあった。そんなわけで、後にイタロ・カルヴィーノがクノーとその仲間たちをこう評していると知ったときには、我が意を得たりと思ったものだ。「私がウリポの作家たちを身近に感じるのは、彼らが深刻さを拒んでいるからです。この深刻さというやつは、フランス文学の風土のいたるところで感じられるもので、ちょっとは自分を皮肉る必要がありそうなときでも消えはしません」。

　ここで言及されている「ウリポ」とは「ポテンシャル文学工房」Ouvroir de Littérature Potentielle の略称であり、一九六〇年に作家のレーモン・クノーと数学者フランソワ・ル・リヨネが、双方の友人たち、つまり文学者と数学者を誘って作った実験文学集団のことである。「ポテンシャル」という語に込められているのは、言語に秘められた潜在的可能性を発掘しようとの意図であろう。実験文学とはいっても、過激な前衛性よりも力の抜けた遊戯性が彼らの売りのひとつだった。ロートレアモンからクノーに乗り換えたところで、作家研究に予感していた息苦しさや営み自体の奇妙さが軽減されるわけではないのに、それでも僕がクノーとしばらくつきあってみようと思ったのは、クノーがウリポの領袖だったこととも無関係ではない。クノーの作家研究に飽きたら、ウリポに面白い書き手が見つかるのではないか。場合によっては、シュルレアリスム・グループの研究が活況を呈しているように、集団としてのウリポを考察すれば、クノーの作家研究とは違う経験ができるかもしれない。そんな漠たる期待もあったように思うが、結果的にはこの目論見は半分外れて半分当たった。ウリポの活動も作品も作家たちも僕の当初の期待ほどではなく、シュルレアリスムと比べるのはおこがましいほどであった。ただし、その中にジョルジュ・ペレックという比較を絶する個性、巨大な才能が含まれていて、博士論文だの学会発表だの、制度的な縛りを気にすることなくこの作家とつきあうことができたのは望外の幸せであり、大当たりだったと言ってよい。

　この後もしばしば言及することになるので、ジョルジュ・ペレックについても、ここで簡単な紹介をしておこう。ウリポのメンバーは「制約」を自らに課して創作することで知られている。「制約」の具体例としてはひとまず俳句の定型などを思い浮かべてみればいいだろう。ジョルジュ・ペレック（一九三六〜八二）は一九六七年にウリポに加入し、「Eの文字を使わない」という制約（文字落とし＝リポグラム）のもと、三百頁を超える小説『煙滅』（一九六九）を書き上げ、瞬く間にウリポのスターとなった。ユダヤ系ポーランド移民の子としてパリで生まれたペレックは、四歳の時ドイツとの戦闘で父を、六歳の時アウシュヴィッツの収容所で母を亡くしており、この喪失体験の反映が自伝を始めとするほぼすべての作品に認められることも指摘しておこう。ペレックの作品のすべてが制約を用いて書かれているわけではないのだが、もうひとつのウリポ的傑作として、パリの集合住宅の正面壁を取り払い、各部屋にあるもの、なされている行為を徹底的に描いた大小説『人生　使用法』（一九七八）がある。クノーとペレックはしばしば同時に言及されるため、僕がペレックを発見したのはクノーを読み始めて間もない頃だったように思う。

そんなわけで、パリ留学中は、クノーの『不正確科学百科事典』なる未刊の試みに焦点を当てつつ、彼の〈知〉をめぐる考え方や百科全書的小説などについて研究することになった。百科事典が愛読書だった子供が、数学という「精密科学」（＝正確科学）に惹かれ、やがて諦め、『マルドロールの歌』という博物学的記述や百科全書的知識をふんだんに含む奇怪な散文を集中的に読んだ後、「百科事典」の陰画のごとき企てを研究するに至ったという道筋は、よくできているようでもあり、後付けの説明に過ぎないようでもある。エコール・ノルマルおよびパリ第3大学への留学中は、この研究を進めるかたわらで、ペレック作品への親炙を深めつつ、パリ第7大学で定期的に開催されていた「ペレック・セミナー」にも顔を出し始めた。もっとも、かくも魅力的な作家が学問の手で絞め殺されるケースを散見し、学部生時代から漠然と抱いていた、文学と学会や論文との絶望的な相性の悪さを痛感することもあった。

外国文学者にとって、研究対象地域への留学は単に研究を深める機会であるにとどまらず、当地の文化に親しみ、なにより語学能力を集中的に鍛えるチャンスである。わが身を振り返ればそうした鍛錬を人並み以上にやったとは胸を張れないものの、ペレックが偏愛した作家たち、フロベール、ヴェルヌ、レリス、ルーセル、そしてもちろんクノーを始め、バルザック、ゾラ、プルーストといった作家をなるべく辞書を引かずにある程度の速度で読むことを心がけた。本書第二章のフランス文学史に見られる〈歪み〉が形成されだしたのはこの時期のことである。以後、クノーやペレックが明示的に言及している作家もそうでない作家も可能な限り読んできたつもりだが、その際つねにクノーやペレックというプリズムを通して偏光させてきたような気がするからだ。そんなわけで、留学中はもちろんのこと、帰国して職を得て以降も、無数の本や著者との出会いがあり、それらが今の僕を形作っていて、「個人的文学史」にも少なからぬ影響を与えていることは間違いないのだが、これ以降の読書歴を詳細に跡づけることはやめて、次節ではウリポというプリズムについて、第二章以降の〈歪み〉を適切に補正していただくために必要な、基礎的情報を提示することにしたい。

個人的係数

学生の頃に読んだ饗庭孝男他編『新版フランス文学史』(白水社)では、ロートレアモンには一ページ、レーモン・クノーには半ページが割かれていたが、ジョルジュ・ペレックに関する記載はなかった。ちなみに、ルソー、ボードレール、プルーストには、いずれも二ページ半から三ページがあてられている。日本語で書かれた一冊ものの文学史として、『新版フランス文学史』はもっとも情報量が多い部類であるから、クノーのようなマイナー作家にもそれなりの場所が与えられているが、言及する作家や作品をしぼって文学史の大筋を描きだそうとするタイプの本になると、クノー、ペレックはおろか、ロートレアモンすら省かれてしまう。悔しくとも認めざるを得まい。わが偏愛の作家たち抜きでもフランス文学史は立派に成立しているのだ。僕がいなくても世の中が回っていくように。

しかしながら逆は真ならずである。本流にとって支流はなきに等しい存在かもしれないが、支流は本流抜きには存在しえない。僕が親しんできた作家たちの作品においても、大作家を中心とする正統文学史が、単なる飾りとしてではなく、存立基盤のひとつとして組み込まれているようなのだ。そうであるならば、大型船で大河を悠然と下っていくような文学史は僕には望み得ないとしても、いくつかの支流から本流を望見するかのごとき案内記なら書けるかもしれないし、そういう景色もまったくの無意味ではなかろう。もとより、この手の案内記は書き手の視点次第で大きく変わるものであり、学問的な客観性や正確性などは望むべくもないが、かといって、書き手の個性だけを売りにするような羞じらいのないナルシシズムには陥りたくない。第二章で展開される「文学史」が、著者の偏りを反映しているのは当然だし避けようもないが、できることならその偏りをもたらしたのがわが偏愛の作家たちであって欲しいのだ。文学史において、本来目立つべきではない叙述者が透明になりきれないのであれば、読者にはその書き手自身よりも、背後に控えているはずのマイナー作家らが織り成す風景にこそ注目してもらいたい。

一九三一年から三三年にかけて、ダカール＝ジブチ間アフリカ横断調査に公式記録係として参加したミシェル・レリスは、翌年刊行した日誌『幻のアフリカ』の中に、個人的省察のみならず、エロティックな夢想を含む赤裸々な告白、夢の記録、構想中の小説の下書きに至るまでを盛り込んだせいで、客観的であるべき民族誌に夾雑物を混入したとの非難を招いてしまう。だが、日誌に挿入された「序文の下書き」なる断片が証言するところによれば、このあまりにも主観的な記述は著者の確信に基づいたものなのである。「僕はあまりにも個人的な部分をあとになって修正することを、まったく試みなかったといってもよい。だがそれも、最大限の真実に到達したかったからだ。なぜなら具体的なもの以外に真実なものはないからだ。特殊なものを極度に押しすすめることで普遍に達することも多いのだ。個人的な係数を白日のもとにさらけ出すことで、誤差の計測が可能になる」〔岡谷公二他訳〕。以下、第一章に残されたページで行いたいのは、ロートレアモン、クノー、ペレックらの作品を正統文学史との関わりに焦点を絞って概略的に提示し、そのことによって「個人的な係数を白日のもとにさらけ出す」ことである。本来の意味での「文学史」にあたるのは本書の第二章のみであり、数百年に及ぶフランス文学史を扱うにしてはいかにも不十分な紙幅である。いきおい、言及される作家や作品の数は限定されざるをえないのだが、僕としては、全体を公平に均等に縮めるといった迫力のないレジュメのようなものを示したくはない。情報量や正確さを至上命題とする教科書的文学史は、その通弊として作家名や作品名の羅列になりがちであるが、「逸脱の文学史」はそうした桎梏から解放されているのだから、限度はあるにせよ、これはという思い入れのある作品にはなるべく多くのページを割きたい。つまり、全体としては少ない紙幅のなかでも個々の作品については単なる言及に留めないようにしたいのだ。果たしてそんなことが可能なのだろうか。そう思って、各時代のビッグネーム、カノンを中心に取り上げるべき作家や作品をピックアップしてみたところ、見事にパンクしてしまい、少なくとも二倍のページが必要であることが判明した。そこで、教科書的文学史ならば取り上げないはずのない大作家が脱落するという、ほとんどスキャンダラスなラインナップが出来上がってしまった。「逸脱の文学史」らしく個性的でいいじゃないか、と考えることにしておくが、せめて言い訳として、こうした選択をもたらした「個人的な係数」を記しておきたい。

先に記したように、僕が最初に夢中になったジェラール・ド・ネルヴァルはロマン主義の作家である。ロマン主義というのは、秩序を尊ぶ十七世紀以来の古典主義に反抗して、個性や自我の表出をなによりも重視した思潮だ。古典主義が知性、理性、形式を尊重したのに対し、ロマン主義は情緒、想像力、内容を重んじたとされる。こういう対立図式の中で当時の僕が断然ロマン主義の側に親近感を感じたのは、数学を捨てて文学に転向したことと無関係ではあるまい。理性だの形式だのというなら数学をやっていればいいのであって、文学には文学にしかできない出鱈目を期待していたのだ。そして、まさにそうした出鱈目をやりたい放題やっているように見えたのが、次に熱中したロートレアモンの『マルドロールの歌』だった。身体の各部分がおぞましい小動物に占拠された合成人間、馬で疾走するイチョウガニなど奇怪なイメージもさることながら、有名な直喩「解剖台の上での、ミシンと雨傘との偶発的な出会いのように美しい」を始めとして、とめどもなく増殖してはテクスト内の異物と化す比喩表現や、論理が脱臼したかのように折り重なる脱線など、規則だの形式だの歯牙にもかけない想像力の奔流に快哉を叫んだ。無駄や脱線に満ちあふれたロートレアモンのテクストがとりわけ魅力的に思われたのは、中学高校の国語でやたらと文章の要約を求められた後遺症のように感じることがある。些末としてそぎ落とされる細部こそ面白いのに、要約結果なんてスカスカの骸骨みたいじゃないかと不満だったのだ。教育する側に回った今では要約能力の重要性はよく分かっているつもりだが、何が大事で何が無駄かなんて、万人にとって同じであるはずがないと当時の僕は思っていたのだ（内心では今も思っている）。

『マルドロールの歌』そのものはロマン主義の鬼子とも言うべきで、先行作品への反発や揶揄がそこここに感じられるのであるが、いずれにせよ、シャトーブリアン、ユゴー、ミュッセ、ラマルチーヌ、ゴーチエらロマン主義の先達の筆法を無視してはロートレアモンを理解しえないことは間違いない。そんなこともあって、今となっては自分でも信じられないのだが、ロートレアモンを読んでいたこの時期にもっとも濃密にロマン主義の諸作品とつきあうことになった。その後興味を移したウリポの作家たちは、赤裸々な自己表出を嫌い、ロマン主義には冷淡だったため、僕もつられて疎遠になっていったのだ。

クノーやペレックがロマン主義的な個の直接的表出を嫌うのは生来の資質によるのだろう。ともに含羞の人であった（とはいえ、どちらにも自伝的作品が存在するのだが）。だが、ウリポとロマン主義の疎遠さは、しばしばロマン主義の一変種と位置づけられるシュルレアリスムとの関係に起因する面もある。先述のように、一九〇三年生まれのクノーはシュルレアリスムへの参加によって文学的出発を果たしたのであるが、一九二九年にはアンドレ・ブルトンとの個人的軋轢が原因で運動と決別してしまう。運動離脱後の一九三七年から三九年にかけて、クノーは立て続けに論文を発表してシュルレアリスムの理論を繰り返し攻撃する。クノーによると、インスピレーションに頼ることは、あらゆる衝動に盲目的に従うことを意味し、実際には隷属状態に過ぎない。この認識から、いくつかの知悉した規則に従う創作をむしろより自由なものとみなす、クノー独自の美学が導かれるのである。約二十年後の一九六〇年に誕生するウリポの淵源はここにあったわけだが、クノー自身の作品についても、処女作『はまむぎ』（一九三三）や晩年の傑作『青い花』（一九六五）は厳密な規則の支配下にあることが知られている。

いくつかの知悉した規則に従う創作者として、クノーが念頭に置いていたのは古典主義の作家たちである。クノーは古典主義詩学の理論家ボワローを称揚しているが、僕らとしてはラシーヌやモリエールの演劇を思い浮かべれば分かりやすいだろう。古典主義演劇に求められた規則としては、出来事・場所・筋がひとつであることを求める三単一の規則がよく知られている。他にも、荒唐無稽さを排する「真実らしさ」の要請、ジャンルや趣味との「適合性」の要求なども、広い意味での規則と考えてよいかもしれない。十二音節詩句や脚韻など韻律の規則を含めても、煩瑣な決まり事がやたらにたくさんあったわけではなく、クノーが言うように「いくつかの規則」が古典主義の秩序と自由をもたらしていたわけである。

このような事情を考慮するなら、ウリポ全般やペレックについてはさておくにしても、クノー個人はロマン主義と疎遠であるのと対照的に、古典主義とは親和性が高そうである。だが実際はどうなのか。呼吸をするごとく暗示やパロディーを挟み込むクノーの小説や詩のなかで、どんな作家への参照がなされているかを調べ上げたり、エセーや対談、インタビューなどでの発言を拾ったりすれば、クノーの偏愛作家の全体像を知ることができるだろう。しかし、そうした手間をかけずとも、クノーが重要視していた作家の一覧が残されている。クノー自身が企画した『理想の蔵書のために』(一九五六)という書物は、表題のとおり、著名文士に対して「理想の蔵書」を構成する百冊を答えてもらうアンケートから構成されている。ブルトンやコクトーなど六十名の作家・知識人へのアンケート結果に、クノーは自分自身の回答も何食わぬ顔で忍ばせているのだ。「百冊からなる理想の蔵書」を尋ねる依頼に対し、多くの回答者が適切に絞りきれず数十冊以上超過しているなか、企画者のクノーはさすがに九十九点からなる模範的な目録を提示している。紙幅の都合上、そこからフランス語作品だけを抽出したのが以下のリストである。

レーモン・クノーによる理想の蔵書〔フランス語作品のみ抽出〕

8　ヴィヨン『形見の歌』（一四五六）、『遺言詩集』（一四六二）
9　ラブレー『ガルガンチュアとパンタグリュエルの物語』（一五三二〜五二）
10　モンテーニュ『エセー』（一五八八）
11　パスカル『プロヴァンシアル』（一六五六〜五七）
12　パスカル『パンセ』（一六七〇）
13　モリエール『戯曲集』
14　ボワロー『全集』
15　ラ・ブリュイエール『人さまざま』（一六八八）
16　ジャン＝ジャック・ルソー『告白』（一七六六〜七〇執筆）

17 フーリエ『四運動の理論』（一八〇八）
18 フーリエ『家庭的農業的協同体概論』（一八二二）
19 スタンダール『赤と黒』（一八三〇）
20 スタンダール『パルムの僧院』（一八三九）
21 スタンダール『エゴチスムの回想』（一八三二執筆）
22 スタンダール『アンリ・ブリュラールの生涯』（一八三五〜三六執筆）
23 スタンダール『ある旅行者の回想』（一八三八）
24 スタンダール『日記』
25 ボードレール『悪の華』（一八五七）
26 フロベール『感情教育』（一八六九）
27 フロベール『ブヴァールとペキュシェ』（一八八一、死後出版）
28 ユイスマンス『さかしま』（一八八四）
29 ジュール・ヴァレス『ジャック・ヴァントラス』（一八七九〜八六）
30 シャルル・クロ『全集』
31 ステファヌ・マラルメ『全集』
32 コルビエール『黄色い恋』（一八七三）
33 ロートレアモン『マルドロールの歌』（一八六九）

34　イジドール・デュカス『ポエジー』序文（一八七〇）
35　アルフレッド・ジャリ『全集』
36　クリストフ『フヌイヤール家』（一八八九〜九三、漫画）
37　クリストフ『碩学コサイン先生』（一八九三〜九九、漫画）
38　アナトール・フランス『ペンギンの島』（一九〇八）
39　アナトール・フランス『天使の反逆』（一九一四）
41　プルースト『失われた時を求めて』（一九一三〜二七）
42　レーモン・ルーセル『ロクス・ソルス』（一九一四）
43　レーモン・ルーセル『アフリカの印象』（一九一〇）
96　ピエール・マッコルラン『不快な帰還の家』（一九一二）
97　ピエール・マッコルラン『海賊の唄』（一九一八）
98　ブルトン『ナジャ』（一九二八）
99　セリーヌ『夜の果てへの旅』（一九三二）

〔塩塚秀一郎訳〕

全九十九点のうち三十九点、約四割がフランス語圏の書物であるが、かの国の自文化中心主義的傾向を思えばこれでも悪くない比重ではなかろうか。アナトール・フランスの重用が時代を感じさせるほか、ボワロー、フーリエ、クロ、クリストフ（漫画家）、ルーセル、マッコルランのリスト入りはクノーならではの選択と言えよう。スタンダールは押しも押されもせぬ大作家ではあるものの、〈フランス文学三十九選〉の中にその作品を六点も押し込むあたりからは、この作家へのクノーのひとかたならぬ愛着が見て取れる。その一方で、これだけのスペースがあるのなら当然言及されてしかるべき作家が挙げられていないことにも気づかされる。近代詩については、ボードレールとマラルメが選ばれたうえでクロやコルビエールまで挙がっているのに、ランボーがない。十九世紀小説からはスタンダール、フロベールが採られ、バルザック、ゾラが落ちている。このような歪さ、不公平は言い立てればきりがないものの、偏向こそがこの種のアンケートの醍醐味であってみれば、企画者としてのクノーは自ら範を垂れたまでのことなのかもしれない。

本題であった古典主義とロマン主義の評価に戻るならば、前者についてはラシーヌの欠落が目立ち、後者については前ロマン主義に位置づけられるルソーが救われているものの、ユゴーやネルヴァルを含む本丸は全滅だ。とはいえ、この結果をもって、先に予想したごとく、クノーは古典主義と親和的でロマン主義には冷淡だったと短絡もできまい。ラシーヌの不在とルソー『告白』の存在はあまりにも大きいからである。当然と言えば当然なのだが、ひとは「古典主義」を無条件で好きになったり「ロマン主義」全体を忌避したりするはずはなく、あくまで個々の作家や作品に惹かれたり反発したりするのであり、そうした個別の反応が集積して「主義」や「流派」への評価が形作られるというのが本来の筋道だろう。ロマン主義全般に冷淡に見えるクノーが『告白』をフランス文学の傑作として推しているように、ある時期以降ロマン主義とは疎遠になった僕にとっても『告白』は大好きな書物であり、初読時の感激がいまだに忘れられないのである。

ルソーの『告白』が僕にとって大切な作品であり続けたのは、フランス留学中から親しむようになったペレックにおいて〈自伝〉が重要な領域をなしていたからでもあった。ペレックはとあるエッセーにおいて、それまでの自分の仕事を〈日常〉、〈自伝〉、〈遊戯〉、〈物語〉の四領域に分類しているのである。それでは、ルソーの『告白』はペレックにとっても愛着のある書物だったのかと言えば、対談や講演の記録を読む限りでは『告白』どころかルソーへの言及自体が見られない。とはいえ、ペレックの自伝『Wあるいは子供の頃の思い出』（一九七五）には「無実の罪による懲罰」など、明らかに『告白』を踏まえた記述が読まれるわけで、物書きの通弊として、真に深刻な影響を受けた書物を隠蔽しようとしているのかもしれない。ともあれ、ペレックは師のクノー以上にウリポ的で古典主義との親和性が高いのか、ロマン主義を徹底的に黙殺しているのである。ペレックの代表作『人生　使用法』（一九七八）は森羅万象にわたる知識が詰め込まれた百科全書的小説であるため、作品の一部をなすインデックスを調べればすぐに了解できるごとく、フランス文学史のビッグネームはどこかしらで言及されているものなのだが、十七〜十八世紀の忘れ去られた詩人ジャン＝バティスト・ルソーの名は現れるにもかかわらず、ジャン＝ジャックの名は登場しない。また、とある雑誌記事ではシャトーブリアンについてこんなことを書いている。ものを書き始めた頃、モーリス・ナドーから『墓の彼方の回想』（一八四八）を読めば、読書の何たるかが分かるだろう」と勧められたのに、結局、シャトーブリアンのものは一切読んでいない、というのだ。馬鹿にしてこんなことを書いているのかと思うと、すぐさま「たぶん期待しているのが楽しいからだ」と付け足され、もったいないので素晴らしい作品を読まずにとっているのだ、という口吻でもある。まったく一筋縄ではいかない御仁だ。

とはいえ、絶えず再読する作家として自伝で言及された作家たちへの愛が真摯なものであるのは疑いない。戦争に父母を奪われ絆の喪失を実感させられたペレックは、これら偏愛の作家たちを「ようやく見いだされた近親者」と感じているというのだから。「ぼくは少ししか読まないが、しかし絶えず読み返す。フロベールとジュール・ヴェルヌを、ルーセルとカフカを、レリスとクノーを。ぼくは好きな本を読み返すし、読み返す本が好きだ。そして読み返すのが二十ページであれ、三章であれ、あるいは全編であれ、そのつど同じ喜びを覚える。それは、共犯の喜び、共謀の喜び、そしてさらには、ようやく近親者を見いだしたという喜びなのだ」〔塩塚秀一郎訳〕。インタビューなどを参照すると、ペレックの偏愛の作家には、他にフランソワ・ラブレーやアレクサンドル・デュマなどが含まれることが分かるが、ペレックとフランス文学史の関係を考えるうえでは、こうした作家本人による言及もさることながら、作品の生成過程における先行作家たちの役割を無視するわけにはいかない。

ペレックは代表作『人生 使用法』の執筆にあたり、あらかじめ定められたアルゴリズムに従って、全九十九章の内容および形式を規定する要素、すなわち〈制約〉のリストを作成した。リストの項目は、登場させるべき家具類、装飾、色、といった副次的要素から、各章で展開される物語のモチーフ、場所、時代といった基本的要素にまで及び、その数は全部で四十二項目にのぼる。各項目にはそれぞれ十種のアイテムが含まれており、たとえば「ゲームとおもちゃ」という項目ならば、①トランプ、②さいころ、③ドミノ、④ソリテール、⑤囲碁、チェス、チェッカー、⑥バックギャモン、⑦クロスワード、⑧パズル、⑨自動人形、⑩独楽、剣玉、というアイテムから構成されている。この制約によって、ある章にはドミノが現れ、また別の章には自動人形が登場する、というわけである。落語の三題噺を引き合いに出すならば、『人生 使用法』の各章は、「四十二題噺」として作られていると言えるだろう。

あらかじめ定められた四十二項目のうちのひとつは〈文学への暗示〉となっている。全部で十点の文学作品が一定のアルゴリズムに従って、全九十九章に散りばめられているため、ひとつの作品は原則的に十個の章で「制約」として機能することになる。たとえば、『人生　使用法』第四章に登場する絵画『壁かけの後ろの鼠』はシェイクスピア『ハムレット』の有名な劇中劇を暗示している、といった具合だ。ちなみに、フランス文学から暗示対象に選ばれているのは、ペレック『煙滅』（一九六九）、クノー『わが友ピエロ』（一九四二）、クレチヤン・ド・トロワ『ペルスヴァルまたは聖杯の物語』および「聖杯伝説」物語群（十二世末〜十三世紀前半）、ジャリ『ユビュ王』（一八八八）の四点である。

　他に、文学に関わる重要な制約項目として〈文学の引用1〉および〈文学の引用2〉がある。こちらは、『人生　使用法』の各章で、あらかじめ定められた作家から、何らかの断片を非明示的に引用（要するに剽窃）するという規則である。〈文学の引用1〉、〈文学の引用2〉がそれぞれ十の作家名を含んでいるため、各章では異なる作家からふたつの非明示的引用がなされることになる。ちなみに、フランス文学の枠内から選ばれているのは、フロベール、プルースト、レリス、ルーセル、クノー、ヴェルヌ、ビュトール（以上、〈引用1〉）、ルーボー、ラブレー、スタンダール（以上、〈引用2〉）である。〈文学の暗示〉に比べ、こちらのリストはペレックによる評価や個人的趣味をより直接的に反映しているようだ。そして、僕自身もこれらペレック偏愛の作家を、単なる文学史上の名前として以上に愛着をもって読み、また読み返してきた。

以上のように、代表作である『人生 使用法』をごく簡単に分解してみただけで、ペレックの筆法の根幹に、引用、剽窃、暗示といった「間テクスト性」に関わる事象が位置することが分かるだろう。このような特徴はウリポの作家たちにもある程度共通するものではあるが、ペレックはウリポへの加入以前から剽窃や暗示を積極的に援用しており、処女作『物の時代』（一九六五）はフロベール『感情教育』（一八六九）からの剽窃や改変を膨大に含んでいるのだ。また、ウリポ加入後にものした最初の傑作『煙滅』は、Eの文字をまったく使わずに書かれたリポグラム小説として有名であるが、これもやはり、おびただしい引用、剽窃、暗示から成り立っている。もっとも、E抜きの小説内に移植されるわけだから、引用や剽窃といってもE抜きへの改変を被《こうむ》っていることは言うまでもないが。

さて、ここまで、これまで僕が親しくつきあってきた作家たちを、フランス文学史との関わりの観点から概観してきた。ロートレアモンからペレックへ、切れ目のない連続性があったなら美しい軌跡が描けたことになるだろうが、ロートレアモンとクノーのあいだには断絶を感じる人が多いようで、学友たちからも「ロートレアモンとクノーに何の関係があるのか」とよく訊かれた。実際、ロートレアモンとウリポとの間には、シュルレアリスムとの間ほどには密接な類縁性はないとみなされがちだし、僕自身も当初は深い関係を感じ取っていたわけではないのだが、やはり一人の人間が関心をもつ対象の間にはなにかしらの共通性はあるようである（ちなみに、ロートレアモン伝の著者フランソワ・カラデックはウリポのメンバーであった）。以下、ごく簡単にロートレアモンとウリポに共通する性質を指摘しておきたい。

第一に挙げたい特徴は「意識的な文章構築」である。シュルレアリスムの聖典に祭りあげられたせいもあって、『マルドロールの歌』は自動記述や麻薬を媒介とした無意識の産物ないし幻覚の反映と誤解されることがしばしばあるが、ロートレアモンの文章が実際には極めて意識的に構築されたものであることは疑い得ない。先に言及した比喩の異常増殖や脱線ですら、読み手の反応を予想しつつなされており、読者の戸惑いや苛立ちまでがテクスト内に書き込まれていることも珍しくないのだ。このように〈読者〉をテクスト生成における必須の要因とみなす点においても、ロートレアモンとウリポは通じ合っていると言える。

二点目は「笑い」あるいは「突飛さ」の要素である。ブルトンによるアンソロジー『黒いユーモア選集』に収録されたロートレアモン、『文体練習』や『地下鉄のザジ』で知られるクノーについては言うに及ぶまいが、ペレックにおける「笑い」はこの二者ほどには目立たないかもしれない。だが、空間をめぐるエセー『さまざまな空間』

（一九七四）は「何食わぬ顔で口にする冗談の面白さ」（宮沢章夫）に満ちている他、『煙滅』、『人生　使用法』といった小説にも、常軌を逸した状況そのものが笑いを生む箇所がいくつも見つかるはずだ。ちなみに、講壇批評はウリポの「形式主義」や「言語遊戯」ばかりを（否定的に）取り上げがちだが、僕個人はウリポの偶像破壊的笑いのほうが、同時代の文化状況に大きなインパクトを与えてきたと考えている。

　三つめの共通点は「引用・剽窃」の濫用である。批評校訂版の注釈が明らかにしているように、『マルドロールの歌』は、同時代の百科事典、文学作品から論文、広告に至る大量の「切り貼り」から成り立っている。先に見たように、『人生　使用法』も先行作品からの夥しい「剽窃」を含んでいるのだが、ペレックの場合、剽窃が存在することや、その作家名の一部を巻末で明らかにしていることから、著者当人が何も明かしていないロートレアモンのケースと同一視はできない。ただ、その意図や効果がそれぞれに異なるのは言うまでもないにせよ、彼らの営みによって、文学作品の「オリジナリティ」や言説の起源をめぐる根源的な問いが提起されていることだけは間違いあるまい。

　四つめにして最後の共通点として指摘したいのは「百科全書的志向」である。上記のように、そもそも百科事典が発想源のひとつをなしていたこともあり、『マルドロールの歌』が百科事典的な「知の集成」という性質をもつことは明白であり、しばしば指摘されるその「動物誌」的側面を別にしても、数学や大洋の頌歌を始めとして、この作品からは自然界から古典文学にいたる森羅万象を射程に収めようとの意志が感じられるのだ。他方のウリポにも触れておくなら、百科事典編集者でもあったクノーは、小説『リモンの子供たち』（一九三八）に、実在の企画『不正確科学百科事典』を取り込み、長詩『携帯用宇宙進化小論』（一九五〇）では地球の誕生から原子爆弾の炸裂までを扱っている。また、「世界のイメージに形を与える百科全書的な知の集成」（カルヴィーノ）と評される『人生　使用法』は、古今の文学はもとより、科学、歴史、雑学にいたるまでのあらゆる知を包含しようとする百科事典的小説である。巻末に年表や索引を備えているからには、固有名を手がかりに拾い読みされること、時系列順に再配列されて読まれることなども、ペレックはあらかじめ念頭に置いていたに違いない。そして、重要なことは、クノーにせよペレックにせよ、貪欲に知を求める人間の百科全書的志向が、負の側面を持ちうることをその作品中に描き込んでいることである。単なる雑学の集成や知識のひけらかしとは異なる志が認められることは強調しておきたい。

さらに、「個人的な係数」の最後の要素として、クノーとペレックだけに関わる「日常の探求」という側面を挙げておきたい。先に示したように、ペレックによる自作の四領域への分類には〈日常〉が含まれており、小説、エセーのいくつかがこの特徴を備えている。ペレックによれば「日常と呼ばれているものは、自明であるどころか不可解そのもの」であり、我々は「一種の盲目、麻痺状態」に陥っているのだという。そうした状態から脱して〈日常〉を捉えるためにペレックはさまざまな実験的試みを重ねており、その一端はエセー『さまざまな空間』や『パリの片隅を実況中継する試み』（原著題名『パリのひとつの場所を書き尽くす試み』、一九七五）からうかがうことができる。さらに、百科全書的小説『人生　使用法』は、集合住宅内に見られる日用品の執拗な枚挙を含んでいる。これはやがて失われるはずの〈日常〉の記録となっており、「タイムカプセル」のような機能を果たすことになるとも考えられるだろう。一方、クノーのほうは、ペレックほど集中的な実践は行っていないものの、郊外や庶民の生活を描く小説を始めとして、都市のごみやちらしなど〈はかないもの〉への愛着が際立つ詩集『街をさまよう（Courir les rues）』（一九六七）などには、やはり〈日常〉への恒常的関心が認められる。

というわけで、以上のような「個人的係数」が、僕の「フランス文学史」の見方に、良く言えば「個性」、悪く言えば「偏向」をもたらしているに違いない。ロートレアモン、クノー、ペレックが精神的血縁関係を明示していない作家についても、意識的にか無意識的にか、僕は上記の係数との関係において読んできたのだろう。中世の

『狐物語』はもちろん「笑い」の、ディドロ『運命論者ジャックとその主人』は「突飛さ」の文学として、『薔薇物語』やフロベール『ブヴァールとペキュシェ』は「百科全書」的作品として、マラルメは「意識的文章構築」の極致として。モンテーニュのような巨大な思想家については、「個人的係数」の切り口にこだわりすぎるとその豊かな内実を汲み取り損ねるだろうが、それでもつい「引用・剽窃」の実践に着目してしまう。抽象的な思想にはどうしても興味をもてない僕が、哲学者たちの書物を繙くときには、彼らの思考と生活の関係が、ひらたく言えば、深遠な思想を宿した頭脳が「日常」にどう対処していたのかが気になる、といった具合なのである。そしてまた、〈自伝〉、〈遊戯〉、(波瀾万丈な)〈物語〉というペレックによる自作の分類基準も、「個人的係数」の要素をなすことは言うまでもない。

　ウリポには「先取り剽窃」という人を食った概念がある。レーモン・ルーセルなど、本来は自分たちが影響を受けたはずの作家について、逆に彼らこそがウリポを「先取りして剽窃していた」のだと主張することで、先駆者たちにユーモラスな賛辞を捧げているのだ。シュルレアリスムが、サド、ロートレアモン、ルーセルを再評価し、文壇の大御所アナトール・フランスをこき下ろすことでフランス文学史を組み換えたように、こうした先取り剽窃者たちを中心にして文学史を再編成することも可能ではあるだろう。けれども、そうした試みはもはや「フランス文学史」ではなく「ウリポ前史」とでも言うべきものであり、意味がないわけではなかろうが〈歪み〉どころか〈独断と偏見〉そのものになってしまう。そこで、もとより客観性や公平性は保証できないにせよ、はなから〈歪み〉を前面に押し出して開き直るのではなく、言及する作家や作品のラインナップはなるべくオーソドックスな文学史を目指して選定してみた。もちろん、僕個人の価値観や趣味、感じ方を偽らないよう、自分に正直であろうと努めたつもりだ。こうして生じる偏向だけが本書の売り物となりうるだろう。

フランス文学史

中世

フランス中世文学について語るのはまったく気が重い。古仏語は学生時代に申し訳程度に勉強したに過ぎず、『ペルスヴァルまたは聖杯の物語』などお気に入りの作品であっても現代フランス語訳で、それ以外の作品は日本語訳で読んでお茶を濁してきた人間が、どの面下げて「フランス中世文学史」を語ればよいのか。いっそのこと中世はなかったことにして、然らぬ体でラブレーあたりから始めようかとも考えた。

それでも、中世文学を無視してしまえないのは、僕がロートレアモンやレーモン・クノーといった笑いを特質とする文学に関わってきたからである。生真面目な十九世紀はもちろんのこと、二十世紀においても、フランスにおいて笑いの文学が主流であったことはなく、文学者も批評家も読者も、眉間に皺をよせ陰気な顔で難しいことをつぶやいているというのが、かつての僕が抱いていた偏見まみれの仏文のイメージだった。だからこそ、ロートレアモンの人を食った笑いや、クノーによるひねりの利いたおふざけが、慈雨のごとく心を潤してくれたのだ。

フランス人の気質は、雅なエスプリ・クルトワと陽気なエスプリ・ゴーロワという、二つの要素が混じり合い縒り合わさってできているとは、しばしば言われるところである。近代以降、日常生活はいざ知らず、文学においては肩身が狭くなっていたエスプリ・ゴーロワが、ルネサンスや中世においては、雅な精神と伍して精彩を放っているように見える。そんな時代へのオマージュだったのか、クノーは中世と現代が交錯する小説『青い花』（一九六五）の中で、中世風の語彙や表現を織りまぜ、ヴィヨンや『ピエール・パトラン先生』（一四六四頃）への暗示を忍ばせていた。クノー・ファンとしては、お笑いやおふざけの故郷、中世を訪れない手はないだろう。

とはいえ、まっとうな中世仏文学史を書くことは僕の能力の及ぶところではないし、本書に期待されていることでもあるまい。細々とした情報を詰め込もうが、盛り沢山の固有名をぶちまけようが、すべては他の本からの受け売りであることは隠しようがないのだから、無駄なことは端からやらないことにしよう。標準的な文学史をいくつか参照したうえで、中世を代表する（そして日本語訳で読める）数点の傑作をリストアップし、それらの作品を僕がいかに読んできたかについて、偏向を恐れず、主観丸出しで書き記したいと思う。とにかく、「読み方」が歪んでいるのは間違いないのだから、せめて、作品の選び方だけはなるべくオーソドックスでありたいと心がけたつもりだ。怪しげな記述には目をつぶってもらい、門外漢の目に映った中世文学像をご笑覧いただければ幸いである。

『聖アレクシス伝』

一〇四〇

文学史が教えるごとく、フランス語最古の文献は「ストラスブールの宣誓」〔八四二〕と呼ばれる政治文書であるが、最初の文学作品としては十一世紀半ばに現れた『聖アレクシス伝』を挙げるのが通例である。キリスト教にも中世文学にもなじみの薄い身としては、真面目・荘重一本やりで、くすりとも笑える箇所がないこの手の作品から「逸脱の文学史」を始めるのかと思うと、気が重いというのが正直なところだ。こういう怪しからん輩は信仰篤い中世にも存在したのだろう。一世紀半後の『狐物語』ではすでに、笑いを求める読者の心情をこんなふうに代弁している。「さてみなさん、お笑いを一席申し上げましょう。というのも、みなさんが実際、お説教や聖人伝にはもううんざりされていることを、私はよく存じているからです」〔鈴木覚他訳〕。

たしかに、物語の内容を追う限りでは『聖アレクシス伝』は決して面白いものではない。ローマで熱心に学問に励む真面目なアレクシスは両親の選んだ女性と結婚式を挙げるのだが、まさにその晩、臥所に待つ新妻を目の前にし「何たる大罪わが身に迫りしことぞ」と恐れ戦き、「御主をば夫《つま》とせよ」〔神沢栄三訳〕と諭して故郷を出てしまう。たどり着いた異国で物乞いをしつつ祈りの十七年を過ごし、清貧が称えられる気配を察するやローマに戻り、正体を隠したまま両親宅の階段下でさらに十七年の苦行を積む。アレクシスが亡くなった後、彼が握りしめていた手紙によって、両親と妻は階段下に寓居していた男の正体を知り大いに嘆き悲しむが、その遺体は聖人として群衆の歓呼の中を教会まで運ばれた、というのがあらすじである。両親による悲嘆は直接話法によるモノローグとして提示され悲壮感をかき立てるのは確かであるが、「最初の」フランス文学作品にしては、という贔屓目がなくても価値あるものなのか、僕には判断しがたい。

楽しみ方の手がかりが皆目見つからなかった作品について、こういう読み方もあるのか、と蒙を啓いてくれたのがアウエルバッハの『ミメーシス』（一九四六）である。『聖アレクシス伝』において、初夜の寝室でアレクシスが妻を諭す場面は第十一詩節から第十四詩節にわたって分割されている（各詩節は五行から成る）。「寝室で二人きりになると、アレクシスは天の神を思い出し、次のように述べた、『聞け　乙女子よ……』」という具合に、切れ目なく一つにまとめうるはずの出来事が、「彼は寝室に入ると天の神を思い出した」（第十一、十二詩節）、「二人きりになると天国のまことの生を（間接話法で）説いた」（第十三詩節）、「（直接話法で）『聞け　乙女子よ……御主をば　夫とせよ……』」というふうに、四つの詩節にわたって重複しつつも独立した場面を連ねることによって提示されているとアウエルバッハは指摘している。実際、種本となったラテン語版は一続きの文章になっているのだが、なめらかに進行する反面、生命の息吹が感じられないのだという。一見すると、中世フランス語という言語が成熟しておらず書き手も拙いがゆえに、流麗な文章が構築できていないかのように思われるところであるが、出来事の経過が不器用に少しずつ分割されてひとつの画面のように提示されているがゆえに、人物の所作や挙動が生き生きと印象深く伝わってくるのである（アウエルバッハは『ロランの歌』についても同様の効果を認めている）。稀代のロマンス語学者によるどこまでも具体的な読みによって、まるで、ラテン語文学から自律的な俗語文学が誕生する場面を目撃しているような気にならないだろうか。

ろくな知識もなく柄でもない聖人伝について僕がこれ以上駄弁を弄するには及ぶまいが、偏向に満ちた「逸脱の文学史」に免じて、もうひとつだけ風変わりな聖者伝に言及することをお許しいただきたい。十三世紀末に書かれた〈中世版オイディプス伝説〉とも言うべき『教皇聖グレゴリウス伝』は、兄と妹の交わりから生まれた主人公が、知らぬまま自らの母親とも交わるという、二重の近親相姦と贖罪の物語である。この異様な聖人伝はやがてトーマス・マンの小説『選ばれた人』（一九五一）に題材を提供し、さらには、このドイツ小説のリポグラムによる要約的書き換えが、ペレックの『煙滅』に取り込まれることになるだろう。言うまでもなく、文字落とし小説において、近親相姦のタブーはEの文字の禁忌に通じるテーマとして導入されているのであり、『選ばれた人』の書き換え部分以外にも『煙滅』には近親相姦に陥るカップルが複数登場している。ペレックによるリポグラム版は『教皇聖グレゴリウス伝』および『選ばれた人』の粗筋をなぞっているのだが、決定的な違いは、種本では長年善行を積んだ主人公が最終的に教皇にまで登りつめるのに対し、ペレック版では近親相姦から生まれた子が次期教皇に指名されながらも失踪してしまうという点にある。教皇の系統の断絶は、道徳や価値の基盤の崩壊を意味しており、Eが消えた世界の混乱を象徴的に表現するとともに、近親相姦がもたらす系図の混乱は、第二次大戦で両親を失い系図が断絶し混乱したペレックの、実存の傷に呼応するものでもあっただろう。これに対して、新倉俊一が指摘するように、同じく近親相姦という主題を扱いつつも、『教皇聖グレゴリウス伝』は忌まわしい罪に堕ちた者も救われうるとの励ましをもたらす、希望の書でありえたのだ。ペレックによる書き換えによって失われたのはEの文字だけでなく希望でもあったわけである。『煙滅』から失踪したEの文字が象徴するものについては、ペレック研究者たちによる議論の積み重ねがあり、戦争で奪われた両親、ホロコースト、生の不条理、失われゆく日常、認識の限界などを意味しうることが指摘されている。中世の伝説が持ちえた射程にまで遡ってみることで、Eの文字がもつまた別の含意が感じられるのではなかろうか。

クレチヤン・ド・トロワ『ペルスヴァル』

一一八〇年代

十二世紀から十三世紀にかけて封建制度が確立し宮廷生活が華やかさを増すにつれ、騎士たちの活躍や男女の恋愛を主題とする宮廷騎士道物語が数多く書かれるようになる。その代表的な作家が十二世紀に活躍したクレチヤン・ド・トロワである。高い教養を備えた学僧と推定されるクレチヤンは、試練による成長と愛の回復を描く冒険物語の傑作をいくつも残しているが、後世への影響という点からも、また、作品自体の深遠さからも、最大の傑作にして問題作は、未完のまま残された『ペルスヴァルまたは聖杯の物語』（一一八〇年代）であろう。以前の作品とは異なって、本作において主人公ペルスヴァルの試練の果てに待ち受けるのは、女性の愛ではなく謎めいたオブジェ「聖杯（グラアル）」であり、そのことが作品全体に神秘的かつ宗教的な雰囲気を醸し出している。

『ペルスヴァル』の前半は同名の若者を、後半はゴーヴァンを主人公としているのだが、聖杯の探索という主題においては、このオブジェの初登場に居合わせたペルスヴァルこそが主役とみなされよう。この若者は、戦いで夫を失った母親の手で、世間的な知恵を一切授けられないまま森の奥深くで育てられる。ある日のこと、彼は偶然出会った騎士に魅了され、宮廷に赴き騎士に任じられる決意をする。ペルスヴァルは世間知らずというよりほとんど愚者と言うべき人物造形となっていて、母親のみならず道みち出会った人々の助言を律儀に守ろうとする。「母上がこう言っていた」とあまりに繰り返すものだから、その口癖を直さないと阿呆だと思われるぞ、と忠告されたりしている。そして、この素直さこそが聖杯を目撃した際に決定的な錯誤を犯させるのだ。ペルスヴァルは、傷を負って身体の自由が利かない「漁夫王」の城に招かれ、その広間で不思議な光景を目にすることになる。それは、尖端から血の滴る槍、光り輝くグラアル、銀の肉切台を順に捧げて運ぶ小姓や乙女の行列であった。若者はグラアルの由来や用途に疑問を抱くのだが、「しゃべりすぎるな」という助言を思い出して、質問を思いとどまってしまう。そのまま若者が眠りにつき、翌朝目覚めると城は無人になっている。ペルスヴァルが従姉妹から聞かされたところでは、あのとき彼が質問を発していれば、漁夫王の傷を癒やし、領国の人々を幸福にしたはずだったのに、みすみすその機会を逃してしまったというのだ。

これは謎めいた逸話である。「グラアル」なるものの正体を暴けば、あるいは、その秘密を知れば、救いがもたらされたというのではなく、「質問」を発することが救いの条件だったというのだから。どうやら『ペルスヴァル』の肝はこの辺りにあるようで、フィリップ・ヴァルテールが指摘しているように、この物語において〈聖杯の探索〉は行われていないのだ。不思議な光景を目撃した翌朝、城がもぬけの殻になっているのに気づくと、ペルスヴァルはこう考えている。「あの槍がなぜ血を流すのか、もしさしつかえがなければ、誰か教えてくれるかもしれない。そしてあのグラアルをどこへ運ぶのかについても」〔天沢退二郎訳〕。つまり、前の晩に抱いた疑問の答えを得ようとしているだけで、必ずしも聖杯そのものを探し求めるつもりはないようなのだ。質問を発しなかったせいで皆の不幸を招いたことを知らされた後も、この態度は変わらない。「あのグラアルについて、誰に給仕するかを知り、かつまたあの血の出る槍を見つけ出して、なぜあの槍が血を流すのか、まごうかたなき真実が語られるのを聞くまでは、どんな苦難があろうと、断念などせぬぞ」。イヴ・ボヌフォワが示唆するごとく、聖杯の行列の場面が示しているのは、「答える」ことよりも「問う」ことがもつ根源的な重要性なのだと言えるかもしれないが、ペルスヴァルによるその後の冒険は、聖杯という「物」そのものよりも、それをめぐる「知」の魅惑をこそ感じさせるのではなかろうか。

聖杯の行列を始めとして、知らずにいた「自分の名を見抜く」というモチーフ、若者を夢想に導く「雪の上の三滴の血」のイメージなど、謎めいたディテールに事欠かない『ペルスヴァル』という作品はそれ自体で十分に魅力的なのだが、ペレックの愛読者にはまた特別な意味をもつ古典でもある。ペレックの『人生　使用法』の制約の一項目〈文学への暗示〉には十点の書物が含まれており、その中の一つが「聖杯伝説」となっている。そこでは必ずしもクレチヤン・ド・トロワの作品だけでなく、その他の聖杯物語群や研究文献をも包括する一群が問題となっていて、たとえばジャック・ルーボーの『グラアル・フィクシオン（Graal fiction）』（一九七八）も暗示対象のひとつである。〈文学への暗示〉の対象となる十点の書物の各々は、原則的に『人生　使用法』の十個の章において暗示されるにとどまらず、小説全体の特質を何らかのかたちで体現していることが判明している。『人生　使用法』においては、登場人物たちの試みの多くが挫折し未完に終わるなど、「未完成」や「失敗」は小説全体を貫く重要なモチーフとなっているのだが、『ペルスヴァル』もまた未完であるうえ、その物語内では主人公の若者による決定的な「失敗」が描かれていることは先に見たとおりである。あるいは、『人生　使用法』全体を貫く「未完成」や「失敗」のモチーフと呼応しつつ、この小説には、戦争で脚の一部を切断した男、化学実験の爆発で手指を失った男、顔に大けがを負った自転車選手など、「身体欠損者」がしばしば登場する。『ペルスヴァル』の漁夫王もまた、負傷のため身体に欠損を生じ、自由の利かない「不具の王」として現れていた。

両作品間のこうした包括的照応に加えて、『ペルスヴァル』は『人生　使用法』のいくつかの章で具体的な暗示の対象となっており、とりわけ第二十二章では、十九世紀末に起きた「聖杯」をめぐる大掛かりな詐欺事件が描かれている。物語そのものについては小説を読んでもらうことにしてここで詳細に立ち入ることは避けるが、ペレックによって『ペルスヴァル』の本質的特徴が取り込まれていることだけを指摘しておこう。クレチヤン・ド・トロワがその起源を明示しなかったグラアルはその後、一二〇〇年頃に成立したロベール・ド・ボロン『聖杯由来の物語』において、アリマタヤのヨセフがキリストの脇腹から流れる血を受けた器とされることになる。ペレックの小説では、詐欺グループがただの素焼きの壺を聖遺物たる聖杯として大金で売りつけるわけだが、その際、買い手（シャーウッド）を信用させるため、偽造した考古学論文や古文書で外堀を埋めるのである。『人生　使用法』第二十二章の大半は、こうした論文や古文書の内容をなぞりつつ、古代からルネサンス、十八世紀を経て十九世紀末まで、聖杯の来歴をたどることに費やされる。注目すべきなのは、詐欺であることが露見する直前まで聖杯という「物」が姿を現すことはなく（「だが翌朝、シャーウッドが目を覚ましてみると、家はもぬけの空だった。カバンは枕もとの低いテーブルに置かれており、聖杯はちゃんとその中にあった」〔酒詰治男訳〕）、章全体において問題とされるのはもっぱら聖杯の来歴をめぐる「知」だということだ。つまり、ペルスヴァルを冒険へと誘いだした聖杯をめぐる「知」が、ペレックの詐欺事件においても中心的役割を演じており、クレチヤン・ド・トロワの作品において「物」としての聖杯がほとんど姿を現さないのと同じように、ペレックにおいても、真の聖杯は「素焼きの壺」ではなく、小説全体を支配する「欠如」なのだと理解されるべきだろう。このように、『人生　使用法』における「聖杯伝説」への暗示は、表面的な目配せを超えて、作品の深い理解に基づき中世文学最大の古典と先鋭的な現代小説を結びつけているのである。

『狐物語』

十二世紀後半〜十三世紀

十二世紀末から十四世紀初頭にかけて、商業および都市の発達にともない町民階級が台頭したため、彼らの生活や気質を反映した文学が流行することになる。「西洋の落語」として知られるファブリオは比較的短い笑い話で、浮気な女房、寝取られ亭主（コキュ）をはじめとする町民階級だけでなく、聖職者、騎士、学僧、さらには、アリストテレスや神様までが登場人物となり、騙し騙されの滑稽な騒動が描かれている。

中世においてファブリオとともに「笑いの文学」の中核をなしているのは、十二世紀末から十三世紀にかけて成立した『狐物語』である。主人公の悪狐ルナールが狼のイザングランをはじめとするさまざまな動物に悪だくみを仕掛けるものの、ときにはファブリオさながら、騙したつもりがやり込められるのもしばしばで、動物の姿を借りつつ当時の人間社会が描かれているとされる。イソップの物語やラ・フォンテーヌの寓話詩が思い浮かぶところだが、『狐物語』には教訓や説教臭さはみじんもなく、むしろルナールというトリックスターが活躍する元祖悪漢小説の趣がある。なにしろ、不倶戴天の敵イザングランとの闘争は、穴にはまって身動きできなくなった狼の妻エルサンをルナールが後ろから犯してしまったことを発端としているのだから。微笑ましい動物譚かと思って読み始めると、とんでもなく露骨なことが平然と語られていて唖然とさせられることだろう。文学史的記述の通説によれば、『狐物語』の白眉は「ルナールの裁判」と呼ばれる一編とされている。狐の悪行を裁く裁判の様子から当時の社会状況がうかがえること、笑いの質が上品かつ知的であることがその理由と言えるだろう。支配階級の反映たるライオン王ノーブルとその廷臣たちが、コキュという卑俗な問題を大まじめに議論するという落差に可笑しさがあるというわけだ。確かに、文学教師としての立場で言えば、そのあたりに『狐物語』の「文学的な」価値があるとの判断はしごくもっともだと思うけれども、気楽な一読者としてなら、町民の狡さや農民の生命力を感じさせるエロ話や糞尿譚だって捨てがたいものだ。狼のイザングランはルナールに唆され忍び込んだ百姓家で、番犬に急所を食いちぎられてしまう。『狐物語』はこの話題が大好きなようで、司祭やルナール自身も同じ部分を毀損する始末で、反復の効果も笑いを増幅しているように思われる。アニメ『トムとジェリー』の世界なら、押しつぶされて平たくなったトムが直後には何事もなかったかのように元の姿に戻っているものだが、面白いことに『狐物語』では一物の喪失という漫画的出来事が強烈な肉体的苦痛をもたらし、さらには夫婦関係にまでも影響を及ぼしている。股間を食いちぎられたその夜のこと、何も知らない妻のエルサンがイザングランに夜の行為を迫る場面は傑作だ。

こうしてエルサン夫人がしきりにせがみますので、彼は女房にくるりと背中を向けました。しかし彼女は手を伸ばして来て、彼の一物が当然あるはずのところをまさぐります。ところが、腸詰状のものがありません。「あれまあ、あなた、あれをどうしたのよ。こないだまでちゃんとここにぶらんぶらんしてたのに。ちゃんとぶら下げてなきゃだめじゃないのよ」。「実はな、お前、人に貸してあるんだ」。「誰によ」。「ヴェールを被った尼さんにだよ。そいつの庭で捕まっちまったもんだからね。でもきっと返すって言ってたぜ」。

〔鈴木覚他訳〕

「人に貸してあるんだ」には大笑いした。『狐物語』随一の名台詞であり、これぞエスプリ・ゴーロワの発露と言うべきものだろう。その他、「やわらかい糞の滝」だの「尻の穴の大きさ比べ」だの、ラブレーの世界に直結するえげつなさもまた、『狐物語』の冷徹なリアリズムに貼りついた忘れがたい裏面なのである。この方面の極めつきは「コン〔女性器〕を作る話」。学生時代、『狐物語』を研究していた同級生が楽しそうに教えてくれた逸話であるが、その内容をここに記すことは控えておこう。

フランソワ・ヴィヨン

ヴィヨンと言えば「泥棒詩人」というのが通り相場だ。泥棒どころか人殺しまでして、投獄のあげく死刑宣告を受けたとのこと。しかしながら、『形見の歌』（一四五六）や『遺言詩集』（一四六二）を繙いても、泥棒稼業の秘技だの絶体絶命の危機だのが語られているわけではなく、酸鼻きわまる殺人場面が描かれているわけでもないのだ。天沢退二郎によれば、「泥棒詩人」のイメージは、詩人との関連が必ずしも確証されない文献資料と詩作品の片言隻語がつきあわされることによって、時代を経るとともに形成されてきたものらしく、同時代人や十六世紀のラブレーにとってのヴィヨン像とはなによりも「道化者」であっただろうという。たしかに、『形見の歌』のほぼすべてと『遺言詩集』の半分近くを占める遺贈品のリストには、「行きつけの床屋」に進呈された「髪毛の裁ち屑」など、もらっても困るような変梃な贈り物が盛り沢山で、形見分けの動機が縛り首を覚悟したからであろうとなかろうと、遺贈主が殺人者であろうがなかろうが、詩そのものから伝わってくるのは、お茶目な道化者の口上というほかないのである。

もっとも、ヴィヨンが仕掛ける人を食ったような悪戯は、同時代人にならよりストレートに伝わっていたのかもしれないが、さまざまな固有名の記憶が霞んだ後世の読者には、真意が伝わりにくいケースもままあるようだ。『形見の歌』第二一詩篇で、詩人は三人の「憐れな無一物の孤児たち」の名を挙げ、殊勝にも「小銭四ヶずつ」遺贈しようと宣っている。ところが注釈によると、コラン・ローランなど孤児のものとして挙げられた名は、実際には当時悪名高かった金持ちや金貸しの名前だというのである。きっと同時代の読者はこの強烈な嫌味に大笑いしたことだろうが、そういう事情が分からなくなった後代の読者は「大泥棒にも人の心が……」と感動してしまうかもしれない。

こうした楽屋落ちめいた悪戯はウリポの面々もしばしば行なっているのだが、ヴィヨンの詩の中にはウリポ的な言語遊戯を思わせるものもある。行頭の文字をつなげるとVILLON（＝ヴィヨン）となる折句はよく知られているが、他にも、〈すべての行がRで終わるバラード〉なんてのもある。その音が犬の唸り声を思わせるため、Rは苛立ちや恨みを表す文字とみなされていたのだという。苛立ちの文字を並べたて恋人への恨み節を増幅させているわけだ。

こんなふうに見てくると、偽りや技巧でおのれの身の上や心情を隠しつつふざけ倒す道化者、というイメージが形成されそうだが、それもまたヴィヨンの真実ではないだろう。先にも述べたように、ヴィヨンは自らの罪業を具体的に詩の中に記してはいないし、逆に、泥棒や人殺しでなければ書けないような詩もその作品中には見当たらない。けれども、理由はなんであれ、ヴェルレーヌ的とも評されるヴィヨンの悔恨は本物であったはずなのだ。たとえ泥棒や殺人を犯してはいなくても、青春時代に悔いを残さない人間がいるものだろうか。ヴィヨンの悔恨が普遍的な感情として僕らの胸に迫って来るのは、過ぎ去った日々への悔いを誰もが抱えているからだろう。

それにしても悔やまれるのは青春の日々だ
あの頃、わたしは人一倍陽気に暮した
老年の入口に来てしまうまで——
青春は自分の去ることをわたしに隠していたのだ
あいつ、徒歩ででかけたのではない
馬に乗ってったのでもない、ああ！　どうやってだと？
とつぜん、飛んで行ってしまったよ
わたしに置き土産ひとつのこさずに

〔天沢退二郎訳〕

若き日々への悔恨に誘われるのは、言うまでもなく、老年と死が目前に迫っているからである。ヴィヨンの詩が遺言という体裁をとっている以上、このことは必然とも言えようが、それだけでなく、現代よりはるかに寿命の短かった中世において、老いはまさに「飛んで」きたのだろうし、また、伝染病や飢饉など、死神もはるかに身近に感じられていたはずなのだ。とりわけ、『遺言詩集』で実際に形見分けが始まる前の箇所では、「去年《こぞ》の雪　いまは何處《いずこ》」と繰り返す、有名な「昔日の美女たちのバラード」を始めとして、死の主題がひときわ強く感じられる。

この世は永久不滅でなんぞありゃしない

盗人同然の金持がどう思おうとね
おれたちゃみんな首切り刀の下で暮してるんだ
されば、貧しい老人よ
せめて楽しいお喋りで気を紛らせよ
若い頃だったら、老人が
調子のいい冗談など言い出すと
気違い扱いして蔑み騒ぐんだろうがね

〔天沢退二郎訳〕

このように歌う詩人は人殺しというよりこの世に囚われた死刑囚と言うべきだろう。そして、老人に向けられた「せめて楽しいお喋りで気を紛らせよ」との慰めには、孤児への遺贈でなされたような悪戯が隠されているとは思えず、「泥棒詩人」ヴィヨンの隠しきれない人情味を露呈しているように感じられるのだ。

十六世紀

十五世紀に生じた印刷術の発明や新大陸の発見を受けて、ヨーロッパの十六世紀はダイナミックな変動の時代となり、人びとは新しい時代の到来を明確に意識することとなった。イギリスのシェイクスピア、スペインのセルバンテスなど、後に国民作家と目される天才が近隣国に出現するのもこの時代であり、フランスにおいても、世紀前半のラブレー、後半のモンテーニュという規格外の大天才が現れた。この時代には他にもロンサールなど語るべき作家には事欠かないのだが、本書では紙幅の制約上この二大天才のみを取りあげることにしたい。

十六世紀の前半は古典復興と宗教改革によって特徴づけられる。いずれも、原典や源流を直接探究することによって、歪められていた解釈や信仰を正そうとする態度において共通しており、ルネサンスの基盤となった実証、批判、懐疑の精神はこの二大運動と深い関わりをもっている。国力が充実し、対外戦争の結果としてイタリアの先進文化が流入した時代でもあり、その若々しい盛り上がりの気運は、破天荒なエネルギーに満ちたラブレーの作品によってよく体現されていると言えよう。

当初はあくまで教義上の問題だったはずの新教と旧教の対立は、世紀の後半にいたると、政治的な利害をはらみつつ血みどろの内戦の様相を呈し、フランスを二分してしまう。こうした混乱を背景に、〈私〉と社会のありようを固定的視点から断ずるのではなく、その動きそのものをとらえようと試みたのがモンテーニュであった。

無理やり凝縮された以上の図式において、世紀のちょうど半ばに、ルネサンス第三の天才とされるロンサールと彼を筆頭とするプレイヤッド派の詩人たちを位置づけるのが文学史の通例である。ロンサールの初期詩篇からはルネサンスという若き時代に漲っていた瑞々しさが随所に感じられるのであるが、とりわけ人口に膾炙しているのは、『恋歌集』第二版（一五五三）に収められた「カッサンドルへのオード」だろう。朝に咲きほこった美しい薔薇の花も、夕べには花びらを散らしてしまう。自然はかくも無情なのだから、老いる前に恋を楽しもう、詩人は恋人にそう訴える。

それだから、恋人よ、もし私を
信じてくれるのならば、こよなくみずみずしく
咲きほこるその年齢《とし》のあいだに、
摘め、摘むがよい、君の若さを。

この花と同じように、やがて老いが
君の美しさを、褪せさせてしまうのだから。

〔入沢康夫訳〕

「命短し恋せよ乙女」というこのテーマ自体が、ホラチウス、ウェルギリウス由来のものなのだが、二十世紀になりレーモン・クノーが変奏した詩「そのつもりでも」（一九四八）は、ジョゼフ・コスマの曲がつけられ、ジュリエット・グレコによって歌われた。お嬢さん、若さがいつまでも続くつもりでも、それは間違いだよ、「その薔薇色の頬／その柳腰／愛らしいその二頭筋／艶やかなその爪／妖精のようなその腿／軽やかなその足取りが」ずっと続くと思っているなら、そりゃ思い違いだ……と、ロンサールと同じ理屈で、若い女性にきれいなうちに恋という果実を摘みなさい、と諭している。その際、ロンサールが恋人の美しさも避けがたい老醜も薔薇の花に託して直接歌っていないのに対し、クノーは「お嬢さん」の若さを身体の各部分につき詳細に言及していく。その代償のごとく老女の身体もまた嗜虐的なまでに並べ立てられ、苦いユーモアが醸し出されるのである。

やがてこっそり近づいてくる
瞬く間にできる皺が
重たげな脂肪が
三重顎が

たるんだ筋肉が
さあ　摘め　摘むのだ
薔薇を　薔薇を
人生の薔薇を

〔塩塚秀一郎訳〕

クノーにせよロンサールにせよ、若さ至上主義的価値観に違和感を覚えなくもないが、それはそれとして、ロンサールの詩に見てとれるのは、一方では「恋愛を楽しみなさい」という現世の享楽志向であり、他方では「人生は短い」というペシミズムである。ルネサンスという時代、すなわち、現世の人間的価値を再発見したにもかかわらず、平穏に享楽を味わうにはあまりにも動揺の激しかった時代の特徴がよく現れているようにも思う。

余談をもうひとつ。ウリポのプリズムを通した文学史において通説より存在感が拡大されそうなのは、十五世紀後半から十六世紀前半にかけて、ヴィヨンとクレマン・マロのあいだの空白を埋めるかのごとく活動していた「大押韻派」と呼ばれる一群の詩人たちである。多くは宮廷に雇われ、超絶技巧を駆使しつつ内容空疎な詩を作っていたとして、文学史家の評価はきわめて低い。アンソロジーなどを一瞥する限り通説を覆す必要は感じられないのだが、「超絶技巧」とか「内容空疎」といった非難はしばしばウリポにも向けられるものなので、個人的にはある種の同情を抱かずにはいられない。実際、ウリポの一部は大押韻派に親近感を抱いていたようで、創設メンバーのひとり、アルベール＝マリ・シュミット（一九〇一～六六）は、十六世紀文学を専門とする大学教員でもあって、大押韻派に関する知見をグループに紹介していたらしい。

フランソワ・ラブレー
『ガルガンチュアとパンタグリュエルの物語』
一五三二～五二

フランソワ・ラブレー（一四九五?～一五五三?）は、フランス各地の大学で法律や医学や古典を学び、底知れない教養を備えていたという。『ガルガンチュアとパンタグリュエルの物語』と総称される彼の作品はまず、『第二之書パンタグリュエル物語』が一五三二年に、次いで『第一之書ガルガンチュア物語』が一五三四年に出版され、その後十年以上を経て、一五四六年に『第三之書』、一五五二年に『第四之書』というふうに世に送り出されている。『第一之書』と『第二之書』だけ出版年代が逆になっているのはなぜなのか。ガルガンチュアとパンタグリュエルは巨人の親子という設定なのだが、ラブレーはまずパンタグリュエルが主人公となる物語を書き、その後、父親ガルガンチュアの物語を書いた。評判に気を良くして続篇を書いたようなものだが、父親の代へと遡ったわけだ。それで、『第一之書』（父親篇）と『第二之書』（息子篇）の執筆年代が逆になっている。

また、『第五之書』は死後出版であり偽作の疑いが強いようである。『第一之書』から『第四之書』までの四冊はラブレーの真作であるが、それぞれかなり性質の異なる書物になっている。『第一之書』と『第二之書』は、巨人が主人公という設定が生かされ荒唐無稽であり、ナンセンス、シモネタ、スカトロジーもふんだんに盛り込まれていて、前提知識なしに読んでもとんでもなく面白い。もちろん、当時の時代背景や政治・文化状況を踏まえていないと分かりにくい箇所もあるにはあるが、そういうところを飛ばしても十分楽しめるだろう。

ところが、『第三之書』になるとずいぶん様子が違う。この巻では結婚をめぐる法律的あるいは神学的な議論そのものが中心になっているため、門外漢には面白さが分かりにくいのだ。これに対して、『第四之書』には、徳利大明神のお告げを求めてさまざまな島を訪ねまわる、という航海物語の枠組みがある分、論争に終始する『第三之書』よりも『第一之書』や『第二之書』に近い味わいがある。とはいえ、やはり言語の捉え方をめぐって前提となる知識があるようで、近寄りがたいことに変わりはない。巨人の小便が大洪水を引き起こすといった、一般に流布するラブレー作品のイメージは、主に『第一之書』と『第二之書』に由来するものであって、議論や論争が中心となる後半の二書は、知的・学術的な興味には事欠かないにせよ、横隔膜を刺激する直接的な面白さには欠けるきらいがあるのだ。もちろん、専門家による解説を読めば、背後の文脈が解き明かされ理解が深まったような気にもさせられるのだが、一読者としてラブレーを読んでいると、そんな文脈など超越してしまうような、あるいは、そうした知識だけでは説明しきれないような、強烈なエネルギーや違和感を感じることがある。ラブレーのもつ訳の分からない圧倒的な力の奔流は、専門家による実証的な研究や文献学的な解釈だけでは、必ずしもうまく説明できないような気もするのだ。たとえば、『第三之書』の結婚をめぐる議論のさなかに、場違いな爆竹のごとく投げ込まれた言葉の塊。かの有名な「たまきんのブラゾン」である。

欠損たまきん、　　有名たまきん
でか足《パテ》たまきん、　　ござ付き《ナテ》たまきん
青あざ《ブロンベ》たまきん、　　乳垂《レテ》れたまきん

〔…〕

〔宮下志朗訳〕

こんな調子で「たまきん」にさまざまな形容詞を付したリストが二百超にわたり延々と続けられるのである。文学史的な事実としては、当時、「毛髪」とか「目」とか、女性の体の一部を讃美する「ブラゾン」というジャンルが存在したことは指摘できるものの、論争のさなかに割り込んでくる「たまきん」の、この理不尽な物量がそういう知識によって説明されるわけでもない。もちろん、ラブレーにしばしば見られる列挙やリストの中には、異様さをはらんではいるものの物語の論理のなかに回収できるものもある。列挙とは、言葉が描き出す対象の「量」と言葉自体の「姿」を釣り合わせる技法とも言える。たとえば、『第二之書』には「サン＝ヴィクトール図書館の目録」

という有名な列挙があって、一冊一冊の題名がいちいち示されることによって、蔵書の膨大さが印象づけられるわけである（もちろん、本の題名がまたふざけたものばかりで笑いを誘うのであるが）。ところが、「たまきんのリスト」については、あれこれ説明をつけようとしても、どうにもおさまりが悪い。碩学マイケル・スクリーチは、『第三之書』を「最も深みのある傑作」と評価しつつも、このリストには「深み」を見いだせなかったのか、ほぼ黙殺しているほどだ。一方、渡辺一夫によれば、思いあがった人間に対し、かっこつけて気取ったところで、たまきんぶらさげているくせに、と笑いによる制裁を喰らわす意図があったという。そういう意味や効果ももちろんあるはずだが、そのためだけにこの圧倒的な量が必要だったのだろうか。

この不可解な列挙にきわめて説得的な説明を与えてくれたのは、ソ連の批評家ミハイル・バフチンである。周知のように、バフチンがラブレーの作品世界のキー概念とみなしたのは、万物の価値を転倒させるカーニヴァルの原理だった。本来上位にあるものを下位に落とす、あるいは、下位に関連付ける動きこそカーニヴァルの主要な特徴のひとつだとすれば、シモにかかるスカトロ趣味は典型的にカーニヴァル的な身振りと言えるだろう。ラブレーに数多いシモネタの中でもよく知られているのが、ガルガンチュアによる尻拭きのエピソードである。長旅から戻った父親のグラングジエに対し、五歳のガルガンチュアが〈具合のよい尻の拭き方〉に関する研究成果を報告するくだりで、実際に試してみた素材とその感想が次々に列挙されていく。ここでは、幼児における知恵の発達という、価値も部位も上位に位置する事象が、尻拭きという下劣でシモにかかわる事柄に関連付けられているという意味で、カーニヴァル的な上下の反転が生じているわけである。さらに、個々の素材についても、スカーフ、頭巾、枕、帽子など、本来身体の上部において用いられる道具が、尻という下位で用いられ尻拭き紙代わりにされることで、価値における格下げも被っていることになる。

しかし、尻拭きに使われたさまざまなモノは、単に格下げを被っているだけではない。バフチンが指摘しているように、列挙されているモノは、その本来の使用目的から離れて、尻拭きという意外な観点から評価されることによって、新たな視線で見つめ直されるからである。その結果、例えばマフラーで尻を拭くとなれば、毛羽立っていて痛くないか、とか、全体の長さはどれくらいだからどの辺を持てば良いか、とか、さまざまな観点からじっくり観察し直すことになる。マフラーは単に「格下げ」されるのみならず、新たな観点からの用途を付与されて「再生（ルネサンス）」を果たすのだ。世界は変化の途上にあり、あらゆるものが死と生をともに抱え込んでいる、というのがルネサンスの民衆文化を特徴づける世界観だとされる。そこでは、何ものかの死は永遠の消滅ではなく、あらたな生への契機として捉えられるのだ。死骸から作られ肥料となる「糞便」はその象徴たる物質であるからこそ、ラブレー作品はスカトロジーにまみれているのだ、とバフチンは論じている。ともすれば単なるシモネタとみなされかねない尻拭きのエピソードに、事物の単なる「格下げ＝死」だけでなく「再発見＝再生」の契機を読みとっている点に、バフチンの炯眼が光る。さらに、尻拭きに転用された事物を貶めるどころか、ひとつひとつ手に取るようにしてその具体性や多様性を慈しんでいるのだ、とまでバフチンは言う。「彼は誰ひとりおこなわなかったような新しいやり方で事物をひとつひとつ選りだし、全部に触れてみては、その材質、形状、特性を確かめ、名前の響きさえも声に出して確かめてみる。これは、世界史の古き時代の終焉、新しき時代の到来にあたってラブレーが作成した、世界の大がかりな在庫目録の一頁である」〔杉里直人訳〕。

幼いガルガンチュアの振る舞いはまさにカーニヴァル的な身振りであるが、カーニヴァルという非公式文化、民衆文化に対立するものとして、中世を通じてそびえたっていたのが、教会や神学を柱とする公式文化であった。公式文化のもとでは、モノの名前が指し示すものはひとつ、モノの使用法もただひとつであり、それ以外への転用や実験はありえない。世界のすみずみまで上から下への順序づけが浸透していて、勝手な観点から新たにモノを眺めてみるわけにはいかなかったのだ。神を頂点とする上位をひたすら恐れ敬う、という中世的価値基準から解放されたとき、人間ははじめてモノを直に手に取り、あらゆる角度から眺めまわすことが可能になった。広場のカーニヴァルにおけるように、無礼講で遠慮なく世界と触れ親しむことによって、モノの長さや重さを測ることが可能になった、とバフチンは言う。つまり、尻拭きのエピソードは、ルネサンス期になって初めて可能となった、実験精神と民衆の笑いの結合例だというわけである。

シモネタから始めてルネサンス期の世界認識にまで話を広げるバフチンの豪腕には恐れ入るばかりであるが、ここまで来れば、ラブレー作品にかくも列挙が頻出する理由も分かるような気がしないだろうか。おびただしい列挙はおそらく、新しい時代を生きるにあたって、身の回りの事物をひとつひとつ手にとって確認していくような身振りだったのだろう。新しい世界を生き語るためには、古い秩序でがんじがらめになった言葉を一度ご破算にする必要があった。古い世界像が打破され、新しい世界像が作られつつある中、あらゆる言葉や事物、概念が吟味に付されている状況において、「言葉、事物、概念をあらゆる意味のつながりから解放する」ことを、バフチンは「言葉のカーニヴァル化」と呼んでいる。「たまきんのブラゾン」はまさしく言葉のカーニヴァルに他ならない。計三四〇個にもおよぶ形容辞が、普通なら結びつくはずのない「たまきん」と結びつけられることで、それぞれの言葉が普段とはまったく異なる領域で、生き生きと「再生」を果たしているわけである。

ところで、ラブレーに頻出する列挙やリストは、ペレックの偏愛の技法でもあり、自分がラブレーとヴェルヌを愛するのはその列挙癖ゆえだと語っているほどだ。そのためか、ペレックの代表作『人生　使用法』では、〈文学の引用〉の制約の結果、ラブレーやヴェルヌの一節がカッコを付されずに引用されている(非明示的引用)。中世の項で見たごとく、『人生　使用法』における「聖杯伝説」への暗示は、聖杯自体は物語にほぼ登場せず、それをめぐる〈知〉だけが問題とされるという元作品の特質が、ペレックの小説においても活かされていた。ラブレーについても、ペレックの小説において引用された一節の性質を調べることで、元作品の一面に照明が当たる可能性がある。そこで、『人生　使用法』第四章におけるラブレーの引用を瞥見しておきたい。

他のほとんどの章と同じく、第四章も集合住宅の一室の詳細な描写によって始まる。壁には四つの絵が掛かっており、その各々が詳細に言葉によって記述されていく。「三つめはある空想上の動物、タランドを表したものだが、この動物についてはサルマティアの人ゲロンが初めてこう記述した」〔酒詰治男訳〕との前置きを受け、「ゲロン」なる人物の文章という体裁で、実際にはラブレー『第四之書』からの一節が引用されている。古い文献からの引用という体裁であるから、ラブレーの古い文体が「それらしさ」を醸し出し、十六世紀のテクストが二十世紀の小説に無理なく溶け込むことを可能にしているのだ。実際に引用されているテクストの一部を以下に引いてみよう。古文書らしい調子を重視して、渡辺一夫訳から引用する。

　この獣は、スキュティヤ地方でも、あまり見かけられないとのことだったが、それというのも、居附いて草を食べている様々な地帯毎に毛並みの色を変えるからである。従って、草や樹や灌木や花や地面や牧場や巌など、すべて傍にあるありとあらゆる物の色合い通りになってしまうのだった。これは、海章魚《プルプ・マラン》、即ち蛸《ポリープ》や、山猫《トエス》や、インド豹《リカオン》や、カメレオンの場合と同じことである。

　このテクストはタランドという空想上の動物のもつカメレオン的性質を説明しているわけだが、そう説明するテクスト自体が、あたかもカメレオンのように擬態してペレックのテクストに溶けこんでいるのである。引用文が自分自身の性質に言及しているという意味で、自己言及的な断片とも言えるだろう。そして、そのカメレオン的性質は、引用されたこの一節にとどまらず、ラブレーの作品そのものの一面を照らし出すものであることに着目しておきたい。先に、新時代が到来したとの認識が「たまきんのブラゾン」という言葉のカーニヴァルを出現させた経緯を略述したが、同じ認識が『第二之書』においては、ガルガンチュアが息子パンタグリュエルに「新時代の学問のあり方」を説く手紙となって現れている。言葉のカーニヴァルとの文体の違いを示すため、そして、語学や実地学習の重要性を強調しつつ、百科全書的知識を身につけるよう求めるその学習計画を味読していただくためにも、少々長くなるが引用しておきたい。

> わたしとしては、ぜひとも、おまえに諸言語を完璧に学んでほしい。まず第一は、かのクインティリアヌスも申したように、ギリシア語であり、次がラテン語となる。聖書の読解のためには、ヘブライ語が欠かせぬし、カルディア語とアラビア語も不可欠だ。そしてギリシア語はプラトンを、ラテン語はキケロを手本にして、文章を磨くがいい。歴史《イストワール》なども、いずれもしっかりと覚えこむべきだが、それには、その道の人々が書き残した世界の記述《コスモグラフィ》が役立つかと思われるぞ。幾何・算術・音楽といった「自由学科《アール・リベロ》」については、おまえがまだ五歳、六歳という幼い時分に、そうした嗜好を授けておいたから、これをきちんとまっとうすればよろしい。ただし天文学《アストロノミー》については、すべての法則を学ぶはもちろんとはいえ、未来を予言する占星術《アストロロジー》や、ルルスの魔術は、錯誤かつ虚妄なるものとして、手をつけずにおくのだ。民法は、優れた原典を暗記して、哲学と関連づけて考えてみることを所望しておきたい。

自然の事象に関しては、これを知るべく大いに熱意を注ぎ、いかなる海洋、河川、湖沼にしても、そこに住む魚類を知悉し、空を飛ぶ鳥類、森の樹木や大小の灌木、大地の草花、さらには地中の奥深くに潜みし金属、オリエントや南の国々の宝玉なども、なにひとつ知らぬものがないようにするがいい。

それから、ギリシア語、アラビア語、ラテン語の医学書を念入りに繙読する一方で、タルムード編纂者やカバラ学者をもないがしろにすることのないように。しばしば解剖《アナトミー》をおこない、人間という、このもうひとつの宇宙《オートル・モンド》に関する完璧なる知識を身につけてほしい。その日のしかるべき時間を定めて、聖書の勉強にも手をつけなくてはいけない――まずはギリシア語の『新約聖書』ならびに使徒たちの『書簡』を、次いではヘブライ語の『旧訳聖書』を学ぶがいい。要するに、わたしとしては、おまえには深遠なる学識《アビーム・ド・シアンス》の持ち主となってほしいのだ。

〔宮下志朗訳〕

いかがだろうか。下ネタやスカトロとはずいぶん調子が違っていて、とても同じ作品に含まれている文章だとは思えない。「たまきんのブラゾン」から「ユマニストの学習プログラム」まで、まさにカメレオン的な変貌ぶりである。この振幅の激しさこそが、ラブレーを統一的な価値観で割り切ることの難しさにつながっていると同時に、その汲み尽くせぬ豊かさの源泉にもなっているのだろう。

ミシェル・ド・モンテーニュ
『エセー』
一五八八

ミシェル・ド・モンテーニュ（一五三三〜九二）は、ボルドー近辺の城館で新興貴族の家庭に生まれた。ラテン語を母語のごとく教えこまれ、長じては法律を学び、ボルドーの高等法院で法官としての生活を送るが、四十歳に近づいたころ隠棲し、城館の書斎で読書と執筆の日々を過ごすようになる。こうして少しずつ書き継がれていった『エセー』は、まず一五八〇年に二巻本としてボルドーで出版される。その後、持病の療養を兼ねたドイツやイタリアへの旅行、八一年から八五年までのボルドー市長職などの経験を経て、八八年には、加筆された前二巻に三巻目を加えた増補版を刊行するのだが、手沢本への加筆は死ぬまで続けられるだろう。『エセー』の執筆期間のみならず、モンテーニュの後半生がそっくり宗教戦争に覆われていたことは、この書物の主題や特質を理解するうえでつねに意識しておくべき事実である。

ひとは誰しも「人間のありようとして完全なかたち」〔宮下志朗訳〕を備えているとの確信のもと、モンテーニュは、自分自身を題材にして、揺れ動く自我とそこに映じる世界の姿を描こうと試みたと言われる。モンテーニュの「試み」（＝エセー）が撒いた種子のうち、〈自分〉という主題はルソーの『告白』に引き継がれ、自伝文学の大きな流れを生み出し、また、人間性の考察という側面は、次世紀のパスカルやラ・ロシュフーコーなど、フランス文学の根幹をなすとされるモラリスト文学の礎を築くことになる。

モンテーニュの生涯と作品の意義を文学史的にまとめるなら、こんなふうになるのだろうが、これではモンテーニュの魅力は一切伝わらないだろうから、以下ではもう少しざっくばらんに本音を交えて書き進めてみたい。

僕はモンテーニュが大好きで、フランス文学の作家からベスト5を挙げよ、と言われたら多分モンテーニュが入ると思う。けれども、別の偏愛対象であるペレックやクノー、もしくは笑いや遊戯性などのウリポ的な価値観と、人間研究の書であり、モラリスト文学とされるモンテーニュは、あまり相性がいいようには見えない。モラリスト文学に関心を持つ人たちは、ウリポなどあまり相手にしてくれないような気がする。僕の被害妄想かもしれないけれど、不真面目だとか人間の真理が書かれていないなどと批判されるのではないか。逆に、ウリポの側も、モラリストの大先生たちを敬して遠ざけているふしがある。私個人や人間性一般について、直接的な言葉で論じるという筆法が、クノーやペレックなど含羞の人たちにはなじまないのか、概して、ウリポ作家の書き物はモラリスト的ではない（ということはフランス文学的でもない）し、モンテーニュ、パスカル、ボードレール……といったモラリスト色の強い作家たちが、クノーやペレックの作品において、パロディー的な戯れ以外の仕方で言及されることもほとんどない。さらに、クノーとペレックが含羞の人であった以上に、気さくな人柄であったことも、モラリストとの疎遠をもたらしたのではないかとも思う。

人間性の暗黒面を厳しくえぐるモラリストは、総じて厳格で、やや意地の悪い性格を想像させる。

少なくとも僕には、ラ・ロシュフーコー、パスカル、プルーストといった作家たちと気安い交際は出来そうにないが、モンテーニュは違う。友人として、同僚として、親しくつき合ってみたかったと思わせるのだ。「含羞」や「気さくさ」といった特質を含めて、僕の愛するクノーやペレックとの近さを感じずにはいられない。

モンテーニュにおいてまず好ましいと感じるのは、誰もが指摘する彼の「寛容さ」である。これは宗教戦争まっただ中の乱世を生きたからこそ体得しえた美点であり、かつ、この資質ゆえに混乱の世を生き抜くことが出来たのだとも言えるだろう。そして、『エセー』におけるモンテーニュの狂信批判のくだりを読むにつけ、寛容さとは決してふやけた適当さのことではなく、厳しさや激しさに裏打ちされるべきものなのだと実感させられる。とはいえ、現代にもありがちな、不寛容な仕方で寛容を説く人びととは違って、モンテーニュの場合、骨の髄からこだわりのない、気さくな人柄であったことが、声高な説教からではなく、ちょっとした自画像からもよく伝わってくる。「わたしの体質は融通がきくし、好みも、世間の人々と変わらぬありきたりのものだ。各国の流儀の相違も、その多様性ゆえに、このわたしを喜ばせてくれる。それぞれの習慣には、しかるべき理由が存在する。皿が錫製だろうと、木製だろうと、陶製だろうと、煮た肉だろうと、焼いた肉だろうと、バターだろうと、ココナッツ油だろうと、オリーブ油だろうと、また、熱かろうと、冷たかろうと、わたしにはどうでもよろしい」。

もちろん、モンテーニュが並みの人間ではなく、高貴な心と思慮深さを備えた賢者であったことは間違いない。そのことは、十六世紀という時代にあってきわめて開明的に野蛮人への偏見を指摘する「人食い人種について」、暗記主体の詰め込み教育や体罰を難じる「子供たちの教育について」、女性本位の立場から性愛を擁護する「ウェルギリウスの詩句について」の各章を始めとして、あらゆる章からごく自然に感じられる。しかし、公正な物の見方や高邁な理想という思想の「内容」以上に、現代の僕らを魅了するのは、モンテーニュの押しつけがましくない、力の抜けた語り口なのだ。「精神の姿かたちは、リラックスして、自然なときがもっとも美しい。もっとも力みのない仕事こそ、最良の仕事にほかならない」。

モラリストたちは盛んに人間の醜さや悲惨さを暴き立てるけれども、怖いもの知らずの若い日々ならいざ知らず、ある程度の年月を生きてきた人にとって、そんなことは言わずもがなではないか。人間が駄目なことも不幸なことも、いやというほど身にしみて分かってはいるが、さりとて生きることをやめるわけにもいかない。そんな人間に対して、チョボチョボでええんやで、と優しい言葉をかけてくれるのがモンテーニュだという気もするのだ。病の苦しさだって無理してこらえることはない、「うめき声を出すことで身体がすっきりするなら、そうすればいいのだ。身体がじたばたしたいというのなら、好きなだけ七転八倒《しちてんばっとう》するがいい」。高邁な理想を示す賢者の風格だけでなく、こうした弱い姿さえ隠さず見せてくれるところに、モンテーニュの人間味を感じて慰められずにはいられない。死ぬことを恐れるには及ばない、無理して備えずともほんの十五分で簡単に死ねるのだから、命が続くあいだは目の前にある快楽を楽しもう、というあっけらかんとした生の肯定は、モンテーニュの生きた時代の暗さを思うにつけ、いっそう心に響く。

さて、先ほど、モンテーニュとウリポの相性の悪さに言及したが、よくよく考えてみれば両者に共通する性質も少なくないことに思い当たる。もちろん、どんな二項を取りあげても、差異と類似はいかようにでも指摘できるものであるから、瑣末な比較にたいした意味はないだろうが、以下に挙げる特徴はモンテーニュのものとして本質的に重要であるはずだ。

第一の共通点として指摘したいのはユーモアである。ラブレーという笑いの巨人が世紀前半にそびえ立っているため注目されにくいものの、モンテーニュにも笑いとユーモアが溢れている。これは彼の天来の性格がもたらしたものであるとともに、意識的な産物でもあったのではないか。「徳とは、陽気で楽しい特質にほかならない」と言い切っているのだから。死後の体裁を気にして、自分の遺体にパンツをはかせるよう遺言したというマクシミリアン皇帝の逸話を紹介したのち、モンテーニュはこう付け加えている。「それならば、パンツをはかせる者は、目隠しをすることという一項を、遺言付属書《コディシル》に付け加えておくべきだったのではないか」。シモがかったこの例などはどちらかと言えばラブレーやクノーに近い笑いなのかもしれないが、次のさりげなく、じんわりした笑いをもたらす一文はいかにもペレック好みに思える。「わたしが猫とじゃれているときだって、ひょっとしたら、むしろわたしよりも、猫のほうがわたしを相手に暇をつぶしているのかもしれない」。

第二の共通点は懐疑である。モンテーニュの座右の銘が「私はなにを知っているか?」という言葉であったことはよく知られている。猫が自分と暇つぶしをしているのではないかと疑う先の一文も、ユーモアというより、彼の知的特質のひとつである懐疑的態度を示すとされるのが通例だろう。モンテーニュにおける懐疑のなかで個人的に忘れがたいのは、視覚や聴覚を欠く動物を見て、人間にも欠けている感覚があるのではないかと想像するくだりである。

感覚についてわたしが真っ先に思うのは、人間に生まれつきあらゆる感覚が備わっているかといえば、それは疑わしいということだ。多くの動物が、視覚とか、あるいは聴覚をもつことなく、完全な生活を営んでいる姿を、わたしは見てきている。このことからして、われわれ人間だって、まだ一つ、二つ、三つ、あるいはもっと色々な感覚が欠けているかもしれないではないか。というのも、なにかの感覚が欠けていても、われわれの理性的思考では、それが不足していることはわからないのであるから。

僕がこの一節を読んで想い浮かべるのは、ペレックの文字落とし小説『煙滅』である。Eの存在しない世界に住む登場人物たちは、特定の文字の欠如どころか、何かが欠けていること自体になかなか気付けない。文字の欠けた世界に限らず、僕たちは自分の閉じこめられた世界をつい完全なものとして捉えてしまうもので、外部を意識しうる視点がいかに持ちにくいものかを実感させられる。そうした困難にあらがって人間の感覚、知識、能力の限界を意識することによってこそ、独善的態度が退けられ、相対性の認識がもたらされることになるのだ。シュルレアリスムの内部抗争やブルトンのドグマティスムを反面教師にしたウリポでは、独善的態度を嫌う価値観はあらゆるメンバーによって共有されていると考えられ、とりわけ創設者であるクノーにおいては顕著である。クノーの知的相対主義をよく示しているように思われるのは、『プレイヤード百科事典』の編纂を任された際、そこに「嘘と誤りの巻」を挿入することで、百科事典の病弊たる〈権威〉を中和しようと試みたという逸話である。

第三の共通点は剽窃の実践である。『エセー』に含まれる夥しい古代文献からの引用は、それ自体がフランス・ユマニスムの成果を示すとともに、二十世紀的な「間テクスト性」の議論につながる問題をもはらんでいる。なにしろ単なる引用だけではないのだ。著作権はもとより独自性の概念も希薄だった時代のこと、モンテーニュはしばしば出典を示さずに他者のテクストを溶かし込んでいる。モンテーニュはもちろんそうした借用を行っていることを明言しているのであるが、それは一般論としてであって、「盗品」をどこに隠したかは言わないのだ（スタロバンスキー）。単なる剽窃であればロートレアモンを始めとして多くの作家が行っているわけだが、剽窃したことを明言しながら、その箇所の特定はあえてしないというこの振る舞いは、ペレックの『人生　使用法』巻末における、あの恐るべき追記を想起させずにはいない。「この作品には、ときとしてわずかに改変された、つぎの作家たちからの引用が含まれている」。ペレックの仕掛けた罠は、剽窃箇所の特定を誘う些末なゲームに矮小化されてはなるまい。先に読んだ『人生　使用法』における剽窃、カメレオン的に擬態したあの「タランド」の一節は、ラブレーのものなのだろうか、ペレックのものなのだろうか、あるいはそのいずれとも異なる何かに変身しているのか。剽窃に気付かぬまま読めばペレックのテクストなのに、気付いたとたんにラブレーのテクストに変わるのだろうか。「読む側が、わたしだと思って、プルタルコスを侮辱すればいいし、わたしだと思って、セネカを罵倒して、やけどでもすればいい」などと挑発するモンテーニュは、剽窃をめぐって惹起される、発信者・受容者・意味作用の問題を、すでにおぼろげにせよ意識していたことは間違いないだろう。ペレックがモンテーニュを剽窃してやけどしなかったのは賢明であったのかもしれない。ちなみに、モンテーニュが自作を「寄せ木細工」と形容したことはよく知られているが、ペレックの『人生 使用法』には、剽窃の継ぎ接ぎという成り立ちを暗示するかのように、「寄せ木細工」や「寄せ木張りの床」が頻出することを付記しておこう。

第四の共通点は日常への関心である。クノーやペレックには「日常の探求者」という側面がある。クノーはすでにその処女作『はまむぎ』（一九三三）において、輝かしい歴史が積み重ねられたパリ市内ではなく、その周縁に広がる冴えない郊外を舞台に据え、庶民のありふれた生活を描いていた。ペレックはというと、人びとが日常の取るに足りぬ物事をいかに認識できずにいるかを力説し、自らペンとメモ帳を手に、平凡な広場や通りを記録しに出かけている（『パリの片隅を実況中継する試み』、一九七四）。クノーやペレックを始めとする二十世紀の作家たちによる日常への関心とはむろん異なってはいるものの、モンテーニュが日常生活に寄せた関心やそれに与えた重要性は、時代の制約を考慮すれば、なおいっそう特異なもののように思われる。人生の価値が残された事績で測られ、回想録に値するのは価値ある人生だけであったはずの時代に、取り立てて実績を持たぬ一個人を主題に据えて書物を書こうとする企て自体、人生において重要なものをはかるモンテーニュの価値基準が普通ではなかったことを物語っている。そして、『エセー』の本文においても、最後の第三巻においては、近づく死を感じながらこれまでの人生を全肯定しようとの意志が感じられ、平凡な日常生活を精一杯生きることの意味を説きつつ、しばしば見受けられがちな、日々の生活を軽んじる傾向をたしなめている。

それにしてもわれわれは大変な愚か者なのである。だって、「彼は、人生を無為にすごした」とか、「今日は、なにもしなかった」などというではないか。とんでもない言いぐさだ。あなたは生きてきたではないか。それこそが、あなたの仕事の基本であるばかりか、もっとも輝かしい仕事なのに。

ありもしない大仕事に気をとられ、ないがしろにされがちな日常生活を、自分がいかに集中して大切に過ごしているか、モンテーニュは小気味よいリズムの単純な言葉で表現してみせる。「わたしは踊るときは踊るし、眠るときは眠る」。これは、食事の支度、掃除、洗濯といった、日々の雑事の一々をゆるがせにせず丁寧に行えと説く禅の教えのようで、晩年のモンテーニュの境地を端的に示す一文のように感じられる。

十七世紀

十七世紀といえば古典主義というのが通り相場となっているが、宗教戦争の後遺症が残る世紀初頭からフロンドの乱（一六四八〜五三）を経て絶対王政が確立するまでの前半期には、規範に縛られないバロック的傾向と秩序を重んじる古典主義的傾向が共存していた。古典主義文学の黄金時代とされるのは、ルイ十四世による親政開始（一六六一）からナントの勅令廃止（一六八五）までの短期間に過ぎないが、この四半世紀の間にモリエール（『タルチュフ』『人間嫌い』など）、ラシーヌ（『フェードル』『アンドロマック』など）、ラ・フォンテーヌ（『寓話』）、ラ・ファイエット夫人（『クレーヴの奥方』）らの傑作が一挙に現れているのである。この密度の高さはやはりただ事ではない。

「古典主義」という用語は十九世紀にロマン主義との差別化を意図して使われ始めたものであり当事者たちの自称ではないのだが、「古典」の響きが不要かつ不当な反感を引き起こしている面があるのは否めない。古典には教室で教えられる「模範」という含意があるため〈学校的なもの〉への反発がそのまま転嫁されがちなのである。学校的教養を好んで茶化すペレックは、『人生　使用法』の一登場人物の持論として、次のような暴論を提示している。「ラシーヌ、コルネイユ、モリエール、シェイクスピアは凡庸な作家たちで、付和雷同の、想像力を欠く演出家たちによって不当に天才の地位にまつりあげられたのだ」〔酒詰治男訳〕。さらには、「仰々しくも古典主義と名づけられた軟弱かつ狭量な秩序」によってかき消された「本当の芝居」「真の劇作家」として、十七世紀から十九世紀のほぼ無名の作品や人名が列挙されている。登場人物の見解を作者のそれと同一視することはもちろんできないものの、ペレック自身も古典主義への揶揄を共有していたことは各種インタビューからもうかがえるし、〈文学の引用〉や〈暗示〉のリストを構成する偏愛の作家群に古典主義の作家が一人も含まれていないのは事実である。とはいえ、油断がならないのは、古典主義を揶揄する先の言説自体がスタンダールからの引用の継ぎ接ぎによって構成されており（『アンリ・ブリュラールの生涯』と書簡）、いわば、批判の責任をロマン主義作家に転嫁している面もあるのだ。スタンダールの文章を切り貼りした古典主義批判を、登場人物の口を通じて行う、というペレックのねじくれた振る舞いの真意がどこにあったのかはさておき、ここで援用されたスタンダール自身もラシーヌ批判によって知られている。もっとも、その眼目は現状にそぐわなくなった規範性の拒絶にあったのであり、ラシーヌ作品の完成度や詩人の天賦の才を否定するものでなかったことは強調しておくべきだろう。古典主義作家たちが〈模範〉の役割から解放されていたなら、ペレックやスタンダールの反発を呼ぶことはなかったのかもしれない。

だが、本当にそうだろうか。ラシーヌの天才を認めていたスタンダールは別として、奇抜なもの、突飛なものを愛好し、技巧、過剰を恐れないペレックの嗜好と、秩序・理性・品位を重視する古典主義の美学は、やはり根本的に相容れないような気もする。ペレックが偏愛するラブレーが、その無秩序、猥褻、糞尿趣味ゆえに、ラ・フォンテーヌ以外の古典主義者たちから毛嫌いされたという事実も、二つの美学の乖離を端的に示している。その一方で、〈規則の遵守〉という一点において、ウリポはしばしば「新たな古典主義」と見なされることもあり、両者は審美的観点では対蹠点に立ちながら方法論は共有しているという複雑な関係にあるとも言えるのだ。この違いは、規則を何のために用いるのかという、目的の差に由来している。古典主義演劇において、一日のうちに、同一の場所で、一つの事件が再現されることを求める「三単一の規則」や、「本当らしさ」、「適切さ」といった規範は、すべて観客を喜ばせつつ導くという、上位の目的のために要請されているのであって、決して規則や規範が絶対視されていたわけではない。実際、コルネイユやモリエールは、目的の実現のためなら少々の逸脱は許されると考えていたふしがある。これに対してウリポは、規則を絶対的に遵守することで思いがけず出現してしまう奇抜さ、不安、謎を求めているのであり、これ以外に規則を用いる理由や目的があるわけではないのだ。

この辺りのことを考えるとき、バロック→古典主義→ロマン主義という流れと、シュルレアリスム→ウリポという流れを並置してみると面白い。規範からの解放、自由を求める志向として、ロマン主義とシュルレアリスムを同じカテゴリーに入れるならば、古典主義とウリポは〈規則の遵守〉

という価値観においてともに反対側のカテゴリーに属することになろう。時間的前後関係は逆転しているものの、シュルレアリスムとウリポの関係は、ロマン主義と古典主義の関係を反復していると見ることも可能なのだが、奇抜さや突飛さ、過剰さへの志向という点を取り出せば、ウリポはシュルレアリスムとも共通しており、古典主義よりもバロックやロマン主義と親和性が高そうである。ことほどさように複雑で、ウリポを「新たな古典主義」と片付けてしまってはこぼれ落ちることが多い。

さて、ビュトールが「古典主義の不良」と呼ぶラ・フォンテーヌのような例外もいるとはいえ、古典主義はややもすると端正で上品という優等生的イメージと結びつけられがちである。僕が好んで読みつづけてきたのは、それとは正反対の、外連味たっぷりの作品が多かったことを思うと、個人的には古典主義の価値観とあまり相性が良くないのかもしれない。しかし一方で、その後のフランス文学の伝統を形作ることになる、思考の明晰と表現の明快さを求める志向には大いに共感する。分かりやすい文学作品はつまらないし、謎や不可解も薬味として必要ではあろうが、理解されてなんぼのはずの批評や思想においてすら、晦渋さを競うかのような傾向が二十世紀の一時期には見られたものだ。そうした風潮はフランス文学の良き伝統に背いていたと言うほかない。

ピエール・コルネイユ
『舞台は夢』
一六三五

ラシーヌ、モリエールと並ぶ一七世紀の三大劇詩人の一人でありながら、コルネイユ（一六〇六～八四）の人気は日本でもフランスでも両者の後塵を拝しており、上演の機会にも恵まれていないようだ。理由は分からないでもない。四大傑作とされる『ル・シッド』（一六三七）、『オラース』（一六四〇）、『シンナ』（一六四二）、『ポリュークト』（一六四二～四三）、いずれも、栄誉と愛の葛藤などという、ただでさえ古色蒼然とした主題をめぐって、感情移入を拒むかのごとき超人的英雄の思考と行動が描かれるのだから、親しみなど持ちようがない。フランスの劇場では目をつぶって詩句に聞き入っているお婆さんがいたりするというが、コルネイユ悲劇は詩句の美しさとある種の様式美によって生き残っていくことになるのだろうか。

一方、喜劇、とりわけバロック的趣向が満載の『舞台は夢』は人気が高いようで、その理由もよく分かる。演劇そのものを舞台にのせるというメタ演劇的性質がもつ現代性に加え、劇中劇の筋立ても恋愛あり脱獄ありでじつに楽しいのだ。この芝居は僕にとっても偏愛の一作なのだが、「劇中劇」のような仕掛けはペレックのお気に入りである。中編小説『美術愛好家の陳列室』（一九七九）は「画中画」を主題として、不安まじりの眩暈を引き起こさずにはおかないし、小説『人生　使用法』には「物語の中の物語」が頻出している。「劇中劇」や「画中画」がもつメタ的性質は、これらの作品のメタフィクション性に通じるものなのである。メタフィクションとは、フィクションを成り立たせる仕掛けを意図的に描くことによって、読者に現在読みつつあるものが作り話であることを意識させるフィクションのことを言う。『人生　使用法』に見られるメタフィクション的性質としては、①建物全体を描く小説の中に、建物の絵を描く画家が登場する、②小説を構想したり執筆したりする登場人物が多数出てくる、③索引や年表が付されており、必ずしも「線形」な読みを求めない、④家具の来歴や先祖の歴史などが発展して頻繁に「物語内物語」、「第二次の物語」を構成する、⑤自己言及的ディテールが無数に散りばめられている、などの点を指摘することができよう。とりわけ、①と④が「劇中劇」を思わせる性質であり、実際、『人生　使用法』の設計図として機能している〈文学への暗示〉の制約には、暗示対象をなす十作品のなかに、「劇中劇」で知られるシェイクスピア『ハムレット』が含まれている。

それでは、『舞台は夢』の「劇中劇」とはどのようなものなのだろうか。外枠をなす芝居のあらすじは以下のようなものである。第一幕の主要人物はプリダマンと魔術師のアルカンドル。家出した息子クランドールの行方を案じる父親プリダマンに、魔術師アルカンドルは幻影によって、息子が経験した波瀾万丈の半生を映しだして見せる。この息子の物語こそ「劇中劇」をなすものであり、外枠に位置してこの「劇中劇」を見守る父親は「観客」の、それを生み出す魔術師は「劇作家」ないし「演出家」の暗喩となっていることは明らかであろう。芝居は観客を夢中にさせなければ失敗なのだから、息子の波瀾万丈の冒険もそうしたものとして提示されている反面、これが「芝居」であることがすっかり忘れられてしまうようでは、わざわざ「劇中劇」の体裁をとった意味がなくなってしまう。そのため、「劇中劇」においても、各幕（第二幕、第三幕）の最終景では、外枠に位置する魔術師と父親の場面に戻り、彼らの反応を見せることによって、今、夢中で見ているものが「芝居」に過ぎないことを、観客に思い出させるようになっている。こうした場面では、観客代表の父親が息子の運命を心配するのに対し、作者としての魔術師はすべてを心得ており、「大丈夫、うまく行くから」と、劇つまりは息子の運命が好転することを予告するのである。客席の興奮を盛り上げつつ、劇作家はそうした反応を承知の上と誇示するかのようだ。

ところが、「劇中劇」に夢中になって息子の運命を案じるあまり、父親プリダマンはご法度を犯してしまう。父親は倅が窮地に陥るのを目にして、芝居の外枠にとどまっていられず、「劇中劇」の進行中に思わず「ああ！　倅がやられた！」（第五幕第五景）と声を発するのである。これまでは、虚構の意識化は最終景でささやかになされていたのに、まさに観客が没頭しているはずの芝居のさなかに外枠から呼び戻されるようなもので、芝居の効果を台無しにしかねない危うい箇所とも言えよう。しかし、実はこの父親の介入は続く第六景における「種明かし」を予告するものであることがすぐさま判明する。息子の死を嘆く父親に対し、魔術師はこれまで見てきた幻影が「芝居」に過ぎないことを明かすのである。つまり、ここまで一続きの物語として受け取られてきた「劇中劇」は、実際には二つのパートに分かれていて、前半に相当する第二幕は家出した息子が曲折の末恋人と結ばれるまでの実際を描いているのに対し、後半の第三幕は役者となった二人とその一座による芝居だったというのだ。ということは、第三幕は厳密には「劇中劇」どころか「劇中劇のなかの劇」＝「第三次の演劇」を構成していることになる。ところが油断ならないのは、この「第三次の演劇」、すなわち一座による芝居も、純粋な虚構とばかりは受け取れないことである。第三幕で「芝居」として息子夫妻が演じる夫婦げんかの最中には、第二幕で描かれた二人の恋や駆け落ちに言及されているため、どこまでが現実に起きたことで、どこからが作りごとなのか、種明かしの後でも判然としないところがあるのだ。この曖昧さはもちろん意図的なものである。第三幕が実はお芝居だった、というどんでん返しを効果的なものとするために、ひとまず第二幕と第三幕が同じ現実に属するもの、一続きの出来事として受け取られる必要があるためである。

このような錯覚、つまり、当初「第三次の演劇」が現実に息子に生じたこととして受け取られることや、第二幕と第三幕という水準の異なる「劇中劇」が混淆しているような印象などは、『舞台は夢』がもつバロック的性質を典型的に示すものと言えよう。十六世紀末から十七世紀前半を特徴づけるバロックの文学は、世紀後半に確立される古典主義との対比において、理性に対して情念、秩序に対して流動性に優位を与える非合理主義的文学とされ、しばしば、「だまし絵」的趣向や取り違えなどの手法によってそうした動揺がもたらされることが指摘されている。この「だまし絵」もまたペレック好みの趣向であって、『人生　使用法』では、部屋に掛けられた絵の描写が詳細になされることがよくあり、読者は自分が読みつつあるものが部屋そのものの描写なのか絵の描写なのか分からなくなったりするのだ。ペレックにおいては、このような「だまし絵」効果もまた、表象に対する批評的意識から用意されているのであり、メタフィクション的意匠のひとつなのだが、『舞台は夢』における「だまし絵」も同様の意味を持ちうると言えよう。

バロックが好む動揺、混乱、錯覚に対して、古典主義が重視する秩序として、出来事・場所・筋がひとつであることを求める三単一の規則の他に、荒唐無稽さを排する「真実らしさ」や、ジャンル・趣味との「適合性」の要求などが知られている。バロック演劇である『舞台は夢』は、駆け落ち、脱獄、殺人など波瀾万丈の筋立てをもっている。真実らしさも趣味の良さも蹴散らす勢いであり、そんなところも僕にはとても好ましく感じられる。寝床でもつい読みふけってしまうような、波瀾万丈な物語を偏愛するペレックは、自身の作品、とりわけ『煙滅』や『人生 使用法』の中に、荒唐無稽な奇譚をてんこ盛りに詰め込んでいる。獣姦マニアの男を殺すため動物の尻の穴に爆薬を詰めて差し出す逸話（『煙滅』）や、囚われの女の逃亡を手助けした報いに奇怪な拷問を受ける探検家の物語（『人生 使用法』第七八章）などはその最たるものだ。

こうして、バロック演劇たる『舞台は夢』とウリポ作品の一典型である『人生 使用法』を比較してみると、バロック、古典主義およびウリポのあいだには、奇妙にねじれた関係が存在することが改めて実感される。ウリポはそもそもシュルレアリスムという非合理主義への反作用として生まれたこともあり、バロックの非合理主義に対置される古典主義との親和性は高いはずだ。〈制約下の創作〉というウリポの公準も、規則の遵守という古典主義美学に通じるものであった。ところが、実際には、ペレックが多用する趣向はきわめてバロック的なのだ。ペレックに限らず、クノーにおいても、変装（『地下鉄のザジ』の偽警官トルースカイヨンの変幻）や取り違え（『わが友ピエロ』における蠟人形との会話）といったバロック的特徴は容易に指摘できる。というのも、クノーの小説を貫くテーマは「外観と実質」の問題であるとも言えるのだが、ジャン・ルーセが喝破するごとく、これはまたバロックの問題でもあったからだ。

十七世紀を語る際に用いられるバロックや古典主義という用語は、時代的限定を踏まえた術語であるが、一方で、バロックも古典主義も、人間の想像力のあり方や創作のあり方に関する普遍的傾向を示しうる概念でもある。したがって、二十世紀の文学にいたるまで、この両者が形を変えつつ姿を現していることに不思議はないし、ひとりの作家に両者がともに認められることもあって当然だろう。十七世紀については、ある時期まで、古典主義の存在感が大きすぎて、バロック的なものの価値が見えにくくなっていたが、今ではバロックの再評価も進み、ずいぶんバランスがとれてきたようである。

ルネ・デカルト
『方法序説』
一六三七

大学の仏文科は哲学者とみなされる著述家も自分たちの領分に取りこんでいる。間口の広さ、懐の深さを示しているようで良い慣習だと思う。僕個人は抽象的に過ぎる哲学には余り魅力を感じないたちではあるのだが、それでも、デカルトの『方法序説』（一六三七）には別格の魅力を感じてきた。それは、真理探求の「方法」が完成品として示されるのではなく、そうした方法が必要とされた経緯や適用上の問題点などが、自らの体験に即して具体的に描かれていて、まさに「人間の声が響いている」（ヴァレリー）からである。正直なところ、デカルトの「方法」のエッセンスである四つの規則、すなわち、明証性、分析、総合、枚挙の各規則は、これだけ読んでもすごいともありがたいとも思えず、しごく当たり前のことを言っているようにしか思えなかった。だが、実際には、スコラ哲学の権威が君臨していた時代に、これらの規則だけを頼りに自分の力で新たな学問を構築しようとしたデカルトの試みは、哲学や自然学のみならず学問一般の歴史において革命的な転機であったはずであって、僕の鈍い反応はデカルトの恩恵がすでに一般化した時代に生を受けたがゆえの、忘恩の振る舞いでしかなかろう。

自分は「一人で闇のなかを歩く人間のように」慎重に道を切り開いていった、とデカルトは述べている。こうした自己規定からもうかがえるところだが、デカルトは思想の改革においてはきわめてラディカルでありながら、その実践、あるいは実生活との折り合いの場面ではしばしば保守的と非難されるほどに穏健さを保っている。モンテーニュにも通じるこの穏健さを僕は好ましく思うのであるが、デカルトの発想には空恐ろしさを感じないでもない。不確実なことを疑い抜いた結果、いかようにも疑い得ない第一原理「われ思う、ゆえにわれあり」が見いだされた経緯はよく知られている。この出発点からいわゆる心身二元論を導くにあたり、デカルトはさらりとこう述べるのだ。

それから、わたしとは何かを注意ぶかく検討し、次のことを認めた。どんな身体も無く、どんな世界も、自分のいるどんな場所も無いとは仮想できるが、だからといって、自分は存在しないとは仮想できない。〔…〕このわたし、すなわち、わたしをいま存在するものにしている魂は、身体〔物体〕からまったく区別され、しかも身体〔物体〕より認識しやすく、たとえ身体〔物体〕が無かったとしても、完全に今あるままのものであることに変わりはない、と。〔谷川多佳子訳〕

哲学的な思考実験に過ぎないんだよ、と諭されてしまうかもしれないが、僕には「身体のない自分」はどうしても仮想できない、というよりも、想像はできるがとても恐ろしい。手塚治虫の漫画『ブラック・ジャック』に、頭部結合双生児の身体から切り離された脳が、水槽の中で生かされ続けるというエピソードがあるのだが、これを子供の頃に読んで暗澹たる気分に陥ったことを思い出した。第五部で言及される「動物機械論」もこれとは逆の意味で怖い発想であり、実際、十七世紀後半の反デカルト主義者には、動物が魂を持たない機械に過ぎないのなら町中の犬を虐殺しても構わないのかと、攻撃の糸口を与えてしまう。合理主義とか懐疑といったイメージの与える冷徹さと、心身二元論が含意する恐ろしさがあいまって、「人間の声」が響く『方法序説』から一瞬デカルトの人間味がかき消えてしまうような気さえするのだ。

それに対して、「第三部」に記される三つの道徳的格率は、読者の気持ちをほぐしてくれるのではなかろうか。なにしろ、一番目の格率は、とりあえず法律、慣習、宗教を守り、良識ある人びとの意見に従っておこう、というのだから、この規準に従っている人なら、頭の中でどれほど過激なことを考えていようと、滅多なことをやらかす心配はなさそうだ。こうした保守的かつ微温的な道徳律は、学問上の革命を遂行するため、生活上の安全を確保しようとの周到な予防策だったというのが定説らしいが、谷川多佳子によれば、疑わしきこと、不確かなものの排除を実生活においては排除しえないデカルトの〈弱さ〉〈悲しみ〉〈屈折〉を読みとる見方もあるとのこと。近代思想・科学の礎を築いた知的英雄が哀愁を漂わせていると思うと親しみを感じずにはいられない。

もっとも、過激思想の持ち主やら現実離れした書斎人やらのイメージがデカルトにあるとすれば、それは〈合理主義の祖〉というレッテルのせいであろう。実際には、『方法序説』の第一部と第二部に記されているとおり、ドイツの炉部屋で四つの規則と三つの道徳格率を見いだす以前にも、デカルトは「世界という大きな書物」を求めて広く世間を旅し観察していたのだ。また、「方法」を見いだした後、懐疑を実地に行ったのが新たな旅においてであることは、第三部に書かれているとおりである。九年の旅を経てオランダに隠棲の地を求めてからも、デカルトの生活は書斎で完結していたわけではなく、運河沿いを散歩し港湾での作業を眺めては喜びを感じていたことは、パリのゲ・ド・バルザック宛書簡（一六三一年五月五日）が伝えてくれる。

もしあなたの果樹園に果実がなっているのを見て、多すぎるほどの豊穣に喜びがあるとするならば、ここに数々の船が入って来て、インド諸国で産出するあらゆるものやヨーロッパでは珍しいあらゆるものを、沢山われわれにもたらすのを見ることにも、それに劣らない喜びがあるとお考えにはならないでしょうか。人が望みうるかぎりの生活上のあらゆる便宜とあらゆる珍しいものとが、この場所ほど容易に見出される他の場所を、世界のどこに選ぶことができるでしょうか？

〔久保田進一訳〕

港に見られる巻き上げ機や滑車などの機械の動き、あるいは、すべてが数によって支配される商取引などの港の活動風景が、デカルトにとって力学や数学の発想源になったのではないか、ヴァレリーはそんな想像を膨らませている。また、ボヘミア王女エリザベトとの往復書簡（一六四三年五月二一日、六月二八日）によって指摘された心身問題のアポリアも、日常生活の実践のうちにその解決が求められるようになっていく。心身問題とは、物質ではなく延長をもたない精神が、いかにして物質である身体と結合できるのか、という問題であるが、デカルトは精神と身体が結びつくメカニズムを理論的には説明しかねたものの、両者が確かに結びついていることは日常生活の場で実感できるはずだ、というのである。このように、デカルトの学問は確かに日常の場面から発想のヒントや題材を汲んでいたのだろうが、先のゲ・ド・バルザック宛の手紙からは、そうした功利的意味合いを超えて、風景を見ること、日常と親しむことそのものへの喜びが感じられないだろうか。思えば、デカルトが隠棲した十七世紀のオランダは、風俗画が花開くことになる土地柄であり、物それ自体の美しさに目を向ける土壌があったのだろう。

最後に、クノーと『方法序説』をめぐる逸話を記しておこう。クノーはかつて『方法序説』を口語訳する計画を抱いていたという。この計画がやがて処女小説『はまむぎ』（一九三三）に発展したというのであるが、どうやらこれは眉唾のようだ。とはいえ、古物商のトープ爺さんが大切にしている青い扉を、誰かがひょんなことから財宝の隠し場所だと思い込み、おのおの登場人物が理詰めの推論を重ねた結果、出発点のわずかな偏差がとんでもない妄想へと膨らんでいくさまは、まさにデカルト的合理主義の戯画に見えなくもない。そしてなにより、『方法序説』が当時の学術言語であるラテン語ではなく一般人にも理解可能なフランス語で書かれたという事情を思えば、その口語への翻訳はデカルトの志を継ぎきわめてまっとうな企てだったと言うべきなのだ。

モリエール『ドン・ジュアン』

一六六五

ドン・ファンといえば、漁色遊蕩の典型的人物として、モーツァルト／ダ・ポンテ（『ドン・ジョヴァンニ』、一七八七）、バイロン、メリメ、プーシキン、バーナード・ショーら、ヨーロッパの文学芸術を担う錚々たる面々によって、繰り返し取り上げられてきたことで知られている。こうした系譜の起源は、いくつかの民間伝承に取材したスペインの戯曲『セビーリャの色事師と石の招客』（ティルソ・デ・モリーナ、一六三〇）にあるのだから、モリエールの『ドン・ジュアン』（一六六五）は長い変奏の歴史のごく初期に位置していると言えよう。規範からの逸脱や調子の不統一がしばしば指摘されつつも、『ドン・ジュアン』が『タルチュフ』（一六六四）や『人間嫌い』（一六六六）とともに、モリエール後期の傑作に数えられ現在でも成功を収めていることには、もちろん理由がないわけではない。己の欲望のみに従い、結婚制度や借金から信仰にいたるまで、あらゆる秩序を侵犯しては舌先三寸で切り抜ける悪の英雄はなんとも痛快な魅力を放っているからである。だが、このような感じ方は、罪人を栄光に満ちた反逆者へと祭りあげたロマン主義の影響なのかもしれない。ジャン・ルーセによれば、十七世紀には誰一人としてドン・ジュアンを愛してなどいなかったというのだ。当時の観客にとって、女性、家族、信仰の敵である遊蕩児は石の騎士像に罰せられて当然だったのであり、因果応報の結末あってこその芝居だったということなのだろう。

起源となったスペイン戯曲の、『セビーリャの色事師と石の招客』という長い題名が示しているように、本来ドン・ファン神話には遊蕩とともに石像による神罰が不可欠であったはずなのだが、モリエールにおいては以下に述べるような別の理由によっても、騎士像の場面の重要性はいっそう増しているのである。ティルソ・デ・モリーナや後発のモーツァルト（ダ・ポンテ）とモリエールを比較したとき、筋立てや登場人物の違いは数多く指摘できるが、作劇上もっとも驚くべき変更点は、ドン・ジュアンによって殺される騎士の娘ドニャ・アナ（ドンナ・アンナ）の存在がフランス劇詩人によって消し去られていることだ。本来、石像となった騎士は色事師の手にかかった娘を助けようとし逆に斬り殺されたという設定なのである。モリエールの芝居においては、この娘の存在が消去されたことによって、石像による懲罰から私怨による復讐の意味合いが消え、遊蕩児の犯したあらゆる罪に対する天罰の意味合いが強まることになっている。

さらに、騎士像が表象しているのが神の権威だけでなく王権でもあることは、ローマ皇帝の衣装を着こんでいることによって示されている（三幕五場）。実際、誘惑による家族制度の攪乱、借金の踏み倒し（四幕三場）、殺人など、ドン・ジュアンは国家秩序の維持の観点からも看過しえない振る舞いに及んでいるのだから、石像による懲罰を王権による懲らしめと捉える余地も十分にあるはずだ。ところが実際には、元ネタのスペイン戯曲では登場人物としての国王が王室の経費で石像を建てているのに対し、モリエールの舞台からは正義の権威者たる国王がすっかり欠落しているのである。ジャン・ルーセが指摘するように、この欠落を埋めるのがドン・ジュアンの父親ドン・ルイの存在感なのだ。モリエール版の父親は、ティルソ版におけるよりもはるかに威厳を帯びていて、放蕩息子に説教の大演説をぶっている（四幕四場）。

おまえがいろいろとやらかしてくれたせいで、父親としての私の愛情ももう限界だ。おまえが思っているよりも早く、おまえのそのどうしようもない行いに私自らけりをつけてやる。神さまのお怒りが下される前に、この手で罰しておまえをこの世に誕生させた恥をそそぐつもりだからな。

〔秋山伸子訳〕

水林章が指摘するように、モリエールの『ドン・ジュアン』において、石像による劫罰が象徴しているのは、掟の侵犯者に対する、神、王、父という三つの権威者からの報復なのである。修道院にいた若い女性（エルヴィール）と結婚して棄てたばかりか、キルケゴールが軽蔑するごとく、結婚を餌に若い娘を誘惑するなど、神聖なる結婚を踏みにじるドン・ジュアンの振る舞いが神の怒りを買うのはよく分かるし、数々の国家秩序への反逆が王権による懲罰を呼びこむのも当然であろう。だが、父親ドン・ルイは実のところ、放蕩息子の何が気にくわなくて怒っているのだろうか。単に放蕩三昧という事実だけに立腹しているわけでもなさそうなのだ。

いくら貴族でも、立派な生き方をしなければ何にもならんぞ。ご先祖さまのようになろうと努力しなければ、ご先祖さまのご威光にはあずかれないのだぞ。ご先祖さまの立派な生き方のおかげで我々に注がれる光に導かれて、私たちも同じように立派な生き方をしなければならないのだ。ご先祖さまが示してくださった道をたどり、ご先祖さまの立派な生き方から堕落しないようにしなければ、本当の子孫とは認められないのだ。

父親は息子の破廉恥な振る舞いで現在の家族に恥が及ぶことを責めているわけではなく、「ご先祖さま」や「子孫」への言及から分かるように、まっとうな結婚の回避による血縁の断絶および「立派な生き方」という精神的系譜の途絶に怒りを覚えているのである。

モリエールの『ドン・ジュアン』に潜在する〈系図の断絶〉のテーマは、モーツァルトの『ドン・ジョヴァンニ』からは明示的には読み取れない。オペラは開幕早々にドンナ・アンナとの悶着や騎士の殺害を提示し、〈私怨による復讐〉の側面を強く押し出す反面、国王も父親も舞台に乗せないため、血統で維持される貴族社会の混乱という問題は後景に退いているのである。しかし、ドン・ジョヴァンニとてれっきとした貴族の一員である以上、モーツァルトの歌劇にもこの問題が伏流していることは間違いない。

〈系図の断絶〉にこだわってみたのは、同じ問題を背景にもつペレックの『煙滅』に、『ドン・ジョヴァンニ』が取り込まれているためである。中世の聖者伝『教皇聖グレゴリウス伝』に関連して述べたように、『煙滅』においては、父親による長子以外の子の殺害意図や、家族の離散により心ならずも生じる近親相姦などによって、絶えず系図が混乱にさらされているのだ。登場人物の一人の青年は父親の元から家出し、まさにドン・ジュアンのごとき無頼な生活を経たのち、オペラ歌手という天職を見いだす。その青年が『ドン・ジョヴァンニ』の騎士像役を歌う場面はイタリア語のセリフとともに描かれている。『煙滅』においては、引用や暗示などはほぼ例外なく〈消された文字〉を喚起するものとなっているのだが、この場合も、石像が訪ねて来る場面からイタリア語のまま引用された従者レポレロのセリフは、「文字が消されていること」を暗示するものとなっている。「ああ、旦那様！　大変だ！〔…〕石の男が！　白い男が！」。文字が消去されたあとの「空白」blanc を喚起することから、『煙滅』において〈白〉はつねに禁じられた文字に結びついているのだ。ちなみに、騎士像を「白い男」と形容するのは『ドン・ジョヴァンニ』のみであり、元のスペイン版にもモリエールにも見られない特徴づけである。

『煙滅』に取り込まれた『ドン・ジョヴァンニ』においては、石像と遊蕩児の生死が反転し、石像役を歌った青年のほうが舞台から落ちて死んでしまう。モリエールのドン・ジュアンを襲った「稲妻」、「裂け目」、炎の「赤」をそっくり引き継ぐかのように、石像を演じる青年は舞台上で衝突し、石膏製の舞台衣装にジグザグ（＝稲妻）の「裂け目」を刻んで、「赤い」血を流して亡くなるのである。つまり、結婚制度を弄ぶ放蕩者を罰し〈系図の断絶〉の一般化を防ぐのがドン・ファン伝説における騎士像の役割だったとすれば、ペレックによるこの反転によってその歯止めははずされたことになる。そして実際、『煙滅』においては系図の混乱が蔓延しているのだ。『煙滅』という作品の内部で考えるならば、こうした〈系図の断絶〉は『教皇聖グレゴリウス伝』の（『選ばれた人』を媒介とした）書き換えの場合と同じく、実人生において系図の切断を経験したペレックの実存の傷に呼応するものとみなすことができよう。だが、近代社会における〈ドン・ファン的なるもの〉への懲罰という、より広い視野から見直してみるとどうだろうか。欲望の解放、放蕩はもはや罪とはみなされず、系図の断絶は現実に少子化というかたちをとってあらわれている。人々に規範を強いていた神も父もかつての力を失ってしまった。現代に生きる僕らはみなドン・ファンに憧れているかのようだが、本当にドン・ファンになり、さらには石像との対決を征したということなのだろうか。

ブレーズ・パスカル
『パンセ』
一六七〇、死後出版

鋭い人間観察を提示するモラリスト文学として名高い『パンセ』は、キリスト教護教論を構想しつつ早世した天才パスカルの遺稿集である。キリスト教信仰をもたない者に「神なき人間の悲惨」を突きつけ信仰へと促すことがその構想の一部をなしており、パスカルの「人間学」は日常に埋没し安住する人々に冷徹な現状認識を迫る役割を担っている。こうして、人間を超える価値や存在に目を向け始めた読者に対し、キリスト教の正しさを証明するという段取りになっているわけだが、聖書学の知識がない身には何が問題になっているのかよく分からないところも多々ある。僕が『パンセ』を初めて読んだのは中学生のときだったが、護教論としての意義は理解しようもなく、したがってキリスト教の信仰に導かれることもなかった。しかしながら、当時熱中していた数学から心が離れて人文学に関心を持ち始めたことには、今から思えばパスカルの議論が影響したのではないかという気がしないでもない。数学がパスカルの言う「気晴らし」に見えてきたのである。

人間が絶えず従事しているさまざまな活動は、すべて、死すべき人間が悲惨な境遇から目を背けるための「気晴らし」である、とパスカルは言う。自分自身のことを考えないようにする、というのが気晴らしの本当の意味なのだから、狩猟や賭博など分かりやすい娯楽だけでなく、宗教的な内省以外のあらゆる人間活動、芸術、学問、政治など、社会を維持し発展させてきたと考えられるあらゆる活動が、パスカルによれば気晴らしだというのだ。こういう議論を読んだために、当時憧れていた大数学者たちが途端に色褪せて見え始めた。彼らは、人知の限界を押し広げた英雄だと思っていたのに、単に、もっと大事なことから目を逸らしていただけだなんて。それに、父親を早くに亡くしたこともあって、自分にも遠からず訪れるであろう死に無関心ではいられなかったのも確かだった。死について、あるいは、死すべき人間としていかに生きるべきかについて考えることのほうが、観念の戯れみたいな数学よりよっぽど大事なことではないのか、などと思い始めてしまったのだ。アンリ・ルフェーヴルは、恋愛も酒も賭博も、人生の楽しみのほとんどを知らない中学生に、人生の虚しさを説くような『パンセ』は読ませるべきではない、というようなことを言っていたが、確かにそうかもしれない。

以来、『パンセ』には、とりわけ「気晴らし」をめぐる断章には、深く納得する気持ちと、でも、「気晴らし」ってそんなにいけないことだろうか、と疑念に思う気持ちが半ばしてきた。疑念を掻き立てる要素はいろいろあるが、まず、「気晴らし」をやめて何をすればいいのか、という疑問がある。『パンセ』の「気晴らし」に関する断章を読んでいると、「自分のことを考える」とか「自分を見つめる」といった表現がやたらと目につく。どうもこれこそが「気晴らし」をやめて取り組むべき活動であるらしい。

> 王たちの境涯が幸福である最大の理由は、人々がひっきりなしに彼らの気をそらせ、あらゆる種類の快楽を彼らに得させようとしているからだ。——王を取り囲む臣下たちは、ひたすら王の気をそらせ、彼が自分のことを考えないようにすることしか考えない。なぜなら、いかに国王であっても、自分のことを考えると、不幸になるのだから。
> 〔塩川徹也訳〕

これに嚙みついたのが十八世紀の啓蒙思想家ヴォルテールである。何の活動もせず自分を見つめているだけ、自らの悲惨な境遇について内省しているだけなどという人間は存在しえない、というのだ（『哲学書簡』第二十五信）。本当に存在しえないかどうかはともかく、いっさいの人間的活動から身を引き、自らの悲惨な境遇を凝視し熟考するだけというのでは、果たして生きていると言えるのだろうか、とは確かに思う。「生きる」ということをしないでそれについて「考える」ことに生涯を費やすなんて……。

そもそも、パスカルの目論見は生の空しさを強調して信仰を求めさせることにあったわけだから、人間の活動の「楽しさ」や「喜び」を不当に貶めているのは戦略上当然であって、そうした評価がパスカル本人の実感と一致していたのかどうかは分からない。この点は、護教論として構想された『パンセ』の性格を考えれば、混同してはならないところだろう。

パスカルは、金を賭けずにゲームをしてもつまらないはずだ、とか、人間がゲームや代数の問題に夢中になるのは、成果を友人に自慢するためだ、といったことを言っている。つまり、人間が何かを行うのは、行為そのものが与えてくれる「楽しみ」のためではなく、精神を高揚させ虚栄心を満足させるために過ぎないというのだ。だが、本当にそうだろうか。パスカル自身数学者として難問の解決に挑んだ経験があるのだから分かっていたはずだが、純粋に面白いからという理由で数学の問題を考えることはありうるし、ルーレットのような運次第の遊戯ではなく囲碁や将棋のような複雑なゲームであれば賭け金なしでも十分楽しいものである。このように、パスカルによる「気晴らし」批判には、個々の論点を取り出せば承服しがたいところもあって、人生の諸活動がもたらしうる楽しさや喜びが必要以上に蔑まれているようにも思うのだが、それでも彼の議論が気になって仕方がないのは、人間のあらゆる活動が現況から目を背けるための気晴らしである、という認識自体は真実を突いているからなのだろう。問題は、気晴らしがそうしたものであると認めた上で、これを擁護するのか非難するのか、という点にある。信仰ももたず歳を重ねてどんどんだらしなくなっている僕としては、人間が悲惨なのは分かるけれども、気晴らしによってそこから逃避できるのならば、それくらいはどうか許して欲しいという心境にある。それに、パスカル自身が記しているように、気晴らしには癒やしの効果もあって、子を失った親の悲しみを一時的にでも紛らしてくれたりするのだ。

人間は、どれほど悲しみに満たされていても、何か気晴らしに引きずり込むことができれば、その間は幸せだ。

僕が愛読するレーモン・クノーの小説では、登場人物たちがゲーム、釣り、映画など気晴らしにふける場面が頻繁に出てくる。『ルイユから遠くはなれて』（一九四四）に登場する詩人デ・シガールは「日常生活のつらさを忘れるために映画を観に来る」のだと打ち明けていて、同じく映画館に逃げ場を求めていたであろう庶民の心情を代弁する存在となっている。苦しさを忘れるために気晴らしを求めずにはいられない庶民の生き方を、クノーは同情的に温かい目で見ているようなのだ。

一方、パスカルに批判的だったことで知られるヴァレリーは、『パンセ』の内容自体よりも、その書き方や動機に対して鋭い矢を放っている。

他の人間たちに君たちは無であり、人生は空しく、自然は敵であり、認識は幻影であると繰り返し言って聞かせることで、私たちは彼らにいったい何を教えたことになるのだろうか。この無である人々を打ちのめして、あるいは彼らがとっくに知っているはずのことをあらためて言って聞かせていったい何の役に立つというのか。

〔山田広昭訳〕

僕の正直な気持ちもこれに近い。「何の役に立つか」と言えば護教論の役に立つのだろうが、人として生まれてきてしまった以上、どんなに呑気に見える人間であっても人の境遇の悲惨さなど「とっくに知っているはず」なのだから、どうかこれ以上責めたてないで欲しい、気晴らしに逃避するのを許して欲しいと思う。

繰り返すようだが、パスカルは正しいのである。正しすぎる。それだけにきちんと向き合うには覚悟がいるし、痛いところを突かれるからこそ反発もしたくなるのだ。ヴォルテールにせよヴァレリーにせよ、気になることを言われればこそ、あれほど執拗に批判せずにはいられなかったのだろう。僕自身もパスカルの言葉をたえず反芻しつつも、その悲観的な人間観や人生観を無条件に受け入れることは出来ずにいる。高尚な文芸を遊びや暇つぶしの用途で弄ぶなと難癖をつける人に対し、「暇つぶし以上に大事なことがあるのか」と啖呵を切るモンテーニュが僕は大好きだ。

そのような人間は、わたしとはちがって、快楽、遊戯、暇つぶしが、どれほど価値があるかわかってないのだ。というか、わたしなど、それ以外の目的こそ笑止千万《しょうしせんばん》と、今にも口から出かかっている。

〔宮下志朗訳〕

数学を気晴らしとして見限ったくせに、それよりましとも思えぬ文芸遊戯にうつつをぬかす僕にとってなんと心に響く言葉だろうか。その一方で、パスカルの「気晴らし論」が図星を言い当ててくれて大変ありがたいと思っていることもある。それはまさに人間活動のすべてが「気晴らし」に過ぎないと言い切ってくれたことだ。ゲームや音曲などはつまらない暇つぶしとして蔑みながら、芸術、学問、政治にかかわることとなると、途端に命を賭すべき一大事という口吻で話し始める人間がいるものだ。パスカルが言うように、所詮すべては「気晴らし」に過ぎないのだから、まあまあ、落ち着け、と言いたくなる。

十八世紀

学生時代、脈絡もない濫読の果てに点が繋がって線となり線が面を形作り始めた頃、つまりは「フランス文学史」を多少は実感とともにイメージできるようになった時、十八世紀という時代は文芸の香りを欠いた時代のように思われてならなかった。小説はというと、十七世紀の延長のまま構成を欠いてやたらに長かったり（ルサージュ『ジル・ブラース』〔一七一五～三五〕、マリヴォー『マリアンヌの生涯』〔一七三一～四一〕）、後には廃れてしまった書簡体小説（モンテスキュー『ペルシア人の手紙』〔一七二一〕、ルソー『新エロイーズ』〔一七六一〕、ラクロ『危険な関係』〔一七八二〕）や対話体など、なじみのない形式だったりする。詩人として名をとどめるのはアンドレ・シェニエくらい、量産されていたらしい芝居も現在まで残っているのはマリヴォー（『愛と偶然の戯れ』〔一七三〇〕など）とボーマルシェ（『セビリヤの理髪師』〔一七七五〕、『フィガロの結婚』〔一七八四〕）だけ。要するに、現代思想に火傷して哲学・思想アレルギー気味だった当時の僕は、啓蒙思想だの哲学者だのが前面にせり出している十八世紀を、とっつきにくく自分には縁遠い時代だと早合点していたのだ。

　実際、学生時代の僕を遠ざけた哲学者という知識人像こそ、十八世紀という時代に共通する関心の在りかを示すものと言えよう。十七世紀の理想的人間像であるオネットム（礼儀正しい立派な人間）が社交界という限定された空間での振る舞いを規定しているのに対し、哲学者の関心は社会全般のみならず遠い異国にまで開かれていた。十八世紀の思想、小説、演劇に通底する社会批判の次元はそうした関心の具体的現れなのである。

　後期のペレックの仕事として近年にわかに重視されはじめたルポルタージュ的企画や作品（『パリの片隅を実況中継する試み』〔一九七五〕、『場所』〔一九六九～七五〕など）、あるいは、子供の頃の思い出とオリンピック幻想をめぐるフィクションを交錯させることで、自らは経験していない収容所の真実を浮き上がらせた特異な自伝『Wあるいは子供の頃の思い出』（一九七五）など、この作家に親しい二つのジャンル、ルポルタージュと自伝が誕生した時期こそまさに十八世紀であった。レチフ・ド・ラ・ブルトンヌの『パリの夜』（一七八八）やメルシエの『パリ情景』（一七八一）は、批判意識をもって庶民のパリの醜悪さをも描きだし、卑近な日常生活を文学の内部に取り込んだ。場末のカフェやパリの裏道が舞台となるクノーの小説や詩（『はまむぎ』〔一九三三〕、『街をさまよう』〔一九六七〕）、〈社会学的関心〉を標榜したペレックの諸作は、こうした十八世紀のルポルタージュをはるかな淵源に持つとも言えるであろう。

　先に、十八世紀は文芸の香りを欠いているように感じられた、という学生時代の誤解を記したが、今にして思えば、十九世紀以降に定着した文芸ジャンルにおさまらない多様な表現がなされていることこそが十八世紀の魅力だったのである。十八世紀の書き手たちを特徴づける多分野・多方面における活躍、ジャンルや規則を意に介さない表現への情熱こそが、自伝やルポルタージュといった領野を切り開いたということなのだろう。

こうした「何でもアリ」な大らかな文学観だけでなく、現世的な快楽を肯定するその明るさもまた、今の僕が十八世紀という時代に感じている魅力である。謹厳実直な十九世紀にも世界の闇に直面した二十世紀にももはや見られない、生きる歓びのあっけらかんとした肯定。さらに、『不正確科学百科事典』を企図したクノーに僕が感じ取っていた〈相対的な物の見方〉、モンテーニュにおいても僕を魅了した美点は、モンテスキュー、ヴォルテールをはじめとして、十八世紀の主だった書き手の多くに共通して見いだせる。なにしろ、理性を武器に偏見や迷妄と闘った哲学者たちの時代である。その風通しの爽やかなことと言ったら、他の時代とはちょっと比べようがない。

ヴォルテール『カンディード』
一七五九

東日本大震災のもたらした被害をテレビで見たときの衝撃は忘れられない。真っ黒な津波が黙々と前進し家屋や車を容赦なく呑みこんでいく。その光景を高台で、あるいはテレビ画面の前で見つめながら、誰もが茫然とするほかなかった。地震と津波、さらには原発事故がもたらした悲しみ、恐怖、絶望、無力感、怒りは今なおとうてい忘れることはできない。当時、この未曾有の大災害を「天罰」ととらえる見方が物議を醸したが、一七五五年にリスボンを襲い三万人もの犠牲者をだした大地震も、十八世紀のヨーロッパ人に神の摂理を疑わせる衝撃的な出来事であった。理神論者のヴォルテールは、世界を創造した神はその後の運行には関与していないとの立場であったから、「天罰」といった発想は受け入れなかったものの、それまで共感していた「最善説」に対し批判的立場に転ずることとなる。最善説とは、この世の中はありえたはずの世界のうちで最善となるよう作られている、という考え方のことだ。この立場においては、災害など「個別の不幸」も人知を超えた大いなる摂理において「全体の幸福」に寄与しているとみなされる。こうした世界観は理不尽な不幸を受忍するうえで慰めにもなりうる反面、罪のない人々、とりわけ子どもを襲う不幸を目の当たりにすると、素直に受け入れられるものではあるまい。ヴォルテールはリスボン大地震の一報を受けとるや即座に「リスボン大震災に寄せる詩」（一七五五）を書き上げ、お得意の皮肉も諧謔もない、直截かつ激越な言葉で最善説の冷酷さを批判している。

「すべては善である」と唱える歪んだ哲学者よ
来い、すさまじい破壊のようすをよーく見るがいい

その残骸、その瓦礫、その灰を見よ
地面には、女たち、子どもたちの死体が重なる
砕けた大理石のしたに、ひとの手足が散らばる
大地の餌食となった十万もの人間たちが
深手を負い、血にまみれても、まだぴくぴく動いている
落ちた屋根に埋まり、救援もなく、痛みと恐怖のなかで
惨めに一生を終えようとしている
〔…〕
圧死した母親の血だらけの乳房にすがりつく赤子は
この世でどんな罪、どんな過ちを犯したというのだ
〔斉藤悦則訳〕

テレビやネットはおろか写真週刊誌も存在しない時代のことである。震災発生のひと月後に新聞によって情報を得たヴォルテールが被災地の光景を目にしえたわけではもちろんない。この詩の光景はあくまで想像された惨状なのだが、血まみれでぴくぴく動く手足だの、血だらけの乳房にすがる赤子だの、具体的かつ個別的な被害状況が生々しく描かれている。一方、この四年後に刊行される哲学的コント『カンディード』(一七五九)も、詩で批判された「歪んだ哲学者」を諷刺するものとなっている。最善説を素直に信じる青年カンディードは、さまざまな経緯から、ヨーロッパ、南

米、トルコを転々としつつ、ありとあらゆる不幸の経験を通じて、ついには当初の迷妄を脱するにいたるのだ。一連の不幸にはもちろん自然災害も含まれており、カンディードは最善説を奉じる哲学者パングロスとリスボンを訪れるや早速大地震に見舞われている。

〔…〕二人が町に足を踏み入れると、たちまち足元で大地が揺れるのを感じた。港の海水は泡立って高く盛り上がり、停泊中の船を砕くのだった。炎と灰の渦が町の通りや広場を覆いつくし、家々は崩れ落ち、屋根は建物の土台のところにまで倒壊し、土台は散乱し、三万人の老若男女の住民が廃墟の下敷になって押しつぶされる。〔植田祐次訳〕

「リスボン大震災に寄せる詩」の生々しい描写と較べてずいぶんあっさりした記述ではなかろうか。海、船、家屋の惨状にひととおりは触れられているものの、それらは大地震の紋切り型イメージに過ぎないとも言え、なにより、長詩においては具体的であった犠牲者への言及が「三万人」という数字に回収されてしまっている。もちろん、「大震災に寄せる詩」は災害直後の激情にかられ一気呵成に書き上げられたのに対し、『カンディード』の批判対象は個別の災害ではなく、最善説なる世界観そのものであったという違いはある。この小説においては、リスボン大震災といえども、この世に遍在するさまざまな不幸の一つに過ぎないため、こうした淡泊な扱いを受けているということなのかもしれない。

しかしながら、犠牲者を数字に還元してしまうような、抽象的かつ俯瞰的な災害の捉え方は、リスボン大震災の描かれ方に限らず、カンディードがなりゆきで巻き込まれる戦争に際しても見られるのだ。

まず大砲は双方の陣営でおよそ六千人を倒した。つぎに一斉射撃が最善の世界からその地表を汚すならず者どもを九千から一万人ほど取り除いた。銃剣もまた数千人の死の充足理由となった。総計はおよそ三万人に上ったかもしれない。

『カンディード』執筆中にも終結していなかった、まったくの同時代的出来事である七年戦争(一七五六〜六三)から想を得ているにもかかわらず、この箇所はリスボン大震災と同様の抽象的記述にとどまっており、犠牲者数まで同じ「三万人」とされるなど、ほとんどリアリティを感じさせない。それもそのはずで、水林章が指摘するように、「うまく身を隠して」遠巻きに殺戮を眺めているカンディードはこのとき、戦争すらも善きことと捉えるパングロス流最善説にいまだとらわれたままなのだ。主人公に戦争を悪や悲惨ととらえる視点がないのだから、語りが淡泊であるのも無理はない。この時点のカンディードにとっては、戦争といえども因果の連鎖における一要素に過ぎないのだ。そこで、戦争の「結果と原因についてじっくり考えようと決めた」カンディードは、戦場を俯瞰するのではなく低い目線で地上を歩きまわることにする。その際に目にした惨状は次の引用のとおりである。

彼は死者や瀕死の人間の山を乗り越え、まず隣村にたどり着いた。村は灰燼《かいじん》に帰していた。そこはアヴァールの村だったが、ブルガリア人が公法の掟にしたがって焼き払っていたのだ。ここでは弾丸を浴びた老人たちが、血まみれの乳房に乳飲み子を抱いたまま喉《のど》を切り裂かれて死んでゆく妻を眺めているかと思えば、かしこでは幾人かの英雄の自然の欲求を満足させた後、腹をえぐられた娘たちが息を引き取ろうとしていた。そうかと思えば、半身焼かれたような状態にあって、とどめを刺してくれと叫ぶ娘たちもいた。地面には、切り取られた腕や脚のわきに脳味噌が散乱していた。

『カンディード』全体の基調には漫画みたいなところがあり、主要登場人物たちは鞭打たれようが鼻を削がれようが何事もなかったかのように復活するのであるが、この戦場の描写は明らかに調子が違う。血まみれの乳房にすがる赤子や断片と化した手足など、「リスボン大震災に寄せる詩」のイメージがこちらに移植されていることにも着目すべきだろう。どうして天災ではなく人災の描写がリアルに描かれているのだろうか。

ドイツの哲学者アドルノは、『カンディード』における最善説批判に言及しつつ、リスボン大震災のような天災は「まだ見通しのきくもの」であり、アウシュヴィッツのような「いかなる人間の想像力をも越える」社会的破局に比べれば、「取るに足らないもの」だと述べている（『否定弁証法』）。東日本大震災を経験した日本人にとって、天災が「見通しのきくもの」であるとか「取るに足らない」といった言い種はすぐには飲み込みかねるかもしれないが、自然現象としての天災は人間が何を考えようと起きてしまうものであり、誰を恨むわけにもいかない性質のものではある。「なぜ？」とか「あの時ああしておけば……」といった思考をほとんど無効にしてしまい、起きたことを受容せざるをえないという意味では、あれこれ考える余地がなく「見通しのきくもの」であり、人間の側に裁量の余地がないという点では確かに「取るに足らない」ものとも言えるのだろう。

ヴォルテールが犠牲者の悲惨な描写を天災から人災に移行させたのはなぜなのか、僕に確たることは言えそうにない。アドルノのように、天災は取るに足らぬもので「地獄を創り出す」のは人災だと考えたとは限るまい。いずれにしても、『カンディード』の有名な結末、苦難の果てにトルコの小さな土地で仲間と共同生活を営むことになったカンディードの境地、「ぼくたちの庭を耕さなければなりません」という「庭の教訓」も、天災と人災に対する心構えに関わっているような気がしてならない。自らの力が及ばずいかんともしがたい出来事について、いたずらに恐れたり無駄に後悔したり、無意味な思弁を重ねても仕方ないわけで、人間は制御の及ぶこと、対処しうることに着実に取り組むよりほかないからである。

ラクロ
『危険な関係』
一七八二

『ペルシア人の手紙』や『新エロイーズ』など、十八世紀に盛んに書かれた書簡体小説は、手紙という通信手段がすっかり廃れてしまった現代の目からは、なおさら古めかしい仕掛けに見えてしまう。しかしながら、書簡体小説は登場人物と読者に現在時の限定された情報しか与えず、全知の俯瞰的視点を排除しているという意味で、二十世紀小説に通じる特徴を備えているとも言えるのだ。そのうえ、『危険な関係』のように、多数の登場人物が縦横に手紙をやりとりするタイプの書簡体小説においては、視点やメッセージの発信者が複数化されるのみならず、受信者も絶えず入れ替わることになる。〈誰が〉語るかだけでなく〈誰に〉向けて語られるかによっても、出来事が大きくその様相を変えてしまうのは言うまでもあるまい。このように、書簡体小説が原理的に〈唯一の真実〉を揺さぶる仕掛けであるのに加えて、『危険な関係』の主題である恋愛ゲームにおいては、誰もが自分の真意を隠して他者の内心を読み操ろうとするのだから、手紙の数だけ異なる様態が提示されるのは必然となる。だが、そもそも誰が誰に向け、いかなる意図で手紙を書いているのか。

錯綜する思惑の根幹をなしているのは、メルトゥイユ侯爵夫人が企てる復讐である。夫人は自分を裏切った男に仕返しすべく、その男の婚約者、世間知らずの娘セシルを他の男に誘惑させ堕落させようと考える。そして、この誘惑者の任務を、自分の元愛人で名うての放蕩者ヴァルモン子爵に依頼するのだ。当初ヴァルモンは小娘の誘惑には興味を示さず、より難度の高い獲物、貞節で評判のトゥールヴェル法院長夫人を誘惑しようとする。ところが、セシルの母親が法院長夫人に悪評を吹き込んで自分の恋を妨害していることを知って、腹いせにその娘セシルの誘惑をも引き受けるのである。セシルが若い騎士ダンスニーに惹かれていることを知ると、ヴァルモンは二人の仲をとりもつとの口実で娘に接近し、やすやすと誘惑に成功する一方で、貞淑なトゥールヴェル法院長夫人にはてこずりながらも、手管を弄してこちらもついには陥落させてしまう。だが、メルトゥイユ夫人とヴァルモンの協力関係は目的の達成を境にきしみ始め、トゥールヴェル法院長夫人やダンスニーなど周囲の人物をも巻き込みながら互いに傷つけ合い、破局に向けて突き進んでいくことになる。

小説の序盤において、メルトゥイユ夫人は仇敵の婚約者セシルの堕落だけを望んでおり、ヴァルモンの色恋沙汰には無関心だったはずなのに、ヴァルモン当人から手練手管を打ち明ける手紙を受け取ることによって、もう一方の当事者であるトゥールヴェル法院長夫人よりも出来事の裏側に通じてしまっている。本来、書簡体小説の登場人物は現在進行形の出来事について俯瞰的視点を持つことはできないものだが、『危険な関係』におけるメルトゥイユ夫人はその例外をなしているのだ。盟友ヴァルモンから直接受けた報告のみならず、第三者に宛てた手紙の写しが転送されてきたり、他の人たち同士の手紙を横取りしたりすることによって、小説内を行き交う手紙のほとんどがメルトゥイユ夫人のもとに集まってくるためである。だが、手紙だけで構成される言説空間を彼女が牛耳っている理由はそれだけにとどまらない。すべての登場人物、すなわち手紙の書き手および受け手のなかで、メルトゥイユ夫人だけが手紙の読み方そして書き方を知っているからなのだ。しばしば指摘されるように、『危険な関係』はその内部に読書論や文芸批評を含んでいるのである。

『危険な関係』の登場人物はみな手紙の書き方も読み方も知らないといって過言ではなく、たとえば、純真なセシルは、「自分の考えていることを全部書いて、考えていないことはいっさい書かない」、「子どもみたいな書き方」だとメルトゥイユ夫人に咎められている（第百五の手紙、桑瀬章二郎・早川文敏訳）。そうしたなかで、放蕩者の二人組はさすがに武器たる言葉の本質を心得ているようで、ヴァルモンとメルトゥイユ夫人のやり取りは、しばしば相手の手紙の言葉づかいをめぐって、つまりはテクスト分析というかたちで展開されることになる。ある種の状況で用いられるある種の言葉は、指示対象への評価を表す以上にその言葉を用いる人間の精神状態を露呈するものだ、というヴァルモンの考察など（第百二十九の手紙、メルトゥイユ夫人宛）、これまで無数の恋文を交わしてきた遊び人だけあって、さすがによく分かっている。だが、それとて、言葉によって〈本心を隠すこと〉をめぐるメルトゥイユ夫人の機微にふれた考察と比べれば、放蕩者としても批評家としても、格の違いを感じさせずにはおくまい。メルトゥイユ夫人によれば、ヴァルモンの恋文は言葉を「無理やり整えて」いるため「秩序が行き届いており、それがかえって一文ごとに〔…〕本心をさらけだしてしまって」いる、というのである（第三十三の手紙）。放蕩者にとっての核心的問題は、いかにして自分の内面を知られずに他者の内心を読むか、ということになるだろうが、小説の中心に位置する〈自伝的書簡〉によって、メルトゥイユ夫人はこの問いに答えようとしている。自分の若い頃、社交界に出たての若い娘にとって「自分のものといえるものは自分が考えていることだけ」だったのだから、あらゆる手立てを用いてこの宝を守りぬかねばならなかったと振り返ったうえで、メルトゥイユ夫人はこう述べている。

> 心を見抜かれないというだけではもう満足できず、次々と異なる相貌のもとに自分を示して興じました。自分の振る舞いに自信が持てるようになると、今度は話す言葉の内容にも気を配りました。状況に応じて、というよりは気の向くままに、振る舞いも言葉も制御したのです。そのときから自分のものの見方はこの私だけのものになり、人に見せたほうがよいと思うことしか表に出さなくなりました。
> 　こうして自己鍛錬するうち、他人の表情や顔立ちが語ることにまで注意を集中させるようになり、ついには人を見抜く鋭い目を手に入れたのです。〔第八十一の手紙〕

しかしながら、メルトゥイユ夫人は見せてよいものしか表に出さないはずなのに、「この私だけのもの」である「自分のものの見方」をヴァルモン宛の一連の手紙において、あまりにも軽率にもらしてしまっているのではなかろうか。そもそも、この〈自伝的書簡〉自体が自分の手の内をすっかり明かしてしまっているのである。メルトゥイユ夫人が警戒心を解いてしまったのは、かつての愛人であり盟友でもあるヴァルモンに寄せる親密さゆえだった。〈親密さ〉と言って〈信頼〉と言わないのは、メルトゥイユ夫人はヴァルモン自身から早い段階で、セシルからの手紙を世間に公表して母親の名を傷つける計画を明かされているからである（第六十六の手紙）。ヴァルモンがとても信頼などできる男でないことはこの段階ですでに明らかなのだから、メルトゥイユ夫人は、こういう男に手の内を明かしてしまえば、その刃が自分にも向きうると警戒すべきだっただろう。親密さに気を許し内心をさらけ出した手紙は、リベンジポルノのごとく、外部への公表がそのまま敵対行為となってしまう。実際、決裂したヴァルモンにこれまでの手紙を公表され、メルトゥイユ夫人は評判も富もすべてを失い破滅してしまうのだ。唯一手紙の読み書きを心得ており、残酷な手紙を代筆しトゥールヴェル法院長夫人を間接的に殺したメルトゥイユ夫人（ボードレールの評）、手紙の威力を知り尽くしていたはずの夫人が、手紙によって身を滅ぼすという皮肉。天然痘によって醜くなったその姿が「病気ですっかり表裏が入れ替わって、今では心が顔に表れている」とする世間の評価は、〈内〉にとどめて隠し通してきた真意、親密な相手だけに交わしたはずの手紙が、〈外〉に反転してしまった夫人の悲劇を見事に言い当てている（第百七十五の手紙）。

　メルトゥイユ夫人とヴァルモンの決裂は、小説における物語の結末を画する出来事であるが、それが同時に小説の創造の物語ともなっている、というトドロフの指摘は傾聴に値しよう。三人称小説における語り手の正体と同じように（さまざまな場所のいろいろな人物について情報を得られるのはどんな立場なのか）、書簡体小説を構成する手紙がひとところに集まることになった経緯はよくよく考えてみれば不思議である。二人の〈内〉に隠匿されるはずであった手紙が公表されることで『危険な関係』という小説の存在が説明されうるのだから、確かに両者の決裂、とりわけヴァルモンの死へ向かう物語は小説の創造の物語でもあるわけだ。プルーストの『失われた時を求めて』のように、自己批評を内包しつつそれ自身の創造をも組み込んだ小説、『危険な関係』は二十世紀小説に通じる新しさを備えているのである。

ジャン＝ジャック・ルソー『告白』

一七六六〜七〇執筆、一七八二〜八八刊、死後出版

近代的な「自伝」はルソーの『告白』に始まるとされる。もちろんルソー以前にも、自らの過去を物語る書物は書かれているのだが、それらの目的はいずれも、神への帰依を跡づけたり公的な出来事を証言したりすることであって、「わたし」という人間が何者なのかを明らかにすることではなかった。だが、それこそがルソーの試みであったことは、『告白』の有名な冒頭が宣言しているとおりである。

わたしはかつて例のなかった、そして今後も模倣するものはないと思う、仕事をくわだてる。自分とおなじ人間仲間に、ひとりの人間をその自然のままの真実において見せてやりたい。そして、その人間というのは、わたしである。

〔桑原武夫訳〕

公的な地位や役割ではなく「わたし」そのものの真実を追究するというからには、従来ほとんど顧慮されることのなかった幼年期から青年期までの時期にも多くの言葉が費やされることになる。これもまたルソーの自伝がもつ革新性として指摘される特徴であり、実際、物語としてもっとも精彩に富み魅力に溢れているのは、ルソーが思想家ルソーになる前の時期に相当する「第一部」（第一巻～第六巻）なのである。ルソーは生まれてまもなく母を失い、父が喧嘩の累を避けるため町を出た後、叔父に引き取られて徒弟奉公に出される。こうした経緯が語られるとともに、尻への折檻で芽生えた幼い性衝動、旅の道連れとなった二人の少女との甘美な戯れ、同性愛者からのアプローチ、後に愛人となるヴァランス夫人との出会いなど、悪漢小説的な波瀾万丈の筋立てと牧歌小説風の甘美さに溢れており、読み物として抜群に面白い。さらには、生涯にわたって痕跡を残しその後の生き方や思考に影響を及ぼすことになる意味深い出来事も書き留められている。たとえば、身に覚えがないにもかかわらず、櫛の歯を折った罪を着せられ何度も折檻された思い出。誰もが経験するであろう小さな誤解に基づく冤罪事件ではあるが、子供にとっては世界への信頼が崩れ去るほどの重大事に他なるまい。

この事件が、わたしの子供の時代のほがらかさの終りだった。このとき以来、まじりっけのない幸福はもう味わえなくなった。今日追想しても、少年時代の楽しい日の記憶はここでおわっている。〔第一巻〕

ルソーが自らの人生も人類の歴史も〈黄金時代からの転落〉として思い描くことと、少年時代のこの事件とはまったくの無関係ではないのだろう。

逆に、自らが冤罪を作りだしたという苦い記憶もある。従僕として働いていた未亡人の家で、気に入ったリボンを盗み、好意を寄せていた少女マリオンにその罪をなすりつけてしまったというのだ。語り手としてのルソーは、この少女のことがつねに頭にあったため犯人としてつい名指ししてしまったのだとか、本当は彼女にリボンをやりたいと思っていたのだとか述べたて、好きだった娘を陥れるという不可解な振る舞いの弁明を試みている。興味深いのは、事件当時の状況に立ち戻り自らの心境を再現するのみならず、この出来事とその影響が〈現在〉においてもつ意味をもあわせて考察している点である。

この良心の重荷は、〔…〕今日まで少しも軽くなっていない。何とか少し解放されたいという望みが、わたしに告白を書く決心をさせるのにたいへんはたらいているといっていいのだ。〔第二巻〕

さらに、過去の出来事に起因する良心の呵責は、〈告白〉という現在の行為の動機となっているだけでなく、自伝執筆時の世界認識にも、具体的には、第二部（第七巻〜第十二巻）に色濃く影を落とす陰謀論にも影響しているようなのだ。

このつらい追憶には今でもたびたびなやまされる。不眠の夜など、この娘がやってきて、わたしの罪をまるで昨日したことのように、責める姿が見えるほど、心のみだれることがある。平穏に暮らしていたあいだはそう苦しめられなかったが、困苦の多い生活のさなかでは、おれは罪なくして迫害されているんだ、という甘い気休めの気持を奪いさる。〔第二巻〕

よく知られているように、後半生のルソーは思想上の対立だけでなく、社交下手な性格や誤解によって引き起こされた人間関係の軋轢に悩んで迫害妄想を強めていた。実際には一枚岩でなかったはずの敵対者たちを、この箇所のルソーは「あの気の毒なマリオンのために復讐をする人間」とみなし、子供時代の事件を現在の迫害の理由と考えているのである。

公的出来事の記録に主眼がある回想録においては、語り手が公的生活に入るまでの子供時代は記すに値しないため、ルソー以前にも書かれていた回顧録の類で子供時代に多くのページが割かれることはなかった。子供時代に多くの言葉を費やし、しかも現在時との関連においてこの時期の出来事を意味づけてみせたところに、ルソーの自伝の画期的特徴のひとつがあるのだ。ルソー以後の自伝においては、スタンダールにせよレリスにせよ、子供時代に相応の重きが置かれることが通例となるのだが、サルトルの『言葉』（一九六四）やペレックの『Wあるいは子供の頃の思い出』（一九七五）となると、文学修業や作家デビューの経緯はおろか青春時代の恋愛も描かれぬまま、思春期の入口で自伝が終わってしまう。そもそも誰のものであれ自伝というジャンルは、何らかの分野で名を成した人物が「いかに形成されたのか」を興味の中心としていることを考えると、子ども時代しか描かれないというのは本末転倒と言えなくもない。もちろん、ペレックについて言うなら、「強制収容所での母の死」という表現すべき主題があり、その出来事がまさに作家の子供時代に生じたという事情はある。だが、子供時代という、原理的に日付や証拠をもたない、一種の神話時代と交錯させながらでなければ、ペレックが〈語りえないこと〉を表出しえなかったこともまた確かであろう。

ルソーは第二部の冒頭で、記憶の助けとなる書類がすべて失われたため誤りが混入する可能性に言及しつつ、本質的に重要なのは事実の正確さではないと断っている。

> ただ一つたのみになる忠実な道案内がある。それは一連の感情のつながりであり、これがわたしの存在の連続をしるしづけ、また、その感情の原因あるいは結果になった事件の連続をも明らかにするのである。わたしは不幸はやすやすと忘れる。けれども過失は忘れられない。よい感情

はいっそう忘れがたい。そういう感情の思い出は、心から消えさるにはあまりに貴重だ。事実の書きもらし、日付のとりちがえやまちがいは、やるかもしれぬ。だが自分の感じたこと、また感情の命じた行為についてまちがうことはない。そして、それこそ肝心のところなのだ。〔第七巻〕

この一節はルソーがパリに出た後の出来事を記すにあたっての釈明なのだが、幼年期から青年期についてはもとより記録文書など存在しないのだから、第一部についても適用されうる弁明であり、要するにこれは『告白』全巻を貫く原理であると言えよう。とりわけ子供時代については、「事実の書きもらし、日付のとりちがえやまちがい」に頓着せず「感情の思い出」を記す以外に手立てはないのが実情なのだ。

この点で、書きもらしや日付のまちがいどころか、まったくの作り話や捏造された記憶を、それに伴う感情の強度だけを拠り所として、堂々と書き記してしまうペレックの自伝は、ルソーと同種の原理に支えられていると言える。『Wあるいは子供の頃の思い出』のある章には、第二次大戦中、ペレックが一人で疎開していた寄宿舎に一人の婦人が訪ねて来る場面が記されている。母から離れ寂しさをつのらせていた少年は、母親が迎えに来てくれたものと思い込み駈け寄っていくのだが、やって来たのは見知らぬ女だったという。自伝の語り手はこの訪問の場面そのものを確実に記憶しているわけではなく、伝聞か捏造に由来する思い出であろうと推測しており、出来事そのものの真正性には疑念を抱いているのだが、それに付随する感情の鮮やかさは疑っていない。

ぼくの真ん前にいて、微笑みながらこんにちはと言っているその婦人をぼくは知らなかった。ベルト叔母だった。その後ぼくは彼女の家でほぼ一年間暮らした。この訪問はおそらくそのとき彼女が回想したか、さもなくばまったく捏造された出来事なのだが、にもかかわらずぼくはそのことをいとも鮮やかに憶えている。その場面全体のものではなく、そのときぼくが感じた不信、敵意、警戒心の感情の思い出だ。

〔酒詰治男訳〕

そして、出来事としては生じていなかったかもしれない思い出が、その感覚の鮮やかさの力だけによって、何らかの根源的真理を開示してくれるはずだ、そう語り手は期待しているのである。

石川美子によれば、ルソー以後の自伝作者には、範とするか否かによらずルソーを強く意識する系譜（スタンダールなど）と、ルソーに関心を寄せない系譜（シャトーブリアン、バルトなど）があるという。ルソーの自伝を黙殺しているペレックは、後者の系譜に属している。それもそのはずで、前者の系譜の関心が「わたし」にあるとすれば、後者の系譜にとって自伝の究極の目的はそこにはないからである。しかしながら、先に述べた〈感情の思い出〉に依拠する原理の他にも、〈無実の罪による懲罰〉の主題、過去の自己と語り手としての自己を対比することで「二重に自分を描く」手法（スタロバンスキー）など、ペレックの自伝がルソーの『告白』と共有する特徴は少なくない。このことは、ルソーの自伝がプロトタイプとしての普遍性を備えていることに加え、両者がともに日付も証拠ももたない〈子供時代〉の特性に依拠していることに由来するようにも思われる。

ドニ・ディドロ
『運命論者ジャックとその主人』
一七七二～七三執筆、一七九六刊、死後出版

現代にまで及ぶディドロの人文諸科学への影響やその現代性の精確な把握は、僕の能力をはるかに超えているが、小説の歴史における『運命論者ジャックとその主人』の独創性ならば僕にも見まがいようがない。従僕ジャックは、各人の運命はあらかじめ天上の書物に書き込まれている、と考える「運命論者」であり、その主人とともにあてどない馬上の旅を続けている。外枠をなすこの旅物語の中に、二人がとめどなく繰り広げるおしゃべりが包みこまれているのだが、そのおしゃべりにおいてもまた、絶えざる脱線や逸脱が繰り返され、入れ子状に別の物語が始まってしまう。開巻早々に予告されるジャックの「恋の話」は先送りされるばかりで、もはや「恋の話」そのものが語りの駆動力をなしているというより、その中断理由のヴァリエーションこそが読者の興味を繋ぎとめているかのようなありさまなのだ。

『運命論者ジャックとその主人』がもつアンチ・ロマンあるいはメタフィクションとしての側面が

二十世紀に尖鋭化する小説の実験を先取りしていることは明らかであり、カルヴィーノのような作家がこの作品の遊戯精神を称讃するのももっともである。ジャックと主人が岐路にさしかかると、語り手はしばしば複数の可能性を示し好きなものを選ぶよう読者に提案する。カルヴィーノはこの点をとらえて、クノー作のツリー型物語「あなたまかせのお話」（一九六七）を想起している。だが、読者が実際に展開を選択できるツリー型物語とは違って、ディドロの語り手は結局のところ自分で選んだ選択肢だけを展開していくわけだから、むしろ、カルヴィーノ自身のメタフィクションである『冬の夜ひとりの旅人が』（一九七九）との類縁性こそ指摘されるべきであろう。いずれにせよ、『運命論者ジャックとその主人』にみなぎる遊戯精神がウリポのそれと遠からぬことは歴然としているにも関わらず、カルヴィーノ以外のウリポ作家、とりわけクノーやペレックによるこの小説への積極的な言及はないのだから不思議なことだ（ただし、ペレックがディドロに多大な関心を寄せていたこと、十八世紀即ちディドロとすら考えていたことも事実である）。この黙殺の理由はおそらく、ディドロ自身の発想源ともなっているスターンの『トリストラム・シャンディ』（一七六〇〜六七）をこそ、彼らがより根源的な先駆者とみなしていたためなのだろう。実際、ペレックはスターンにはしばしば言及しており、自分の小説でも〈剽窃〉しているほどだ。『トリストラム・シャンディ』というのは、主人公の受胎から始まりながらその誕生が先送りされ続けるという型破りのイギリス小説であるから、これに比べれば、ディドロの小説は所詮二番煎じに過ぎない、ということなのだろうか。もっとも、食わせ者のディドロはそんな批判が出ることを予期してか、巻末近くに何食わぬ顔でこんなことを書きつけている。

以下に引く二番目の段落は、『トリストラム・シャンディーの生涯』から書き写されたものです。ただし、運命論者ジャックとその主人の対話の成立がこの著作より前ではなく、しかも、スターン司祭が剽窃したのではない、とすればの話ですが。

〔王寺賢太・田口卓臣訳〕

ウリポには、影響関係の時系列を逆転させた「先取り剽窃」なる概念があり、自分が影響を受けた先駆者を「先取り剽窃者」として反語的に賞賛する風習があるのだが、ディドロはまさにこの概念を先取りしつつ、「書くこと」が本質的に盗用と無縁でありえないこと、そして、自らのテクストもまた剽窃行為と危うい関係を結んでいることを仄めかしているようなのだ。

メタフィクション的仕掛けといい間テクスト性への意識といい、さらには、語られる内容よりも語る行為そのものを重視するある種の形式主義といい、『運命論者ジャックとその主人』はポストモダン小説と共通する特質をいくつも備えており、小説の方法の探求が深化するにつれて、とりわけ二十世紀になってますます評価を高めたのも当然であろう。けれども、二十世紀末以来、小説の退潮が喧伝されるとともに、形式や技法の洗練が色あせて見え始めてもなお、『運命論者ジャックとその主人』は現代文学の導きとなりうるものだろうか。

このように考えるとき、チェコからの亡命作家ミラン・クンデラが『運命論者ジャックとその主人』を偏愛する理由として、「西欧近代の精神」、すなわち知性とユーモアと空想がこの小説に濃縮されていることを挙げているのはきわめて示唆的である。一九六八年、母国がロシアに蹂躙されたチェコ事件の直後、クンデラは突然ドストエフスキーに拒否感を覚えるとともに、ディドロの『運命論者ジャックとその主人』に強いノスタルジーを感じたという。自国を占領するロシアの「重厚な不合理の精神」に対し、その対極として「西欧近代の精神」を位置づけ、これを体現する『運命論者ジャックとその主人』を心の支えにしたというのだ。深遠さ、感傷性、不合理といったロシア的な「重苦しい」精神風土に対し、知性、ユーモア、空想という西欧近代の「軽やかさ」を対置し逆境に耐えたわけである。もっとも、「軽やかさ」はまさにカルヴィーノが来たるべき千年紀の文学に求めた特質であり、おおかたのポストモダン文学が備えているとも言えるわけで、ロシアによる占領という現実の不幸に直面したクンデラを支えたのが、単なる「軽やかさ」だけであったとは信じがたい。

クンデラ自身はあまり正面から言及しないようであるが、『運命論者ジャックとその主人』は「真面目な問題を扱う陽気な小説」（ピエール・シャルチエ）なのであり、圧倒的な「おしゃべり」に寸断され続ける諸々の物語においては、思うにまかせない人生をいかに乗りきるべきかという「真面目な問題」がつねに主題となっている。「禍福は糾える縄の如し」との言葉どおり、『運命論者ジャックとその主人』においては、ある一時点での不幸の評価は後々まで分からないものとして描かれており、いっときの逆境を深刻に受け止めすぎぬよう促しているようにも読めるのだ。田口卓臣が述べるごとく、書物の推進力たる「恋の話」にもそのような禍福の反転が組み込まれていて、ジャックは戦争で受けた膝の怪我に始まる受難の連続を経たからこそ、恋の相手であるドニーズと出会えるのである。もっとも、ドニーズと結婚したからとて、幸福が恒久化するわけでないのは、巻末でジャックがつぶやいているとおりである。

ジャックは晩になるたびに、ひとりごちてこう自分に言い聞かせたのです。お前が寝盗られるってことが天上に書かれているのなら、なあジャック、お前がどうあがいたって、寝盗られることになるのはお決まりだろう。逆に、お前が寝盗られることなんかないって天上に書かれているのなら、あの男たちがどうあがいたって、お前が寝盗られることなんてないんだよ。だからもう眠ろう、なあ、わが友よ…　そうして一人、彼は眠りについたのでした。

このように、小説の結末は、苦難を乗り越え結婚したはずの妻が主人らに寝盗られる可能性に言及しており、禍福の糾いが今後も続くことを予想させる。だが、あらたな不幸を予感しても、ジャックはもはや落ち込んだり慌てたりしないどころか、なるようにしかならないと高を括って安らかな眠りにつくのである。これこそが「運命論」のもたらす胆力でありオプティミズムであろう。

とはいえ、八方破れのこの小説が何らかの「命題を説くための寓話」におさまるはずもなく、運命論による楽観主義を説いて人々を励ますことが『運命論者ジャックとその主人』の主眼であるとは思えないし、そもそも、読者としてもそのようなメッセージを読みとること自体が容易ではないのだ。ジャックの「恋の話」のみならず、ド・ラ・ポムレー夫人による復讐譚など「禍福の糾い」を提示する物語の多くが途中で何度も断ち切られるため、不幸と幸福の結びつきが見失われがちだからである。そのせいか、個人的な好みを白状してしまえば、『運命論者ジャックとその主人』に対するクンデラやカルヴィーノの偏愛は僕にはちょっと共感しかねるところもある。ジャックと主人の旅のみならず、入れ子状に挿入された諸々の物語のいずれについても、話の展開への関心は持続しえず、そのはぐらかされ方を面白がるのでなければ、小説自体を読みつづけることが困難であるように思う。一言でいうなら、理が勝ちすぎた小説のように感じられてならない。

カルヴィーノのように前衛小説の先駆を見出すにせよ、クンデラのように西欧精神の精髄を見出すにせよ、僕自身は『運命論者ジャックとその主人』に手放しで熱狂することはできないので、その点では、ディドロよりスターンを選んだペレックに近いのかもしれない。けれども、『運命論者ジャックとその主人』という小説を、実現された形をもつ「現実態」としてではなく、いまだ現れざる可能性をも包含する「可能態」としてとらえるならば話は変わってくる。クンデラは『運命論者ジャックとその主人』以後の小説史は、本当らしさや写実主義などの要請にとらわれるあまり、本来ありえたはずの豊かな可能性の鉱脈を捨ててしまったと論じている(『小説の技法』)。その意味では、この作品こそは「ありえたはずの文学史」、「仮定法による文学史」、「それぞれの文学史」を限りなく想起させ、まさにウリポ的文学史までも内包する、究極の「ポテンシャル文学」と言うべきであろう。

十九世紀

学生時代に僕が所属していた学科では、十九世紀の作家を研究している教員が圧倒的に多く、同時期にフロベールの研究者が二人、ボードレールが二人、ランボーが二人、マラルメが二人いたことさえあった。それはもちろん、これらの巨星、近代小説を確立し、詩の新時代を切り開き、現代文学への道程を主導した作家たちの重要性をおのずから物語る現象だったに過ぎないのだが、右も左も分からない一学生は、十九世紀の文学こそが王道であるかのごとく思い込む羽目になった。ところが、今から振り返って見ると、かくも輝かしい十九世紀フランス文学と、僕は必ずしも幸福な出会い方をしていないように思えてならない。

通常、十九世紀の前半はロマン主義の時代、後半は写実主義の時代とされる。学生時代に熱心に読んでいたネルヴァルがロマン主義に分類されていたこともあって、彼以外のロマン派、シャトーブリアン、ラマルチーヌ、ユゴーらにも手を伸ばしてみたのだが、ロマン主義の理念には大いに共感するものの、当然ながら個々の作品についてはピンとこないものもあったように思う。反古典主義を標榜するロマン主義は、人間の自我や感情をさまざまな規範や制約から解放することを目指した運動だったとされる。その意気や良しだ。僕自身は後年、古典主義にも通じるウリポなどと関わりを持つことになるものの、生意気な若者にとっては、端正な佇まいの古典主義よりも奔放なロマン主義のほうが訴えかけられるところが大きかった。普遍的な美を崇め規範でがんじがらめになっている古典主義よりも、何にもとらわれずに自我を解放し、誰はばからず自己の感情をうたいあげるロマン主義のほうが、青年の鬱屈に響くものをもっていたのだ。その一方で、高い理想を掲げるあまりに現実との落差に失望し孤独感や倦怠感に苛まれるという、いわゆる「世紀病」については、ちょっとつきあいきれない思いもあった。別段、革命に挫折した世代に限らずとも、人はいつだって現実に裏切られるものであり、あるがままの気分に流されていれば、孤独や倦怠に傾くことだってあるだろう。一つの世代に特有の問題でもないはずなのに、憂愁だの悲哀だの倦怠だの絶望だの〈苦悩〉を大仰に吐き出されても辟易せずにはいられない。十九世紀前半から後半へと時が流れるにつれ時代の精神も移り変わり、あまりに主観的なロマン主義の発想や表現と、成熟したブルジョワ社会の背景をなす科学的で実証的な時代精神とが齟齬をきたすようになってゆく。こうして、ロマン主義の退潮および写実主義への移行がもたらされる。

ロマン主義が詩・演劇・小説などの文学はおろか絵画や音楽にまで広がる芸術概念であるのに対して、写実主義やその発展形である自然主義は主として小説や演劇に適用される概念である。先にも述べたとおり、僕は少なくともロマン主義の理想には共感を覚えたものだったが、当初、写実主義の理念にはさっぱり惹かれるものがなかった。いずれ学校を終えて社会に出ればいやでも直面するはずの退屈な現実に、何が悲しくて書物の世界でまでつきあわなければならないのか。ともあれ、十九世紀にはラブレーもディドロも見当たらず、ロマン主義にせよ写実主義にせよどうにも生真面目に過ぎると思い込んだ挙げ句、卒業論文の主題としては、ロマン主義から養分を摂取しつつもそれを茶化しつつ距離を取るロートレアモンを選んだのだった。そこからはもちろん、ボードレール、ランボー、ヴェルレーヌ、マラルメと続く十九世紀後半の鮮烈な近代詩の世界が開けている。僕自身も一時は熱に浮かされたように彼らの詩句をつぶやいていたものだが、本書ではその重要性に比して、近代詩の扱いが極めて小さくなってしまった。フランス文学の精華である近代詩に対して冒瀆とも言える所業であり、偏向もいいところであるが、もともとそういう趣旨なのだから、この暴挙をもご容赦いただきたい。決して僕自身やウリポがフランス近代詩と縁遠いということではない。実際、Eの文字抜きで書かれたペレックの『煙滅』では、マラルメの「海のそよ風」やボードレールの「万物照応」、ランボーの「母音」など、近代詩の傑作がE抜きで書き換えられている。しかも、各々の詩のテーマや内容、すなわち、空白や虚無（マラルメ）、照応〔＝文法的性の一致〕（ボードレール）、母音と白色〔＝空白〕（ランボー）は、いずれも『煙滅』の中心主題をなしているわけだから、これら近代詩の取り込みは単なる遊戯的パロディ以上の意味を帯びているのだ。

　ロマン主義と写実主義に話を戻そう。先述のように、学生時代の僕は、十九世紀を前後に二分する流派のいずれともあまり良い出会い方をしていない。それに加えて、後年取り組むことになるウリポは「制約下の創作」を標榜しており、しばしば古典主義にも擬えられる。ということは、つまり、反ロマン主義ともみなしうる対象と長らくつきあってきたとも言えるわけだ。しかしながら、文学というものがなんらかの美学や流派にすっきり分類できてしまうはずもないわけで、僕は実際ペレックを通じてロマン主義的なものにも再会することとなった。ルソーに端を発する〈自伝〉は言うまでもなくペレックの営為の大きな一画を占めているわけだが、他にも、世界全体を包摂する大小説『人生　使用法』の中に、ロマン主義的な異国趣味や歴史志向を見出すことも可能だろう。そもそも、十九世紀前半においては、自我と現実の違和から生じる逃避欲求が、空間的逃避としての異国趣味や時間的逃避としての歴史志向をもたらしたとされており、ロマン主義における空間的・時間的拡張を、『人生　使用法』における百科全書志向の結果としてのそれと単純に同一視することはできまい。それでも、写実主義が同時代の限定された空間に留まる傾向を持つことを思えば、ペレックの代表作は、少なくとも時空間の拡がりという点ではロマン主義と親和的だとも言えよう。

もう一方の写実主義については、その後、僕の思うところに変化はあったのか。昔から僕は、取り澄ました態度だとか上品なものが苦手で敬遠してきた。ロートレアモンを通じて親しむことになったシュルレアリスムにせよ、クノー率いるウリポにせよ、上品なものをこけにして笑い飛ばすその破壊的側面が僕を魅了したのは間違いない。写実主義はシュルレアリスムやウリポとは対極に位置しているようにも見えるが、実はこれらの美学と同様の破壊力を秘めている、ブリュノ・ヴィアールはそう指摘している。「物質性、衰えた身体、下劣なもの、性などを描くことで、レアリスムは、古典主義とロマン主義という敵対しながらも兄弟さながらに類似する二者をまとめて攻撃する。前者は社会的礼節のため、後者は道徳的嫌悪感のために、ともに上品ぶっているのだ」〔小倉孝誠・辻川慶子訳〕。なるほど。確かに、写実主義、とりわけゾラによって主導された自然主義には露悪的なところがある。かつての僕が早合点したのとは違って、レアリスムはありふれた現実をただ写すのではなく、さまざまな理由で覆い隠されているものを暴き出す試みなのだとするなら、それは退屈な企てではありえないだろう。そして、凡人の目には見えないもの、隠されているものをえぐり出すためには、なによりもまずよく観察しなければなるまい。そういえば、ありふれた（ように見える）日常の徹底的な観察もまた、ペレックが自らの営為の重要な一領野として位置づけたものであり、その実態や成果は、たとえば、『さまざまな空間』や『パリの片隅を実況中継する試み』といったエッセイや、『物の時代』のような小説の描写にも見いだせるのだ。

そして、もう一点、ペレックに親しむようになってから、写実主義についての見方が変わったところがある。バルザックやゾラに典型的な、あの詳細に過ぎるくだくだしい描写についてである。映像とともに育った世代に言わせれば、どれだけ言葉を尽くしたところで実際に目に見るようなイメージなど生み出せないのだから、適当なところで切り上げてくれればいいのにと感じてしまう。実際、アンドレ・ブルトンのように、言葉による描写に代えて写真を挿入する書き手も現れた。けれども、ペレックの『人生　使用法』における描写は、物語の舞台や登場人物の現実感を強める意図でなされているとは考えられず、言うなれば無償の情熱によって、ただ書きたいから書いているという印象を与えるものとなっている。この異様な情熱はいったいどこから来ているのだろうか。この点でクンデラの簡潔な言葉は示唆的である。「描写とは束の間のものへの憐憫《れんびん》、儚《はかな》いものの救済のことである」〔西永良成訳〕。この世の一切は消え去る運命にある、だからこそ書き留めるに値するというわけだ。もちろん、ペレックが間違いなく抱いていたこうした価値観が、写実主義作家全般にもそのまま当てはまるわけではなかろう。それでも、ペレックと親しんでからの僕は、くだくだしい描写を慈しむようになった気がするのである。

スタンダール『パルムの僧院』

一八三九

スタンダールから一作を選ぶということは、スタンダリアンにとっての永遠のテーマ、『赤と黒』（一八三〇）派か『パルムの僧院』派かを表明することに他ならない。十代の頃の僕が『赤と黒』派だったのは、貴族生まれのファブリスよりも支配階級を告発する平民ジュリアンのほうに感情移入しやすかったためでもあろうが、なにより、レナール夫人およびマチルドとの恋愛を主軸とする筋立てが明確で分かりやすいからだった。その点、『パルムの僧院』においては、小公国パルムの政治や宮廷の陰謀と主要登場人物間の愛憎が密接に絡み合っており、やや理解しづらいところもある。とはいえ、その辺りがよく分からなくても、ワーテルローの戦場でのファブリスの右往左往ぶりや、牢番の娘クレリアとの意思疎通における一喜一憂、さらには手に汗握るファルネーゼ塔からの脱獄場面などは、理屈抜きに面白い。

あれから数十年が経ち、レナール夫人の手を握るべきか否か逡巡を重ねるジュリアンへの共感は相変わらずだが、久方ぶりの恋愛にときめきを覚えながら「老年とは、けっきょく、こういう楽しい子供らしいことができなくなることじゃないか」〔大岡昇平訳〕とつぶやくモスカ伯爵の境地も心にしみるようになった。その間、二作とも数年おきに再読しては、アランのように直近に読み返した方をひいきにしてきたのであるが、今、旗幟を鮮明にせよと迫られるならためらわず『パルムの僧院』派だと答えよう。月並みな言い種ながら、この小説は幸福感にあまねく浸されていて、何度読み返してもすがすがしい気持ちになるからだ。主要登場人物たちの恋は必ずしも願い通りに成就するわけではないが、それでも彼らは恋心を憎悪や無関心に転じることなく、目先の損得勘定を超えて相手への助力を惜しまない。サンセヴェリーナ公爵夫人〔ジーナ〕が甥のファブリスを愛していることに気づいた際のモスカ伯爵、そのファブリスが若い女性クレリアに本気の愛情を抱いていることを知った時のサンセヴェリーナ公爵夫人。陰謀渦巻く宮廷でしがらみだらけの恋愛遊戯に身を投じながら、伯爵にも公爵夫人にも恋の成否にこだわらない潔さがあって、そのことも彼らの言動を追う読者の幸福感と無関係ではあるまい。主人公ファブリスに至っては、戦場で騙されても負傷しても、警察からの逃亡中も、牢獄でさえもどこか満たされた気分を保っているのだ。『パルムの僧院』から読者が受ける、言いたいことを存分に言い切っているという感じは、もちろん、スタンダールの偏愛の地イタリアが舞台であることにもよるのだろう。自伝『アンリ・ブリュラールの生涯』（一九三五～三六執筆）の末尾で語り手は、ミラノ到着時の「完全な幸福」を想起し、その恍惚を定着しようと試みるも断念している。

〔…〕とつぜんロルかニヨンの十町ばかり上方の丘の上の一寺院の鐘が、荘重な音色で打ち鳴らされるのが聞こえた。私はその丘に登った。眼下には、あの美しい湖がひろがり、鐘の音は恍惚たる音楽となって私の想念を伴奏し、崇高な様相をあたえた。

このときこそ、完全な幸福に私がもっとも近づけたときであったと思われる。

このような一瞬のために、生きてきたねうちがあるのだ。

あとになって私はこのような瞬間のことを語るだろう。その幸福の根底はおそらくはもっと現実的な瞬間のことを。しかし、感動はこれほど強烈だったろうか？　幸福の恍惚はこれほど完全であったろうか？

このような瞬間のことを、嘘をいわず、小説《つくりごと》に陥らずに、どうして語りえよう？

〔…〕

三十六年後にこれを書きながら、いまなお私の心臓ははげしく鼓動する。私は紙のところをはなれ、部屋のなかを歩きまわり、また書きにもどる。こういうときの例にしたがって大袈裟な美文調を書く欠点に陥るよりは、真実のある部分をあらわさずにおわったほうがよい。

〔桑原武夫・生島遼一訳〕

このように、憧れのイタリア、ミラノに到着した幸福を、スタンダールは真実そのままのかたちで文章にすることができず苦しんでいる。無理をすれば「小説」を書く羽目に陥ってしまう、というのだ。「人はつねに愛するものについて語りそこなう」ものだとしても、『パルムの僧院』の最初の数ページはそれに成功している、少なくともロラン・バルトはそう評価した。実際、愛するものについて語る喜びは、『パルムの僧院』の冒頭だけにとどまらず小説全体を覆っているとさえ言えるだろう。先の引用箇所には、あふれるような幸福感に言葉がまったく追いつかないもどかしさが見てとれた。『パルムの僧院』はわずか五十三日間で口述筆記されたことが知られているが、ペンをとるのももどかしいほどに、書きたいことが引きも切らずにあふれ出てきたからこそ、そんなことが可能になったのだろう。この小説の執筆過程では、適切な語を探し文章へと練り上げていくという、書くことに付きまとう苦しみがほとんど存在しなかったことになる。そうした事情を反映した、『パルムの僧院』のいかにものびのびとした語り口もまた、読者の幸福感の醸成に寄与しているはずだ。

ところで、スタンダールが口述筆記に要した日数をタイトルに掲げた推理小説をご存じだろうか。

ジョルジュ・ペレックの未完の遺作『「五十三日間」』（一九八九年刊、死後出版）がそれで、もちろん『パルムの僧院』を下敷きにしている。スタンダールの小説と同じく、『「五十三日間」』も二部仕立ての二十八章からなっており、第一部「五十三日間」（小説全体の題名とは二重鉤括弧の有無で区別される）の舞台、旧仏領の熱帯国グリアンタの名は、ファブリスが幼時を過ごした城の名に由来するといった具合だ。その他にも、モスカ伯爵（イタリア語で「ハエ」）はフライという人物名に反映するなど、固有名をめぐる遊戯には事欠かないが、この種のことは他愛ない冗談だと言えなくもない。むしろペレック自身が『「五十三日間」』は鏡のアイデアに基づいた本であると規定していることにこそ注目すべきであろう。実際、小説第二部の標題は、「小説とは往来に沿って持ち運ばれる鏡である」（『赤と黒』）という有名な定式の変化形となっているのである。『「五十三日間」』はミステリでもあるのでここで謎解きの核心を暴露するわけにはいかないが、仕掛けの概略を述べるくらいは許されよう。小説第二部にはいり、探偵役が第一部「五十三日間」を読み解きつつ謎を解明していく際、全篇に散りばめられた『パルムの僧院』への目配せや引用が解決への手がかりとなっているのである。このメタミステリの問題作は残念ながら未邦訳であるが、興味をお持ちの向きには、若島正『殺しの時間』（バジリコ）でより詳しい紹介がなされているのでお読みいただきたい。

『赤と黒』派か『パルムの僧院』派かという冒頭の話題に戻るなら、ペレックは断然『パルムの僧院』派であろう。遺作におけるこの耽溺ぶりに加えて、代表作『人生　使用法』においても『パルムの僧院』からの引用はあっても『赤と黒』は捨て置かれているからである。それでは、『パルムの僧院』の何がかくもペレックを惹きつけたのだろうか。推理小説というきわめて遊戯的なジャンルにおいて、ゲーム好きのペレックは『パルムの僧院』を下敷きにしたのだった。そのことを念頭に置きつつ読み返してみれば、確かにこの小説は意外なほどゲーム的要素に満ちていることに気づく。そもそも、宮廷という場がそういう場所なのだ。池澤夏樹が指摘するように、宮廷という限定された場では、恋愛にせよ陰謀にせよ、ほんのわずかな一手が予想もしないような影響を波及させかねない。そういう状況で行動を起こす際には、棋士が何手も先を読んでから駒に着手するごとく、自らの言動の波紋を先の先まで読み切っておく必要があるからだ。恋愛においても政治においても、宮廷というのは複雑なルールが支配するゲームの場なのである。凡人にとっては面倒この上ない環境であるが、女傑ジーナはこのゲームをすっかり楽しんでいる。

宮廷なんて滑稽なところだけど〔…〕とにかくおもしろいわ。おもしろい勝負だから、規則を覚えればいいのよ。ウィストの規則が滑稽だといって抗議する人があって？　一度規則に慣れてしまえば、相手を負かすのは愉快じゃない？

〔大岡昇平訳〕

さらに言えば、牢獄の内外でファブリスと牢番の娘クレリアが展開するコミュニケーションや、ファブリスとジーナの暗号による通信にもゲーム的要素が認められよう。暗号解読はポーの『黄金虫』以来ミステリ偏愛の遊戯であった。

実は〈しるしの解読〉のテーマは『パルムの僧院』の序盤から頻出し小説の前半を覆っているとすら言える。村の老司祭ブラネス師から「未来を告げるしるしについての無限の信頼」を伝授されたファブリスは、空高く舞う鷲、すなわちナポレオンの鳥を見て皇帝のもとに馳せ参じようと決意し、母が植えたマロニエの若木から葉が萌え出る様に吉兆を見いだし勇気づけられるのだ。合理主義者のスタンダールがどうしてファブリスを迷信深い性格に造形したのか、その理由についてはさまざまな議論があるようだが、作者の意図はともあれ、『パルムの僧院』において数多のしるしが解読され主人公の行動に影響を与えているのは事実である。このこともまたペレックが『「五十三日間」』の参照項に『パルムの僧院』を選んだ動機にかかわっているのかもしれない。先述したとおり、『「五十三日間」』第二部では第一部「五十三日間」の解読が謎の解明をもたらすからである。

とはいえ、『パルムの僧院』に見られる〈ゲーム性〉や〈しるしの解読〉といったテーマはそれ自体としては興味深いものの、結局のところ、ペレックがこの小説に入れあげた理由そのものではないような気がする。『パルムの僧院』の何がペレックを惹きつけたのか、その答えは冒険小説としての圧倒的な面白さをおいて他にないだろう。ペレックはつねづね、読者が腹這いになって読みふけるような、波瀾万丈の物語が大好きで、自分もそうした本を書きたい、と公言していた。代表作『人生 使用法』は彼の夢を実現したものとも言えるのだ。そういう意味で、『パルムの僧院』は、手に汗握る戦闘シーンや脱獄シーンに加え、牢獄の看守の娘と囚人の恋愛など、まさに波瀾万丈なストーリーを展開しており、ペレックの理想を体現する小説なのである。幸福感に満ちていて、抜群に面白くて、そして、よく読むと繊細な人情の機微もきちんと描かれている。これはやはりとてつもない大傑作と言わざるをえない。

オノレ・ド・バルザック『従兄ポンス』

一八四七

バルザック晩年の傑作『従兄ポンス』は、文学史上初めてコレクターという存在を描いた小説とされる。主人公のシルヴァン・ポンスは、かつての名声も忘れられ今やすっかりうらぶれた老音楽家である。醜い容貌のため女性とは縁がなく、十年ほど前からは気の合うドイツ人老ピアニストのシュムッケと一緒に暮らしている。思うにまかせぬ仕事と愛情の代償行為として、ポンスに快楽をもたらしてくれるのが、美術骨董の蒐集と美食である。ふたつながら金のかかる趣味であるが、コレクションの方は粘り強く歩きまわり優れた鑑識眼によって掘り出し物を見つけ出すことによって、美食の方は親戚や知人宅で露骨な迷惑顔に耐えつつご相伴にあずかることによって、いずれの欲求をも満足させているのだ。

ポンスを取り巻く人々は、当初、彼の蒐集を酔狂とみなし軽んじているのだが、貪欲な古物商がその価値を認めて以来、あの手この手でコレクションを奪い取ろうとし始める。挙げ句の果てには信頼していた下宿のおかみにも裏切られ、この世の醜さを思い知ったポンスは失意のあまり死んでしまう。その過程で繰り広げられる、いかにもバルザックらしい復讐、策略、駆け引きのあれこれや、それらと対照をなす二人の音楽家の純粋な友情がこの小説の読み所なのだろうが、正直に言ってしまえば、僕自身はこうした側面に心の底から揺さぶられたことはない。というより、この小説を読んでいると、ポンスの運命などどうでもいいような気がしてくるのだ。欲に駆られた有象無象の中心に位置するのはコレクションの方であって、それらを苦労して集めたポンス自身は終始蚊帳の外といった趣なのである。そもそも、ポンスのコレクションを狙う連中のほとんどは、実際には獲物を目にしたことがないか、その真価を理解していないかであって、いわば、コレクション自体が大きな幻影を生み出し欲望のドラマを駆動するという構造になっている。だから、物語にとってポンスという人物はコレクションの所有者でありさえすればいいのであって、いかにも小説の主人公らしい生き方をする必要はまったくないのだ。バルザック自身が小説の巻末に記しているとおり、コレクションこそがこの小説のヒロインなのである。

コレクションが主人公であるのなら、その生誕と成長、つまり蒐集が始まり洗練されていく様子が物語の主要部分をなしていても良さそうだが、そうはなっていない。『従兄ポンス』に限らず、バルザックの小説世界においてはむしろ、すでに形をなしたコレクションが散逸していく過程こそが小説らしい筋立てを形作っているのである。たとえば、『絶対の探求』(一八三四)では、化学実験に取り憑かれた主人公、バルタザール・クラースが、研究費をまかなうために百名画のコレクションを散逸させてしまう。バルザックがコレクションの形成ではなく散逸を好んで描いたことには、時代背景が関係しているとも考えられる。大革命からナポレオンの失脚に至る混乱の時代には歴史的事物や建造物の破壊と散逸が横行し、「人間喜劇」が書かれた十九世紀前半にはそうした記憶がまだなまなましく残っていたはずだからだ。そうした時代の心性を反映してか、『従兄ポンス』においても、コレクションの生成やモノの獲得までの経緯が物語を生み出すのではなく、その散逸や消滅こそが物語を展開させる動因となっているのである。

それでは、小説の結末において肝心のコレクションが散逸したのかといえば、そうではないのだ。所有者ポンスも理解ある同居人シュムッケも死んでしまうのに、コレクションは散逸を免れ、富裕なブルジョワの保護下にちゃっかり収まっており、今後も相続制度に護られて生命を永らえるだろうことが暗示されている。まるで、寄生虫（parasite）が次々に宿主を乗りかえ種を存続させてゆく様子を見るようで、なんとも不気味な感じがしないだろうか。そうなると、コレクションと美食という金食い道楽を続けるために、ポンスが食客（parasite）という生き方を選んでいたことも、単なる偶然ではないように感じられてくる。『従兄ポンス』は「コレクター小説」であるとともに「パラサイト小説」でもあるわけだ。

それでは、小説の主人公の地位を奪い、永続的生命まで手に入れるポンスのコレクションとは具体的にはどのようなものなのだろうか。物語の中ほどで、コレクションを構成する絵画の一部が数ページにわたって紹介されている。ここで言及される四点の絵はいずれも、セバスティアーノ・デル・ピオンボやアルブレヒト・デューラーなど、当時すでに評価の定まった作品ばかりなのだが、そうした今さら価値を確認する必要などないはずの名画が、語り手の大仰かつ紋切り型の表現で誉め讃えられている。

これらの四枚の作品は、同じ光沢、艶、同じ丸み、同じ輝き、同じ価値の真珠だ。人の作りだす芸術も、ここまでは到達すまい。ほんのわずかの間しかその肖像画のモデルを生かすことのない自然をも超えている。こうした偉大な才能、この不滅のパレットにしてしかも怠惰の癖のやまない画家の作品のうち、ポンスは『祈禱するマルタの騎士』を持っている。石板《スレート》に描かれたもので、みずみずしく、完成度も高く、バッキオ・バンディネリの肖像画のそれよりもなおいっそう優れた深みのあるものだった。フラ・バルトロメオの『聖家族』を描いたものは、鑑識眼のある人間でも、ラファエロの絵と受け取るものが多くいるにちがいない。

〔柏木隆雄訳〕

優れた論集『蒐集』の編者ジョン・エルスナーとロジャー・カーディナルが指摘するように（「収拾のつかぬ方へ」）、一般に、蒐集行為には価値転覆的な側面があるとも考えられる。それまで価値を認められていなかったものを、なんらかの共通項でくくってひとまとめにして示すことで、蒐集行為は新たな価値基準を提示したり、再評価したりする可能性を秘めているからだ。したがって、コレクションという行為は、規範に挑戦し通念を覆す破壊力をも持ちうるはずなのだが、バルザックが描くコレクションが価値体系の転覆をはかることはない。バルザック的コレクションのこうした保守性は、先にも述べたとおり、起源にある動機が「分散に抵抗する戦い」（ベンヤミン）にあった以上、当然といえば当然なのだろう。

バルザックが発明した〈コレクター〉の原型は、その後のフランス文学史において、ヴェルヌ『海底二万マイル』（一八七〇）のネモ船長、ユイスマンス『さかしま』（一八八四）のデ・ゼッサントなど、印象的なキャラクターを生み出してきた。ペレックの代表作『人生 使用法』にも、絵はがきマニアから猥褻な仕掛け時計の蒐集家まで、奇妙な情熱に囚われたコレクターが引きも切らず登場しては、小説の「書かれ方」そのものを暗示するような役割をも担わされている。カルヴィーノが『アメリカ講義』で述べているとおり、ペレックは事物、逸話、他人の言葉、参照文献などの素材を蒐集し、そこから構想した集合住宅の描写や派生的物語を、列挙、分類、引用など、コレクションと親和性の高い技法を駆使してテクストに定着させている。この意味で、小説に描かれたコレクターの行為は、テクストを生み出す機能を比喩的に示しているとも言え、『人生 使用法』に頻出する自己言及的モチーフのひとつとも見なされよう。同時に、コレクターたちは、雑多なモノを何らかの共通点によって結びつけ、小説全体の舞台である集合住宅に持ち込む働きをしており、そうしたモノが今度は、各々の章において物語を始動させるきっかけともなっている。したがって、コレクションは『人生 使用法』に関わる書法の問題が集結する場とも言えるのだ。

ペレックの小説においてコレクションが果たしている〈自己言及性〉は、いかにも二十世紀小説らしい特徴であるが、バルザックにおけるコレクションが大革命後の混乱を反映していたのと同じように、『人生　使用法』のコレクターたちも現代の状況を映す鏡となっていることも指摘しておきたい。というのも、ペレック的コレクターの多くは、蒐集行為をエネルギッシュに遂行しているわけではなく、なぜその行為を続けているかも見失ったかのごとき、惰性的でメランコリックな人物として現れているからである。現代的なコレクターの所有欲は、人々のメランコリーを埋め合わせるものだと主張する人もいる（ティフェーヌ・サムワイヨ）。確かに、現代を生きる人々は世界との確かな結びつきを見失って生の実感を喪失しており、メランコリックな感情を抱きやすい。そうしたメランコリーを埋め合わせるのが、現代的コレクターの所有欲だ、というのである。断ち切られてしまった世界との絆を結び直し、世界と分かり合えているという実感を取り戻すために、コレクターは触知可能な具体物を集めようとするのだ、と。現代のコレクターは世界との繋がりを取り戻すべく、それ自体としては価値があるのかないのか分からないものを蒐集するのに対して、バルザック的コレクターは確立している価値の散逸に抗おうとするのであり、両者の営みは根本的に異なる動機や意味を持っているのである。

バルザックとペレックにおけるコレクションを比較するうえでは、蒐集がもつ規範性や価値破壊に対する位置取りを考えてみるのも興味深いだろう。先に言及したエルスナーとカーディナルは、趣味を肯定的に評価することがガラクタへの否定的評価と表裏一体だったことに注意を促し、ユダヤ人、ジプシー、同性愛者、狂人その他を、「疑似科学的分類」によって選別した「巨大コレクション」こそホロコーストだったのだと断じている。分類、選別の持つディストピア的危険性をペレックが十二分に意識していたことは明らかであるが、だからといって、そうした意識が彼の小説に描かれたコレクションから容易に読みとれるわけでは必ずしもない。それでも、『人生　使用法』には、〈唯一物《ウニカ》〉、すなわち、「現存するのがそのただ一点だけである物」のコレクションが描かれており、これは蒐集の裏面という観点から意味深長である。実際、小説中でも疑義が呈されているように、〈唯一〉でないものなどそもそも存在するのか、この世の人も物も、基準の取り方次第で、すべてはかけがえのない〈ユニーク〉な存在ではないのか、という根源的な問題提起につながりうるからだ。〈ユダヤ人〉というコレクションの危うさは、〈ウニカ〉コレクションの怪しさによって裏側から照射されているとも言えるのである。バルザックがコレクションを通じて大革命後の混乱やブルジョワ社会の欲望を浮き彫りにしたように、ペレックによって描かれたコレクションは、現代人の疎外やディストピアの原理を告発しているようにも思われる。

シャルル・ボードレール『悪の華』

一八六一

人にせよ物にせよ、すべてが移ろい消え去る運命にあることは、世の始めからの根源的真実であり、我々はそのことを百も承知のはずなのに、変わりゆく都市の姿を目の当たりにすれば愛惜の念を抱かずにはいられない。十九世紀の半ば、パリはオスマン知事主導の都市改造により急速に姿を変えつつあった。取り壊された古い街区を追憶するボードレールの詩「白鳥」（一八六〇年初出、一八六一年『悪の華』再版に収録）はよく知られている。

古いパリはもうなくなった（都市の形の
変化の早さは、ああ！　人の心のそれにもまさる）。
もはや心に描くばかりだ　あの建てこんだバラックの群れ、
つくりかけの柱頭の飾りや丸太の　あの山積み、
生い茂る草、水溜《みずたま》りの水で緑に染まった巨大な石材、
さらには、窓ごしにきらめく、雑然としたがらくたなどは。

〔安藤元雄訳〕

「バラックの群れ」が撤去されたのは、清潔で美しいカルーゼル広場を新たに造成するためであった。セーヌ河畔、ルーヴル宮の西側には、古い街区が残っていたのであるが、一八四九年以後に取り壊され現在のような姿となったのである。この詩が書かれた一八五九年頃には、以前の古い町並

みがまだパリ市民の、そしてボードレールの記憶にとどまっていたことだろう。詩人がカルーゼル広場を横切ろうとした瞬間、近くを流れるセーヌ川が古代トロイアのシモイス川を喚起し、それがきっかけとなって「滅亡したトロイア」と「取り壊されたパリ」が重ね合わされてゆく。

こうして詩人の脳裡に甦った「古いパリ」には、「見世物の動物小屋」がかかっている。ある朝、詩人はそこで、白鳥が逃げ出し、羽を引きずり埃まみれになりながら、天を恨むように、つまりは宿命を呪うように首を伸ばしているのを見たという。動物小屋から逃げ出した白鳥とはまた、いかにも散文的なイメージである。実際、当時の新聞にそうした三面記事が載っていたらしいのだが、見世物小屋から白鳥が逃げ出し、埃まみれで苦しげに天を仰いでいたという事柄そのものには、美しさなどみじんもなく、伝統的な叙情詩の主題にはとうていなり得ない。ところが、ボードレールはこの埃まみれの白鳥の姿に、現代における人間の境遇の象徴を見て取るのである。高貴な存在や特権的な存在の象徴として白鳥を用いるのではなく、心ならずも地べたを這いつくばって、泥まみれになって生きなくてはならない人間の境遇の象徴としたところに、決定的なボードレールの創意があったと言っていい。

この詩は、当時、ナポレオン三世のクーデタに抗議して亡命生活を送っていたヴィクトル・ユゴーに捧げられており、詩の冒頭は、「アンドロマックよ、いまにしてあなたを思う！」と、トロイアの英雄ヘクトールの妻アンドロマケーへの呼びかけとなっている。本来居るべき場所から追い出された「流《る》謫《たく》の人」、ユゴーやヘクトールと同じく、「故郷の美しい湖」で捕らえられ、「見世物小屋」に閉じ込められていた白鳥もまた、流謫の存在なのだ。こうして、アンドロマックから白鳥へと繋がった連想が、その二つの形象をはるかに超え出て、「心ならずも異郷にある」人々への共感へと広がっていくのである。

私は思う　あの痩《や》せ衰えた、肺病やみの黒人女を。
ぬかるみに踏みこんだまま、さがしているのだ、血走った目で、
世にもみごとなアフリカの　ありもしない椰子《やし》の木を
途方もない城壁のように立ちこめた霧の向うに。

「肺病やみの黒人女」は哀れにも、汚らしい状態で故郷のアフリカを夢見ることしか出来ずにいる。古典古代のアンドロマックや高貴の象徴でもあった白鳥から、ずいぶん現実的で卑近な人物像にまで落ちてきたようにも思われるが、「流謫」の苦しみを表現するには是非ともこうでなくてはなるまい。さらに、詩の末尾に近づくと、共感の対象はもはや物理的な意味での「流謫の人」に限られなくなる。「誰でもいい　もう二度と戻らぬものをなくした人」。こう表現されるのは、最初に想起されたアンドロマックが、夫と故郷をなくした人だったからでもあろうが、泥まみれの白鳥とともに思い出された「古い場末の街」が、詩人にとっても「もう二度と戻らぬ」場所だったからに違いない。そして末尾では、日々変わっていくパリに違和感を感じざるをえない自分、つまり、我が家

にいつつ異郷にあるかのような、精神的な流謫の人である自らの境遇に思いをはせ、理由は何であれ、故郷を離れたことであれ、二度と戻らぬものの喪失であれ、苦しむすべての人たちへの共感が表明されて詩が閉じるのである。「私は思う　とある小島に置き去りにされた水夫たち、とらわれの者、敗《やぶ》れた者！　……ほかにもまだたくさんの人々を！」。

さて、先述したように、この「白鳥」という詩においては、流謫のイメージとして「肺病やみの黒人女」を取り込んだことによって、詩の射程が大きく広がっている。ボードレールが生きた十九世紀半ばにおいては、パリの黒人はいかにも場違いな印象を与える存在だったのかもしれないが、二〇世紀後半にもなると、アフリカ系市民の姿はまったく珍しいものではなくなる。そもそもフランスで生まれ育った人たちも多いわけだから、十把一絡げに「流謫の人」扱いするわけにはいかないものの、しばしば街中で清掃業務を担っている黒人たちの境遇に思いをはせる人間はどれほどいるものだろうか。そうした思いから、黒人の清掃人夫を取り上げたレーモン・クノーの詩をぜひともここで紹介しておきたい。クノー流のパリ案内のような楽しい詩集『街をさまよう』（一九六七）からの一篇である。

「熱帯から遠くはなれて」

レーモン・クノー

箒で掃くのは大変な技量

敬意に値する仕事だ
排水溝の水は急流みたいに
流れる　流れる　流れる

水の動きを操って
ゴミを集めなきゃいけない
うまいこと流しこむんだ
クルマの下に

犬の糞　昔の手紙
吸い殻　飴のスティック
ヘアピン　割れたグラスを
濡れたハリエニシダが
優雅な曲線を描き
歩道の下へと
言葉もなく
掃きだしてゆく

これら役所勤めの芸術家たちは
ちょっと前から黒い肌で
皆もの憂げな様子
朝から
晩まで
箒を手にしつつ
マルティニックを思っているのか?
アフリカの末無川か?

〔塩塚秀一郎訳〕

日常の一場面から人間の普遍的境遇にまでスケールが広がるボードレールの詩に比べれば、クノーの詩はまさに日常のスケッチにすぎないような他愛ないものであるが、それでも、ここでは「ゴミ清掃人」と「黒人」という、当時のフランス社会において二重の意味で周縁的だった存在に共感の眼差しが注がれていることには注目してよいだろう。それとともに、『街をさまよう』においては、これに限らず多くの詩において、ゴミ(「昔の手紙」「割れたグラス」)への執拗な言及が見られることも指摘しておきたい。清掃人が箒で流してゆくこれらのゴミこそが、ボードレールによって愛惜された「雑然としたがらくた」に他ならないからである。今、目の前にあるありふれたものを、いずれ失われるものとして見つめる視線は、「並以下のもの」を記録するペレックの視線にも通じると言えよう。

ちなみに、レーモン・クノーを師と仰ぐ詩人ジャック・ルーボーは、クノーの『街をさまよう』の続篇とも言うべき「街を再びさまよう」という詩篇群を書いており、それらを含む詩集のタイトルを、ボードレールの「白鳥」から借りて、『都市の形の変化の早さは、ああ！　人の心のそれにもまさる』（一九九九）としている。この詩集では、『街をさまよう』においてクノーが取り上げた場所や通りが、一九九九年現在どうなっているかが主題になっており、これもまた「都市の変化」という観点から興味深い作品である。ここでは、「パリ」と題された巻頭の短い詩を紹介しておきたい。

「パリ」　　ジャック・ルーボー

レーモン・クノーに倣って

僕らが歩いているパリは
僕らが歩いたパリではない
そして僕らはやる気もなく進んで行く
僕らが後に残すだろうパリの方へ

〔塩塚秀一郎訳〕

これもまた、どうということのない詩であるが、過去と今のパリの違いを確認した後、不可避的に変化しているはずの未来のパリに向かって「やる気もなく」進んで行く、という詩句からは、変化を取りたてて嘆くでもなく、賞揚するでもなく、現実として淡々と受け入れる醒めた心持ちがうかがえよう。

先ほどは「流謫」に焦点を当ててボードレールの「白鳥」を紹介したが、この詩が失われた古い町を愛惜する詩でもあることは言うまでもない。不潔な古い街区が取り壊され、清潔で美しく生まれ変わるに際しても、詩人は広場の誕生を言祝ぐことなく「古いパリ」の消失を嘆くばかりなのである。十九世紀の後半には進歩への無邪気な信奉が一般に共有されていたからこそ、都市の新生を喜べない詩人は自らを流謫の白鳥に擬えたのであった。進歩への懐疑が広く流布した二十世紀後半にあってはなおのこと、大規模な都市改造が手放しで歓迎されるはずはない。たとえば、一九六〇年代から七〇年代にかけ、パリ中央市場再開発のあおりを受け、下町のヴィラン通りでも古い建物が取り壊され始めるや、ペレックは破壊される前の姿を記録すべく、ペンと手帳を手に自らが生まれ育った通りに赴いている。「ヴィラン通り」（一九七七年初出）と題された小文において、ボードレールとは対照的にペレックは感情を露わにすることなく、寂れ果てた街路の様子を淡々と記録していくのだが、興味深いことに、その末尾には「白鳥」の場合と同じく広場の誕生が記録されているのだ。

三〇番地には、小さな貼り紙が一枚、

　パリ
　市役所公式文書
　一九七四年八月二五／二六／二七日
　二八番地および三〇番地は
　　パリ二〇区公共広場とするため接収する

三〇番地から先には何もない。

〔塩塚秀一郎訳〕

すなわち、ヴィラン通りの一部が取り壊されて広場が造られるというのであり、接収予定地の先はすでに取り壊されているのである。破壊と誕生が醸し出す残酷なコントラストについて、作家は感慨を一切記していないものの、これまでの記録をたどってきた読者にはそこで失われたものが何なのかよく分かっているはずだ。「三〇番地から先」の三六番地には亡き母を知る婦人が、四九番地には母の面影を宿す老婦人が住んでいたのだった。一切の感情が排されたかのごときこの記録もまた、消失した街路とそこで営まれていた生活に対する、ペレック流の愛惜とみることが可能なのだ。

ペレックの記録からさらに十年ほど後にも、人類や都市の進歩が懐疑的に見られていたことには変わりがなかったはずだが、自伝的エッセイ『ひとつの町のかたち』（一九八五）を物した作家ジュリアン・グラックは、町の変化を悔やむどころか望ましい当然の事態と捉えている点で、ペレックともボードレールとも、そしてまたルーボーとも一線を画している。このエッセイで描かれるフランス西部の町ナントは、一九二一年から二八年までグラックが寄宿生として多感な十代を過ごした第二の故郷であるが、老境に達した作家による執筆時点においては、路面電車の廃止やロワール川分流の埋め立てなどによって、記憶の町と現実の町との間に大きな齟齬が生じていた。本書は先に引用した「白鳥」の詩句への留保から書き起こされており、表題もこの詩句から取られていることとあいまって、町の変化に対するボードレール的愛惜との差異化が本書の主題をなすことは明白である。変わり続ける町は追憶にふける人を置き去りにするだけではなく、自らの変化にともない人の心をも変えてゆく。こうした考え方が冒頭で提示され、それと呼応するように書物の末尾は次のように結ばれている。

私は成長しつつあった。そして町も私とともに変わり、かたちを作りかえ、限界をうがち、奥行を深めつつあった。そしてこの勢いに任せて、――それが未来が持つあらゆる駆動力にふさわしいかたち、町が私のなかに存在し、本当に町らしくあるための唯一のありかた――、町はいつまでも変わり続ける。

〔永井敦子訳〕

町は町らしくあるために変わり続ける、とグラックは言う。ボードレールともペレックとも異質な、グラックのあっけらかんとした変化の肯定は、町を捉える際の独特な時間概念に由来するようだ。グラックは都市を人工物として人間と同じ単線的かつ一方向的時間のもとに置こうとするのではなく、〈過去と未来の対話〉という彼独自の時間概念によって、記憶の町と現在の町、未来の町を同一平面上で眺めているのである。そしてまた、都市を自律的な生命体として、自己保存と成長との微妙なバランスの上に成り立つ有機体として捉えていることも、グラックが都市の変化を肯定的に評価する一因となっている。もちろん、そう考えるからとて、グラックが都市の野放図な再開発を無批判に受け入れているというわけではない。そうではなく、街が変化する際には自らも変化しつつあることを認め、逆に、自分が成長するからには、街だけが変わらずにいることは出来ないことわりを理解しているのである。『ひとつの町のかたち』は、グラックが青少年期を過ごした街を主題としていることもあり、書物自体は老年期に書かれているにもかかわらず、未来への予兆に満ちたみずみずしい作品となっている。

『悪の華』の詩から語り始めたはずが、紆余曲折を経て、『ひとつの町のかたち』にたどり着いたのを幸いに、「詩の使用法」についてひと言弁明させていただきたい。この本においてグラックは、とある対談でのアンドレ・ブルトンの発言を引用している。以下の引用はブルトンの発言である。

「ナントの通りを介して、ランボーが私に完全に取り憑いてくるのです。まったく別の場所で彼の見たものが私の見るものに干渉し、それにとって代わりさえします。〔…〕毎日午後に、ひとり歩いてボカージュ通りの病院から美しいプロセ公園へといたるかなり長い道のりが、『イリュミナシオン』のいろいろな風景に通じる口を私に開くのです。ここが「少年期」の将軍の館、あそこが「この木の太鼓橋」、その先がランボーの描いた突然湧き出すような往来、それらすべては、その公園を縁どる小さな水の流れのカーブにのみこまれてゆきましたが、その流れはまさに「カシスの川」と一体になっていました〔…〕」。

グラックがこの一節から受けている感銘は、ランボーの詩が持つ喚起力ではなく、どんな詩にもモデルを提供しうるナントの街の柔軟性に由来するのだが、僕はむしろ、「まったく別の場所」で作られたはずのランボーの詩をナントの風景を眺める際に持ち出してくる、ブルトンによる「詩の使用法」に心惹かれた。実際、グラック自身もアポリネールの長詩「ゾーン」の詩句を用いて、詩人がモデルにした通りとは別の街区を眺めているのだ。僕が詩の研究からスタートしたにもかかわらず、早い時期にその分析的読解を放棄してしまったのは、詩とのそうした付き合い方がどうにも肌に合わなかったからだった。詩は覚えるもの、口ずさむもの、とはよく言われることだが、ブルトンのように、あるいはグラックのように、詩をたくさん暗記していて、それらが現実の光景と交錯することがあれば、確かに世界の見方が変わることもあると思う。本来、詩とはそんなふうに味わわれるべきものなのかもしれない。

ギュスターヴ・フロベール
『感情教育』
一八六九

正直に言えば、若い頃、フロベールに惹かれたことはない。中学生の時に読んだ『ボヴァリー夫人』(一八五七)から、何らかの感慨を得た記憶は一切ないし、さる老婦人が若き日に覚えたという「好色本のような刺激」に興奮した覚えもない。要するに自分が鈍感で奥手な子供だったというに過ぎないのだが、フロベールが理想としたという「何について書かれたのでもない小説」とか「文体の力によってのみ成り立っている小説」などというものは、文体を味読するもなにもなく、ただただ面白い物語を求めていた子供には渋すぎたということなのだろう。その後、内外の錚々たる文学者たちが、フロベールを範とし論じていること、ありとあらゆる批評理論が適用される標本と化していることなどを知るにつけ、そしてまた、自らが研究対象に選んだクノーやペレックにとっても最重要作家のひとりであったことから、折りに触れ再読を重ね、批評文献もいくつかは繙くことになった。おかげで、フロベールが現代小説にとっていかに決定的な存在なのか、どれほど「すごい」作家なのかということは曲がりなりにも感得したつもりだが、それでも「好き」だとは思えなかったのである。「面白い」とは思うようになったものの、共感はできないというのか、スタンダールが好きというようには、フロベールが好きだとは言えないところがあった。共感を阻んでいたのは作家の皮肉で意地悪な視線や書き方だったのかもしれない。いや、それこそが面白いのに、という向きもあるだろうし、僕だって面白いとは思うのだが、好き嫌いとなるとまた別の話なのだ。

ところがある時期から、この皮肉を含めての味わいが身に沁みるようになってきた。純情な青年フレデリックは、憧れの人妻アルヌー夫人を一途に思い続け、あと一歩で思いを遂げられるという瞬間を持ちながらも結局はすれ違ってしまう。フロベールの第三長篇『感情教育』は十年超に及ぶ二人のプラトニックな恋愛をたどったのち、ほぼ末尾にあたる第三部六章において、関係が途切れてからさらに十数年後の、出会いから数えれば二十七年後の再会を描いている。初老に達した二人は、もはや新たな恋愛はおろか、残りの人生にさしたる刺激も期待できない心境にあって、それだけに楽しかった過去を懐かしみ、ありえたかもしれない二人一緒の幸せを語りあうくだりは胸を打つ。この感動的な場面にも、フロベールの皮肉な筆致が忍ばされていることは工藤庸子が指摘しているとおりである。フレデリックは、老いを隠せないアルヌー夫人を前に、かつて自分が抱いていた崇拝の気持ちを滔々と語るのだが、これに対して語り手は「自分のことばに酔って、口にしたことを本当に信じる気持になっていた」〔太田浩一訳〕と注釈するのだ。青春時代のかなりの時間を捧げた恋の相手が、今や白髪交じりになっていることを認めたくないからか、フレデリックは「かつて」のアルヌー夫人に捧げた崇拝の情を述べ立て、アルヌー夫人もうっとりとそれを聴いている。感動的な場面にもなりうるところなのに、フロベールの語り手は、賛辞を発するフレデリックが本心ではそう思っていないことを明かしてしまっているのである。

一方、フレデリックが大胆な振る舞いに及ばないのは、「近親相姦の恐怖」を感じているから、つまり、あまりに長いあいだプラトニックな関係を続けた年上の女性に対して性的な欲求を抱きにくくなっているからに過ぎないのに、アルヌー夫人のほうはそれを「こまやかな心づかい」と勘違いする始末だ。フロベールの皮肉な視線がえぐり出しているように、この場面には滑稽なところが確かにある。しかし、そのように描かれているからといって、再会の感慨が台無しになるわけでも否定されるわけでもない。人生とはそんなものなのであって、自分たちにとってどれほど感動的な場面も、悲しい場面も、誇らしい場面も、第三者の目で見れば必ずどこかしら滑稽なところがあるものだろう。それでも当事者が確かに感じた喜びや悲しみまで色褪せたり嘘になったりはしないのだ。

『感情教育』を最初に読んだのは大学の一、二年の頃だっただろうが、『ボヴァリー夫人』以上に何も残らなかったように思う。『ボヴァリー夫人』からは少なくとも「あらすじ」が記憶されたはずだが、『感情教育』にはそもそも何が書かれていたのかもよく分からなかったのではなかろうか。今では歳をとったせいなのか、虚しく棒に振った人生を振り返るフレデリックの感慨も、もはや取り返せない時間を慈しむ初老の男女の交流も、痛切に胸に響く。最先端の批評理論を刺激してきたフロベールの小説を、こんなふうに人生論的に読むのはいかにも素朴に過ぎるだろうけれども、『感情教育』に感動できるようになって初めて僕はフロベールを好きになれたのだ。

僕はペレックに導かれてフロベールを真剣に読むようになった、と先に記した。実際、フロベールはペレックがつねに名を挙げる偏愛の作家なのだが、すべての小説を満遍なく好んでいたわけではないようだ。『ボヴァリー夫人』や歴史小説『サランボー』（一八六二）にはきわめて冷淡な反面、『感情教育』については、処女作『物の時代』（一九六五）で全面的に下敷きにし、代表作『人生 使用法』（一九七八）でも集中的に引用するなど、ペレックにとってはフロベールといえば『感情教育』であったと言っても過言ではない。しかし、なぜ『感情教育』なのか、細部の関連はさておき、大局的にこの小説がペレックの作品世界や彼の世界観とどう関連しているのかは、長らく実感できずにいたのである。そんなとき、とある批評家の指摘を目にしてまさに蒙を啓かれる思いがした。ペレックには、〈どうにもならない〉という感覚が刻印された作品、メルヴィル『バートルビー』（一八五三）、カフカ『審判』（一九二五）、そして『感情教育』など、袋小路に陥ってしまう作品への偏愛が認められる、というのである（ファン・モントフランス）。確かに、こう並べられれば腑に落ちる。何を頼まれても「わたくしはしない方がいいと思います」〔牧野有通訳〕とやんわり拒否する書記バートルビーの無気力は、夢を抱きつつも実現に向けて動くことのないフレデリックの無為に、さらにはアルヌー夫人との恋において「むこうからすすんで身をまかせてくれるのを望む」だけという不甲斐なさに通じるものだ。

あるいは、身に覚えのない件で訴訟を起こされた男が、事態を打開すべく方々に働きかけるも虚しく処刑されてしまう物語、『審判』の醸し出す「出口なし」の印象もまた、十年以上にわたってずるずる続くアルヌー夫人との関係をはじめとして、何に結実することもないフレデリックの空回りを思わせなくもない。とりわけ、久しぶりにパリに戻ってきたフレデリックが、アルヌー夫人の引っ越し先を聞きだすために、共通の知人を探して次から次へとカフェを巡るエピソードでは〔第二部一章〕、カフカの世界そのもののごとく、延々と続く待機と肩すかしによって人生の不条理が表現されている。『感情教育』は確かに袋小路の世界を描く小説なのである。

そして、そう言われてみれば、ペレックの作品世界の一部も「袋小路の世界」と表現されるにふさわしいと気づくのだ。たとえば、『物の時代』が描いているのは、消費社会に翻弄され自らの価値観を見失ったまま追いつめられる若いカップルの窮状である。したがって、この小説が『感情教育』から、大量の〈非明示的引用〉を始めとして、状況設定や固有名詞の借用を行っていることも驚くにはあたるまい。ペレックがウリポの一員となる前の、もうひとつの初期小説『眠る男』(一九六七)は、通常、カフカの影響をうんぬんされることが多いのだが、屋根裏部屋に引きこもる大学生を描くこの作品もまた袋小路の世界そのものだと言えよう。実際、この小説の主人公と『感情教育』のフレデリックは、どちらも、しばしば長椅子に横たわって夢想にふけったり、カフェで新聞を隅から隅まで読んだり、夢の中を漂うようにパリの街を彷徨したりと、似たような振る舞いを示しつつ無為と夢想に陥ってゆく。

しかしながら、『感情教育』には、「袋小路」が連想させる息苦しさや閉塞感には必ずしもつながらない志向があり、それは同じく「とりとめのなさ」をもたらすことはあるにしても、もっと大らかな包容力を感じさせるものだ。たとえば、『感情教育』のところどころで展開される政治論議。語り手がどういう立場から、どんな意図であれこれの政治的見解を作中に取り込んでいるのかよく分からないため、結局どれもこれも同じ資格でいっしょくたに並べられているかのような印象を受けてしまう。あたかも、居酒屋の素人談義がそのまま書き写されたかのごとくである。小説に期待される機能のひとつが、混沌とした外界を秩序づけ世界の認識モデルを与えることだとするなら、フロベールの志向はそうした期待に逆らっているかのようでもあるが、ジャック・デュボアはこれもまた人生を描くひとつの方法なのだと述べている。「来るものを拒まずなんでも表象のうちにとりこんでいくというやり方は、おそらく、人生の実相についてやはり何事かを語っている」〔鈴木智之訳〕。こうした「来るもの拒まず」の〈価値の平準化〉とでも言うべき志向は、ペレックの『人生　使用法』におけるハイパーリアリズム的描写にもとりわけ濃厚に感じられるものである。部屋の中に置かれた家具も、ポスターも、ポスターの中に描かれたオブジェも、表象水準の違いや価値の差などないかのごとく、すべてが同一平面上に並べられているのだ。しかし、僕らの部屋も人生も確かにそんなものなのであろう。何が大事で何が些事なのか、ひとつの部屋に、あるいはある時代に身を置きながら生きているときにはなかなか見分けられるものではない。『感情教育』の背景として一八四八年の二月革命が描きこまれていることはよく知られているが、革命そのものは決して俯瞰的には描かれない。フランス史になじみのない読者は、フレデリック同様、何やらよく分からない騒動に巻き込まれていくような印象を受けることだろう。街路で二月革命の混乱に遭遇しても、もちろんフレデリックには何が起きているのか分からない。彼がその正確な意味を把握し得たのはずっと後のことだったに違いないのだ。

『物の時代』においてと同様、『人生 使用法』においても、『感情教育』のいくつかの箇所がこっそりと取り込まれているのだが、ペレックにおいて、こうした借用は被借用者との共犯関係を記念するオマージュのようなものであろうから、具体的にどの箇所がどこで引用されているのか、といったことを追求したところでたいした意味はないのかもしれない。とはいえ、これまた「袋小路の世界」を描く『煙滅』における借用は、『感情教育』の特定の箇所からであることに大きな意味があるように思えてならない。第三部第五章の末尾で、フレデリックは友人デュサルディエが警官に殺される場面を目撃して唖然とする。並みの小説家ならフレデリックの狼狽や取り囲む群衆の恐怖をここぞとばかりに書き込むところだろうが、フロベールはその警官がフレデリックの知人セネカルであったことを記して章を閉じ、次の第六章を開始しても事件については一切触れない。

> フレデリックは旅にでた。
>
> 船旅の憂鬱を、テントで迎える寒ざむとした目ざめを、目もくらむばかりの景観や廃墟を、親しくなりかけた者と早そうに別れをつげる苦い思いを知った。

「『感情教育』のなかでもっとも美しいものは文ではなくて一つの空白である」〔鈴木道彦訳〕と考えるプルーストが、「途轍もなく大きな「空白」」として称賛した有名な一節である。時間の流れが突然変速し、長いはずの船旅はほんの一行にまとめられたうえ、友人の死を目撃してから旅に出るまでの事情は巨大な空白として残されている。Eの文字抜きで書かれながら〔日本語訳では〈い段〉抜き〕、あらゆる手を尽くしてEなき「空白」を喚起しようとする小説『煙滅』が、文学史上に名高いこの空白を放っておくわけもなく、次のように文字落としヴァージョンに書き換えて取り込んでいるのだ。

我々は方々を経巡った。
豪華船の憂鬱、テントの中で凍える夜、はるかな展望のもたらす幻惑、交感のとだえた苦痛などをおぼえたわ。〔塩塚秀一郎訳〕

こうしてペレックは『感情教育』との共謀を刻みこんでいるわけだが、それが意味しているのはなにもこの箇所だけが『感情教育』の「空白」を表現しているということではない。というのも、ジャン＝ピエール・リシャールがいみじくも指摘するように、『感情教育』とはなによりもまず「不在をめぐる小説」であるからだ。貞淑な人妻であるアルヌー夫人はフレデリックにとって容易に近づけないだけでなく、象徴的にも、夫人の家にあふれる物たち、屏風、扇子、ランプシェードなど「間に置かれる物」によってその接近が阻まれている。さらに、仕切り壁は象徴的にではなく、しばしば実際にフレデリックをアルヌー夫人から隔ててさえいるのだ。「フレデリックがことわる言いわけをならべていると、アルヌー夫人がそれを聞きつけて、仕切り壁のむこうからあいさつした」。そして、これもまたリシャールが見事に抽出して見せたように、アルヌー夫人の内奥、『煙滅』のEに相当する接近しがたきものは、勘所で繰り返し登場する「銀の留め金のついた小箱」に封じ込められているのである。小説の末尾近く、破産してパリを去ることになったアルヌー家では、家財がつぎつぎに競売にかけられており、その中にはフレデリックにとって思い出の品である小箱が含まれている。

古物商たちのまえに、メダイヨンや銀の角《かど》飾りや銀の留め金のついた小箱がもちだされた。ショワズール通りの家にはじめて夕食に招待されたとき見た小箱だ。それからロザネットの手にわたり、けっきょくアルヌー夫人のもとに戻っていたのだ。夫人と話しこんでいるとき、フレデリックはしばしばこの小箱のうえに視線をおとしたものだった。いちばん大切な思い出にむすびついた品物であり、フレデリックが懐旧の情にひたっていると、いきなりダンブルーズ夫人が口を開いた。
「ねえ、あれを買おうかしら」

この小箱はフレデリックが夫人の家にはじめて招かれたときに見た思い出の品なのだが、夫のアルヌーがよりにもよって高級娼婦ロザネットに渡してしまう。曰く付きのその品がさまざまな経緯を経て元の所有者のもとに戻り、今、競売にかけられているのだ。フレデリックの思い出の品とは知らず、これを気安く買おうとするダンブルーズ夫人とは、フレデリックが出世や栄達の手段として打算的につきあうことになったブルジョワの人妻である。フレデリックは思い出を冒瀆されたように感じて、この件がもとでダンブルーズ夫人と別れることになる。肝心の品物は「小箱」というからには中に何かが入っているはずなのだが、それが何なのかは最後まで明かされない。同じように、アルヌー夫人という人も、つねに何か「遮るもの」の背後に控え、なかなかフレデリックに本心を明かさない。二人がもどかしい時間を重ねたのはそのせいでもあったのだ。小説にくり返し登場する「小箱」は、アルヌー夫人の「心」を封じ込めているようであり、この小説における秘密やタブーを象徴するオブジェであるとも言えよう。袋小路の世界を描きつつ、空白、不在、タブーを内包した『感情教育』に、ペレックが繰り返しオマージュを捧げているのもしごく当然のことのように思われる。

ギュスターヴ・フロベール
『ブヴァールとペキュシェ』

一八八一、死後出版

フロベール晩年の未完の小説『ブヴァールとペキュシェ』については、『感情教育』とは対照的に、作品の梗概を知った時点で「これは面白いに違いない」と確信した。主人公の二人、ブヴァールとペキュシェは、パリで書記として働く独身者。彼らは偶然のきっかけで知り合って、片方が遺産を相続したのをきっかけに、二人して仕事をやめ田舎に隠棲することを決意する。暇で仕方がないので農学を独学し園芸を始めるもののうまくいかない。すると、二人は化学を知らなかったことが原因だと考え、今度は化学を学び始める。以後、ひとつの学問分野への失望から他分野への情熱がかき立てられ、独学の連鎖が形成されてゆく。二人は、農学、化学、地質学などの自然科学から、歴史学、文学、政治学、哲学などの人文社会科学、さらには、恋愛、体操、オカルト科学にいたるまで、知のあらゆる領域に手を出すものの、そのすべてにおいて失敗してしまう。ここまでがほぼ完成していた第一巻の内容である。残された第二巻のプランによれば、人生に倦んだ二人が筆写にとりかかる場面で小説本体は終わり、作品の残りを占めるのは、それまでに二人が参照した書物の抜粋をはじめ、各種文体の標本や『紋切型辞典』など、なんらかの意味で人知のはらむ〈愚かさ〉を感じさせる引用の集成となるはずであった。

諸学を一覧する百科全書的小説だというのだから、それだけでワクワクしてしまうし、未完部分に収録されるはずだった文例も、ばかばかしい物言いがてんこ盛りでさぞかし笑わせてくれることだろうと期待が高まる。では、実際に小説を読んでみたらどうだったのか。本当に面白かったのかというと、否定も肯定もできないような、なんとも中途半端な読後感であった。聞いたこともない学者や著作が次々に出てくるし、最初の三、四章分も読むと同じ図式の繰り返しに少々退屈し始める。章ごとに主題となる学問分野こそ異なるものの、主人公二人の独学による試みが、学説相互の矛盾や理論と現実の齟齬のせいで失敗する、その展開は変わらないからだ。ストーリー展開の妙によって牽引するタイプの小説でないことは百も承知であり、もともとそんな期待はしていなかったとはいえ、この着想と材料があればもう少し面白い小説が書けなかったものか、などと生意気なことを思ったりもした。一方で、物語として面白いとかつまらないといった次元をはるかに超越して、この小説が人間の知的営みに対する途方もない問いかけを発していることも薄々感じ取れたため、一刀両断に打ち捨てることもできず、煮え切らない思いが残ったのである。

その後、大学の演習で取り上げられたこともあって、廉価版の原書を手にしてみると、そこにはレーモン・クノーによる序文の抜粋がついていた。クノーは『ブヴァールとペキュシェ』にずいぶんと熱を上げており数回にわたって序文を書いているのだが、このとき目にしたのは、評論集『棒・数字・文字』（一九六五）に収録された、一九四七年執筆のヴァージョンである。その当時はまだクノーに特別な関心を抱いてはいなかったこともあってか、この抜粋にもさほど感銘を受けた記憶はないものの、後になって全文を読んでみると、この序文は、フロベールの小説を解き明かす以上に、クノー自身の問題意識を明瞭に示していてなかなかに興味深いものであった。クノーがそこで繰り返し言及している論点は、主人公二人の歪な知的態度なのである。

二〇一九年刊行の新訳『ブヴァールとペキュシェ』に付された、訳者菅谷憲興による周到な解説によれば、この小説の真の主人公は二人の元筆耕ではなく思想そのものと見るべきであり、二人はいわばその狂言回しを演じているに過ぎないという。二人がさまざまな知の習得に失敗する理由も、彼らの無能力のみに帰すべきではなく、いくぶんかは諸学問分野そのものの責任でもあるわけだ。フロベール自身が書簡で述べているとおり、この小説のテーマは「科学における方法の欠如について」であり、「近代のあらゆる思想を点検する」ことを目ざしているのだとすれば、当然そう考えるべきだろう。

ところが、クノーは学問や人間の知的営み一般に内在する欠陥自体を問題にするのではなく、そうした欠陥を不可避的に抱え込むはずのシステム、さまざまな学問や思想体系などに対する、二人の独学者の向き合い方をこそ問題視しているようなのだ。

たいていの場合、二人の絶望、二人の嫌悪、二人の倦怠の根底には、相矛盾する意見に突きあったといった事情がひそんでいる。〔…〕ここにおいて、ブヴァールとペキュシェの知的態度というものは明瞭となる。すなわち、彼らは絶対に憑かれ、矛盾に耐えることができないのである。さまざまな現象をまえにして、彼らは人間精神の機能の絶対的有効性を信じているのだ。〔渡辺一民訳〕

無能力であれ、方法の欠如であれ、絶対への欲望であれ、主人公二人の知的態度に〈欠陥〉があり、これが是正されたならばよりよき世界理解への展望が開ける、というような見方ならば、フロベール研究の立場からは端的に間違っているだろう。また、フーコーを敷衍しつつ蓮實重彥が述べたように、この物語の主題が〈徹底的な食い違いの悲壮なまでの偉大さ〉にあるとする見解と比べるなら、退屈とも言える。「これは、文字通りの逸脱の物語なのだ。知と解読の関係の安定が保証するのは凡庸な世界にすぎず、その凡庸さを愚鈍の残酷さが狂暴に揺るがせる」〔『物語批判序説』〕。「二人の〈愚かさ〉の起源は絶対への欲望にほかならない」とするクノーの見解は、『ブヴァールとペキュシェ』の理解に寄与するというよりも、むしろ彼自身の小説『リモンの子供たち』（一九三八）に描かれた愚かさをこそ説明しているようだ。クノーのこの小説には、『不正確科学百科事典』という書物の生成過程が描かれている。これは実際にクノーが刊行を準備していた著作であり、実在の逸脱学者たちによる主張、「ニュートン力学は間違っている」といった類いの妄説を集成している。したがって、この未完の著作が取り込まれた小説内でも、そうした〈物書き狂人〉と呼ばれる著述家たちの抜粋が大量に提示されているのだ。彼ら物書き狂人の多くは、一種の知的誇大妄想を病んでおり、不可解なことや未知のものをそのまま残しておけない。強迫観念に取り憑かれたかのように、一切を包含する壮大な体系を築きあげようとするのだ。そして、ひとたび何らかの体系を構築すると、その内部だけで、天文現象から言語や人類の起源に至るまで、森羅万象を説明してしまう。言うなれば、彼らの体系は剰余や他者を容認せず、外部に対して閉じている、あるいはそもそも外部が存在しない態のものなのだ。物書き狂人とはこのように自らの思考を絶対化する著述家であり、その思い込みの強さや断定的な物言いには辟易させられずにはいない。だが、実際のところ、ブヴァールとペキュシェが参照する学術書の調子も、何らかの理論を実践する際の二人の口調も、断定的であることにおいて大差はないのだ。「愚かさとは結論をくだそうとすることである」というフロベールの定義に従うなら、物書き狂人も、二人の独身者も、諸学問の体系も、愚かさの程度が異なるに過ぎないかのごとくである。

このように、『ブヴァールとペキュシェ』も『リモンの子供たち』も、正統知と逸脱知の差はあれ、思想の愚かしさを提示しようとしている点では同様なのである。いずれにおいても、思想の抜粋が単に並べられているだけでは、そもそも読まれうるものにはならなかっただろうし、どこかに欠陥があることも、互いに矛盾していることも、読み手にはなかなか伝わらなかっただろう。そうした思想の抜粋がフィクションによる演出によって読まれうるものとなり、各思考の欠陥や、言説相互間の矛盾が浮かび上がる仕組みになっているわけである。クノーの小説においては、小説の構想よりも先に『不正確科学百科事典』という体裁で逸脱思想のアンソロジーが準備されていたこともあり、これが小説に取り込まれる際には、フィクションによる演出の必要性が強く意識されていたようだ。百科事典の編纂者である主人公が逸脱思想を語り直したり要約したりするほか、登場人物間の対話によって妄説が提示されるなど、読みやすさを高める工夫がなされている。

一方、『ブヴァールとペキュシェ』のほうは、短い表現や引用が小説の地の文に溶かし込まれていることはあるにしても、行を改め出典を明示するかたちでのあからさまな引用はほとんどないため、表面的にははるかに読みやすい。そしてまた、フランスの諸版より詳しい新訳の注釈のおかげで、主人公の二人が言及している学術書や学説の出典が分かるようになったのもありがたいことである。なにしろ、学生時代に読んでいた廉価版には一切注がついていなかったのだ。この小説のためにフロベールが千五百冊以上の文献を渉猟したという事実を知らなかったら、言及されている学者名、書名、学説などに架空のものが混じっているに疑っていたのではないか、今ではそんな夢想をすることがある。実際、ボルヘスやナボコフならばそんなこともやりかねまいが、フロベールはきわめて律儀である。たとえば、重箱の隅をつつきがちな歴史学が批判的に提示されるくだり。「十二世紀にリンゴの新種を輸入したマラン＝オンフロワと、ノルマン征服時代にヘイスティングスの総督であったオンフロワとの間に、血縁関係はあるのだろうか？」〔菅谷憲興訳〕。訳者の注によれば、作家は意図的に瑣末な事項を並べているにもかかわらず、情報自体は綿密な文献調査の結果なのだという。誰も知らないような歴史上のトリヴィアを適当に捏造したところで、廉価版の読者を始めほとんどの読み手にとって、当座の物語理解にさしたる違いは生まれなかっただろう。しかし、それではフロベールが目指した「思想のコミック」ではなく単なる「コミック」になり、「笑劇風《ファルス》の批評的百科事典」ならぬただの「笑劇」となって、現実批判の力は大きく減じてしまう。『ブヴァールとペキュシェ』においても『リモンの子供たち』においても、作品をかろうじて読みうるものとしているのはフィクションによる演出なのである。十九世紀の学説にせよ、狂人の妄説にせよ、それだけを小説の枠組みから取り出して読むなら、さして面白いものでもない。しかし、この退屈さが偽りなき真実であることこそが作品の命なのである。『リモンの子供たち』にあっては、自己完結的で剰余や他者を許容しない物書き狂人たちの思考様式を通じて、一九三〇年代半ばの時代風潮、とりわけ外国人排斥を叫ぶ偏狭な極右勢力が間接的に批判されているのだが、もしも肝心の物書き狂人たちの言説が作りものであったならば、批判そのものの迫真性も損なわれていたに違いない。そのため、クノーは狂人たちの言説を書誌情報まで添えて直接引用するだけでなく、小説の巻末では「シャンベルナックが『百科事典』で引用している抜粋は当然ながら本物である」〔塩塚秀一郎訳〕との断りを入れているのだ。それでは、『ブヴァールとペキュシェ』において引用ないし言及の真正性を担保するものは何だろうか。おそらくそれこそが引用集からなるパート、作者の死により実現しなかった第二部なのだろう。この第二部は単なる引用の羅列からなるのではなく、第一部のように、テクストを筆写する二人の反応をも取り込みつつ、何らかの演出がなされるはずだったのかもしれないが、いずれにせよ、残された文例から想像する限り、それほど面白い読み物になったとも思えない。だが、『ブヴァールとペキュシェ』にとって、真正性を担保するこの現実要素は不可欠なのであり、第二部が存在しない以上、いかに煩雑に感じられようとも、あるいはたとえ読まれずとも、現行のエディションが批判装置として機能するためには、詳注もまた必要不可欠な構成要素なのである。

注釈がなければ読めない、あるいは十全に機能しない小説など、小説にあらずとの声も聞こえてきそうだが、「笑劇風の批評的百科事典」として構想された『ブヴァールとペキュシェ』には、もともと小説らしくないところがある。もっと正確に言うなら、小説というフィクション形式の誇張表現となっているようなところがあるのだ。先に、物書き狂人の〈包括性志向〉、つまり森羅万象を自らの体系内に取り込もうとする志向に言及したが、世界を映す鏡としての小説も同様の志向を潜在的に抱え込んでいると言えよう。この意味では、小説が百科全書的性質を帯びるのはごく自然ななりゆきなのである。一方、壮大な体系として全世界を包含しているかのごとき百科事典は、実際には誰にも通読されず、おのおのの読者に部分的に読まれてはそれぞれに異なる像が結ばれる運命にある。こうした、全体が見通しがたい断片的な世界像は、十九世紀的な包括的世界理解が破綻したのちの、二十世紀的な諦念により接近しているとも言えよう。したがって、ポストモダン小説、すなわち、断章が読まれたり読まれなかったりし、また組み合わせが変わることによって、ひとつの書物が潜在的な物語をいくつも含みうるような小説が、いずれもどことなく百科事典的な様相を呈していることにも理由があるわけだ。ジョイス、ペレックなど、二十世紀のある種の小説は明確に包括性志向を帯びており、百科全書的な体裁を呈する傾向にあるが（ペレック『人生 使用法』には索引がついている！）、『ブヴァールとペキュシェ』はまさにその端緒に位置する現代的実験小説なのである。

ジュール・ヴェルヌ
『神秘の島』
一八七五

フランス冒険小説の大家にしてSFの父ジュール・ヴェルヌ（一八二八〜一九〇五）は、ロラン・

バルトが指摘したように、小屋やテントに対する子供の情熱に寄り添いつつ、快適な自足空間を繰り返し描いた。ヴェルヌにあっては、気球、ロケット、潜水艦、飛行艇などはすべて「居心地のよい我が家」であって、ロビンソン・クルーソーに過酷なサバイバルを強いた無人島すら、幸福感に浸された場所として現れるのである。

ヴェルヌの最高傑作のひとつ、『神秘の島』で描かれるのも、無人島での幸福なサバイバルと言えるだろう。南北戦争下のアメリカで南軍の捕虜となった五人の男たちが、嵐の夜に気球で逃亡を図ったあげく、絶海の孤島に漂着する。こうして「空の遭難者」となった五人は、ロビンソンとはまったく異なる条件下で生き残りを試みるはめになる。ロビンソンが難破船の残骸から有用な道具類を回収できたのに対し、彼らは気球を浮かすべく装備を投げ捨ててきたため、道具も材料も一切ない状態で無人島の自然に挑むことになるからだ。幸いなことに、彼らが「リンカーン島」と名づけるこの島は、動植物や原材料が豊富で、漂着者たちの必要とするものはなんでも手に入り、あらゆる問題がじつに都合よく解決されてしまう。「〔燃料の木を〕集めるのは簡単だった。たくさんの枯枝が足元にころがっているから枝を落とす必要もなかった」〔手塚伸一訳、第一部四章〕。すべてに失敗する『ブヴァールとペキュシェ』を石橋正孝が『神秘の島』の逆ヴァージョンとみなす所以である。冒険小説の登場人物にとって、無人島の調査探検は最優先で着手すべき活動であろうに、あまりに簡単に必需品が揃ってしまうため、漂着者たちはねぐらの周辺をうろつくばかりで、なかなか島全体の徹底的調査に取りかかろうとしないほどなのだ。「リンカーン島はほんの一部しか探検されていないのに、すでに必要なもののほとんどすべてを供給してくれた」〔第一部二〇章〕。

冒険小説好きならこうした展開に拍子抜けしてしまい、物足りなさを覚えるかもしれない。けれども、『ロビンソン・クルーソー』のような無人島小説を読みながら、野蛮人の襲来やら帰還の成否やらの冒険小説的展開をさして喜ばず、サバイバルに要する具体的な工夫にこそ魅力を感じる読者も確かにいるのである。かくいう僕がそうなのだが、バルトもまたそうした読み手であったようだ。講義録『いかにしてともに生きるか』〔二〇〇二、死後出版〕において、バルトは『ロビンソン・クルーソー』に惹かれる理由を「事件なき日常性の魅力」に求めており、野蛮人との小競り合いが始まると「日々の家事のやり方、小屋、ブドウのなる庭といった田園詩」〔野崎歓訳〕を楽しめなくなると不満げなのである。デフォーの小説と同じく、ヴェルヌの『神秘の島』も、裸一貫から人間らしい生活を築き上げていく第一部、近くの島から改心した悪党エアトンを迎える第二部を経て、第三部では漂着者たちが海賊の襲撃を迎え撃つという具合に、当然ながらページを繰るほどに冒険小説的展開が盛り上がるように書かれている。だが、バルトに倣ってあえて言うなら、僕にはこの小説の魅力も「事件なき日常性」が描かれる前半部にあると思えてならない。その前半部では、ときおり不可解な現象に遭遇するものの、いまだ闖入者の存在を恐れる理由もなく、生活が日ごとに快適になっていく。ついには、ここはお誂え向きの「難船者用の島」ではないのか、と感激する者まで現れる始末。そう思うのも無理はないほど、島での生活は魅力に溢れているのだ。

夏の暑い一日がようやく終わると、仕事を切りあげた男たちは海の微風が肌に心地よく感じられる夕方のひとときを、見晴らし台のほとりの蔓をからめたヴェランダで過ごした。このヴェランダはネブ〔黒人の召使い〕一人でつくったものだった。そこで彼らはおしゃべりをし、教えあい、計画を練った。水夫の明るい性格はいつもこの小世界の人びとの心をたのしませた。ここにはいつも完全なハーモニーが保たれていた。〔第二部八章〕

ここで、このすばらしい「小世界」のメンバーをざっと紹介しておこう。サイラス・スミスは道具の代わりにあらゆる知識を蓄えた技師、ギデオン・スピレットは有能な新聞記者、ペンクロフは経験豊富な水夫、ハーバートは博物学に通じた少年、ネブは純真な従者。この五人の間には、リーダーから作業者にいたる階層らしきものがあるようにも見えるが、実のところ、それは単なる役割分担の反映に過ぎず反目や嫉妬を引き起こすことはない。牧歌的でユートピア的な小世界に生きる彼らは、まさに「完全なハーモニー」に包まれているのである。

ありとあらゆる生物や資源が存在しており、あたかも世界そのものの縮図のようなリンカーン島において、生きるために不可欠なエッセンスを備蓄する住居「グラニット・ハウス」は島の縮図とも見なしえよう。暖かいベッドのごとき幸福なる「小世界」が描かれているためなのか、ペレックが生み出した別種の「小世界」、『人生　使用法』に描かれるパリ十七区の集合住宅には、あたかも神棚のごとく、『神秘の島』の主要場面が彫刻された食器棚が置かれている。彫刻された主要場面をペレックの小説から引用しよう。

その主要場面とは、リッチモンドから脱出した気球の墜落、サイラス・スミスとの奇跡的な再会、ギデオン・スピレットのチョッキのポケットから一本だけ出てきたマッチ、トランクの発見、さらには、エアトンとネモの悲痛な打ち明け話にいたるまでであるが、彼らの打ち明け話はここまでの出来事を『グラント船長の子供たち』と『海底二万マイル』にみごとに結びつけて締めくくるものなのだ。

〔塩塚秀一郎訳、『人生 使用法』第八章〕

ここに示唆されているように、『神秘の島』は三部作を締めくくる作品であり、元悪党のエアトンは一作目『グラント船長の子供たち』（一八六八）の登場人物でもあり、また、リンカーン島でしばしば生じていた不可解な現象は、二作目『海底二万マイル』（一八七〇）のネモ船長が、漂着者たちに差しのべた手助けだったことが終盤で明らかになる。それにしても、ペレックの小説において、単なる食器棚の装飾がこれほど詳細に記されているのはなぜなのだろうか。おそらく、『神秘の島』が過去の自作同士を「結びつけている」ことと関係があるのだろう。というのも、ペレックは自作の全体を大きなジグソーパズルに見立てており、過去の作品のさまざまな要素を別の作品にも登場させるなどの仕方で、ピースに相当する個々の作品を互いに関連づけるべくつねづね気を配っていたからだ。また、『人生 使用法』においては、描写や逸話が各章でばらばらに提示されるため、それらを統合する力を必要としていたという事情もあったかもしれない。これらを考えあわせるなら、過去の自作と「結びつける」機能を体現する『神秘の島』が、神棚のように祀られている理由も納得されよう。『神秘の島』の物語が彫刻された食器棚は、ペレックの描いた集合住宅において、「小世界」の守護神であるとともに、作品世界の統合力をも象徴しているのだ。

さらに、先の引用、すなわち、食器棚の彫刻を口実としたペレック流の要約において、『神秘の島』そのものの読みにおいても無視しがたい意味を持つのが「トランクの発見」である。このトランクには漂着者たちに役立ちそうな物品（大工道具類、武器、計器、衣服、台所用品、書物）が詰められていたのだが、これを届けたのは潜水艦ノーチラス号とともに島に潜んでいたネモ船長なのだ。便利な道具が詰まったトランクの発見によって、漂着者たちによるサバイバルの意味は一変してしまう。というのも、ピエール・マシュレが指摘するように、道具なしで開始された『神秘の島』のサバイバルは、恵まれた初期条件でスタートしたロビンソンの冒険と一線を画していたはずなのに、ネモ船長からのトランクが届いて以降はせっかくの独自性を失うことにもなりかねないからだ。しかも、道具の到来は、手作りの素朴な技術でユートピアを実現していたリンカーン島を、最新テクノロジーに支配される産業社会にまで引きずり下ろす契機ともなりうるのだから、いわば堕落の始まりとも見なせよう。実際、『神秘の島』では、漂着者たちによって用いられた技術の原初的性格が繰り返し強調されており、リンカーン島が、産業革命以降の危うい技術によってではなく、その性能も限界も知り尽くされた、素朴だが信頼しうる方法で築かれていることに、いやがうえでも気づかされるのだ。「羊毛を原料にした布地は遠い昔から存在したが、人類最初の毛織物は、まさにサイラス・スミスが用いようとする方法でつくられたのだった」〔第二部十一章〕。リンカーン島の文明は、人類とともにあるような原初的で、暴走する危険のない技術によって築かれており、道を違えた現代文明の「ありえたかもしれない」理想として提示されているようにも見える〔ジャック・ノワレ『小説家と機械』第二巻〕。この文脈において、ネモ船長から届けられた道具箱は、牧歌的ユートピアから暴発を宿した産業社会へと、リンカーン島に舵を切らせる契機にもなりかねまい。

しかしながら、道具箱には、必ずしも産業社会の建設を促進するツールばかりが入っていたわけではなく、日常生活をほんの少し快適にしてくれそうな食器類や、あのロビンソンを絶望的孤独から救ってくれた聖書も含まれていたのだ。さらには、六分儀や羅針盤や地図集、つまり、ユートピアという「どこにもない場所」を現実の地平に引き戻しうる計器もあれば、武器とポリネシア語辞典という、どちらをどう使うかによって、野蛮人侵入時の対応が敵対的にも友好的にもなりうる対照的な道具もあった。要するに、さまざまな可能性に開けているはずのこれらの物品から、何を選んでどう役立てるかは遭難者たち次第なわけで、彼らの選択も『神秘の島』後半の読み所となるわけだ。

ところで、ペレックの『人生　使用法』では『神秘の島』が三回も喚起されているのだが、興味深いことに、そのいずれもがネモ船長の「道具箱」に関わっているのである。この「道具箱」の重要性については既述の通りであるが、ペレックの方ではそれとは異なる重要な意味合いを読みとっていたのかもしれない。実際にどのように言及されているのか見てみよう。『人生 使用法』第七二章では、地下倉にしまわれた旅行トランクの中身が、ネモ船長のトランクの現代版に喩えられている。そのネモ船長が届けた物品類の「完全なリストは、ギデオン・スピレットの手帳に記され、ほぼページいっぱいの挿絵二枚もあわせてだが、『神秘の島』（エッツェル版）の二二三から二二六ページを占めている」〔『人生 使用法』第七二章〕と書かれており、届けられた物品の豊富さ、多様さが強調されている。一方、また別の章では、アパルトマンの描写にネモ船長の道具箱の中身が流用されている。この場合は言及というよりヴェルヌからの剽窃と言うべきであろう。

> 二つめの書架には〔…〕古い工具がいくつか置かれている。かんなが三つ、手斧が二つ、のみが一つ、たがねが六つ、やすりが二つ、ハンマーが六つ、ドリルが三つ、錐が二つ〔…〕
>
> 〔『人生 使用法』第二三章〕

ネモ船長が届けた物品類は大量かつ多種多様であったのに、ペレックによって流用されたのはそのごく一部に過ぎない。そして、その限られたアイテムとして、台所用品でも博物事典でもなく、工作道具が選ばれていることもまた示唆的である。本来、道具箱は多様な可能性を開いていたはずなのに、『神秘の島』の物語において、漂着者たちが既存の産業社会を模し植民地建設を始めてしまうことと暗合しているからだ。

とはいうものの、ネモ船長の道具箱が直接の契機となって、遭難者たちが技術文明の建設に邁進し始め、リンカーン島の牧歌的性格が失われる、というわけではない。先に引用した夏のヴェランダでの談笑は道具箱が漂着した後の場面であるし、そもそも、工具類を手にする以前から遭難者たちは自らを植民者として規定しているのである。

「わたしはね」水夫が言った。「働くのがいやだなんて言うのは男じゃないと思っています。あなたがそうしようと思うなら、スミスさん、この島を小アメリカにしましょう！　みんなでここに町をつくり、鉄道を敷き、電信線を張るんです。そしていつか、この島がすっかり変わったら、もっと快適に文明化されたら、それを合衆国政府に寄付しましょうや。ただし、一つだけ言いたいことがありますが」

「なんだい？」記者が言った。

「わたしたちを遭難者と考えないこと。植民地をつくるためにここに来たって考えるんです！」

〔第一部十一章〕

つまり、リンカーン島には、どこにも存在しない「ユートピア」の側面と、現実の悲惨を喚起しかねぬ「植民地」の、両面が備わっていると見るべきなのだ。そうした両面的な島の物語が、『人生　使用法』では、食器棚への彫刻という形をとって、集合住宅の内奥に据えられているわけで、この事実ももちろん故なしとはしない。というのも、この建物自体もまた、「どこにもない」場所であると同時に、植民地主義に通じる開発熱に脅かされてもいるからである。集合住宅の最古参の住人であり、その一切合切を描く絵画を構想している画家ヴァレーヌにとって、堅固な石の建造物であるパリの集合住宅は、現実的物体であることを超えて、「永続性」のファンタスムとして存在しているようなのだ。

パリの集合住宅の前に立って、これが不滅だと考えなかった者がいるだろうか。確かに、爆撃、火事、地震でなら破壊されるかもしれない。だが、そうでなければ？　一個人、一家族、あるいは一家系の目から見てさえ、ひとつの街、通り、家屋は不変であって、時間や人生の浮沈とは関わりがないように感じられるものだが、そう思うあまり、我々は人間のはかなさと石の頑丈さとが対比されうるものと考えてしまう。

〔『人生　使用法』第二八章〕

だが、画家は同時に、この集合住宅が開発業者たちの餌食となって破壊される様子をも幻視しているのである。「けれども、〔…〕地面からこうした建物を出現させたのと同じ情熱が、これからはひたすらそれらを破壊しようとすることだろう」。

『神秘の島』において、リンカーン島に文明を築きえたのはネモ船長の力添えゆえであったことが、死を目前にした当人の告白によって明らかになる。そうであるからには、船長の死とともに島が滅びるのも当然であって、実際、火山の爆発によってリンカーン島は海に沈んでしまうのだ。『神秘の島』の寓話は、人間の制作物にまつわる根源的な「はかなさ」を例証しつつ幕を閉じるわけであり、『人生　使用法』の集合住宅もまた同じ運命を免れ得ないことは作中で幻視されているとおりである。

解体屋がやってきて、ハンマーでモルタルやタイルを打ち砕き、仕切壁を突き破り、金具をねじ曲げ、梁や垂木を取り外し、石材を引っぱがすだろう。そこに現れるのは、打ち壊され、原料に戻った建物の異様な姿であり、その山を分厚い手袋をした屑鉄屋が奪い合うだろう。

〔『人生　使用法』第二八章〕

近い将来、集合住宅を襲う「解体屋」たちが手にしているのは、皮肉なことに、ハンマーやドリルなど、ネモ船長の道具箱から選び出された工具類なのである。

二十世紀

文学史の教科書を繙くと、二十世紀の作家や作品の夥しさに目眩を覚えてしまう。十九世紀までの記述においては、現在の価値観から見て真に重要な作家と周縁的な作家の区別がはっきりしており、流派や主義が交替してゆく理路もそれなりにたどりやすい。ところが二十世紀となると、マルセル・プルーストやポール・ヴァレリーのような、最高峰の巨人を見紛う恐れはないものの、山頂から麓へくだる地形にはあまりめりはりが感じられない。二〇年代の大河小説、両大戦間のシュルレアリスム、第二次大戦後の実存主義、五〇年代のヌーヴォー・ロマンといった具合に尾根だけをたどったところで、それらの間の連関は必ずしも自明でないうえ、そもそも、尾根から外れたところにこそ異能の作家が潜んでいるようにも見える。三十年以上にわたり腰の据わった自伝を書きつづけたミシェル・レリス、進歩や前衛と距離を取りつつ緊密な散文作品を綴ったジュリアン・グラックなど、同時代的な位置づけに迷う作家も、今後、時間が経つにつれいよいよ存在感を増すに違いない。要するに、二十世紀の文学史はいまだ時間的に近すぎて適切に把握しきれないのである。百年後の教科書はもっと整理された図式を提示しているだろうが、それに伴い多くの作家や作品が脱落しているだろう。クノーやペレックが消え去っていることだって十分にありうるのだ。

事ほど左様に情報過剰気味の二十世紀文学史であるが、一覧するだけですぐさま痛感するのは二つの世界大戦がもたらしたインパクトの大きさである。第一次大戦後にはアンドレ・ブルトン率いるシュルレアリスムが、第二次大戦後にはジャン＝ポール・サルトルに代表される実存主義や社会参加の文学が台頭している。両者に目立った共通点は無さそうにも見えるが、いずれも、鋭い政治意識とともに人間の生き方を問う、倫理的な文学であったと言えよう。そして、一見、その対極に位置するかのごとき、呑気で非政治的な作品ばかりを書いたように見えるクノーにしても、決してブルトンやサルトルと没交渉ではなかったのである。

そのクノーが一九六〇年に創設したウリポには、シュルレアリスムに対する反動という側面があった。そのため、クノーがブルトンと袂を分かった原因も美学上の対立にあると思われがちだが、実際にはブルトンの威圧的振る舞いに愛想をつかしてのことだったようだ。「シュルレアリスムの法王」と畏怖されたブルトンが他の芸術家たちの除名を繰り返したことはよく知られており、そのことを意識したウリポのほうは自分たちの和気藹々ぶりを誇らしげに宣伝しているのである。僕がかつてウリポに関心を持ち始めた頃には、殺伐としたところのない彼らのこうした関係性に好感を覚えたものだが、文学者集団が和やかに群れているというのは果たして褒められたことなのかどうか……。ウリポは説教くさいことを言わないし押しつけがましいところもないかわりに、現状への不満や怒りに根をもつ激越さにも欠けていて、端的に言ってしまえば生温いところもある。文学全般が社会に対して影響を及ぼせなくなり、社会からも顧みられなくなりつつある現状に、ウリポ的微温も関与しているのではないか、そんな疑念が拭い得ないのだ。

生温さと峻烈さをめぐる同様の対照は、ウリポ、とりわけクノーと社会参加の文学の関係においても指摘できる。一九四〇年代から五〇年代初頭にかけて、大戦中の対独レジスタンスや戦後の実存主義と同時代にありながら、『人生の日曜日』（一九五二）を始めとするクノーの小説群は、いかにものんきな主人公たちの他愛ない日常を描いており、危機的時代に誰しも避けられなかったはずの真剣な問い、人間の実存や自由などを思考しているようにはいささかも見えない。それでも、僕がかつて「世の中ついでに生きている」風情のこうした登場人物たちに魅了されたのは、文学を道徳や政治と結びつけたがる要請に鬱陶しさを覚えていたからに違いないが、そのような感じ方は必ずしも僕一人の個人的感受性ではなかったようだ。五〇年代半ば、実存主義の流行が終わりヌーヴォー・ロマンの興隆を迎えるのは、指針となるイデオロギーが揺らいだり表象行為の再検討が要請されたりした時代背景も影響したのだろうが、何かの「ための」文学への飽き方が人心に作用したためでもあったのだろう。

社会参加の文学が放つ熱量には息苦しさが確かにあり、僕自身はこの種の文学の全盛期に立ち会いたかったとは思わない。とはいえ、社会のあるべき姿や自己の生き方を考える際、文学に指針が求められた時代がかつてあったのだとすれば、そのこと自体は正直に言ってうらやましい。表象行為の問いなおしを掲げるヌーヴォー・ロマンは、社会や現実を「映す」という役割から解放されたのはいいが、その反作用として自らが社会や現実から切り離され、人びとから顧みられなくなってしまった。小説のみならず、レジスタンス期の（アラゴン、エリュアールら）抵抗詩人や終戦直後に民衆的人気を博したプレヴェール以降、現代詩も小説以上の黙殺をかこつ羽目になっている。

こうした文学の価値下落や人びとの無関心という大きな流れに、ウリポはどう関わっているのだろうかと考えてみる。実存主義やヌーヴォー・ロマンと違って、ウリポが文学シーンの主流を占めたことは一度もないのだから大した責任などあろうはずもない、そうひとまずは思いたい。だが、ウィリアム・マルクスは『文学との訣別』（二〇一五）において「ウリポが収めた大成功は、文学の価値下落の動きを逆転させるどころか、その動きを強化することにしか役立っていない」〔塚本昌則訳〕と断罪している。ウィリアム・マルクスは文学の価値はその真剣さにあると考えているようなのだが、ウリポはもともと真面目一辺倒の文学のあり方に異を唱えていたのだから、「不真面目だからケシカラン」と責められてもそもそも議論は嚙み合うまい。とはいえ、「真面目な」文学が主流で盛り上がっているからこそ、周縁でウリポのような異風がふざけていられるのであって、もはや誰も文学を真剣に読もうとしない時代にあっては、不真面目な文学などなおさら相手にされないだろう。

社会に背を向け言語に自閉するあまり自家中毒をおこしつつあった文学、とりわけ小説は、七〇年代に入ると、あらためて社会や人間の経験を語り始める。八〇年代には、かつてのヌーヴォー・ロマンの作家たち（クロード・シモン、ナタリー・サロート、ロブ゠グリエら）や先端的な作風だった作家たち（マルグリット・デュラス、フィリップ・ソレルス、ル・クレジオら）が、相次いで自らの過去や起源を探る物語へと回帰する。社会や歴史の次元がふたたび小説に導入されるようになった状況を指して、「書く」という動詞があらためて目的語を取り戻したと言われることもある。また、九〇年代以降に顕著な傾向としては、イヴァン・ジャブロンカ『歴史は現代文学である』（二〇一四）やロラン・ドゥマンズ『調査の新時代』（二〇一九）が指摘するごとく、歴史学、社会学、人類学等の方法を援用しつつ、フィクションの特性をも手放そうとしない、新しいタイプのルポルタージュ作品の台頭も挙げられよう。興味深いことに、こうしたルポルタージュを手がける作家の中には、フランソワ・ボンなど、ペレックが示した日常生活への関心とその探究方法から想を得たと明かす者もいる。考えてみれば、ウィリアム・マルクスに「文学の価値下落の動きを強化した」と断罪されたウリポの中にあって、ペレックは文学の自動詞性と他動詞性をともに体現する稀有な存在だったとも言えるのだ。ヌーヴォー・ロマンによる自省を経て、ふたたび社会の現実に向き合い始めた文学が、客観性や言語の透明性を素朴に求め旧態依然たるルポルタージュに先祖返りすることはもはやありえないだろう。同時代文学の行方は見通しがたいが、期待とともに新しい潮流を見守っていきたいものだ。

偏向を売りにするという、『逸脱のフランス文学史』の趣旨に甘えて書きたいことを存分に書かせてもらう分、せめて論じる作品くらいは評価の定まった傑作から選ぼうとして、柄にもなく名作を相手に格闘してきたが、正直なところ少々くたびれてしまった。ここらで偏った個人的趣味に走らせてもらうことにして、仏文学史に輝く堂々たる名作ではないにせよ、二十世紀文学に明確な影響を及ぼし続けている忘れがたい異色作、レーモン・ルーセル（一八七七〜一九三三）の『ロクス・ソルス』を取り上げてみたい。

レーモン・ルーセル『ロクス・ソルス』

一九一四

二十世紀の初頭に発表されたルーセルの小説、詩、戯曲は、世間一般の無理解にさらされつつも、生前から死後にかけて、さまざまな文学流派から先駆者のひとりと仰がれるようになっていく。シュルレアリスムの首領アンドレ・ブルトンは奇想天外なイメージに魅せられ、アラン・ロブ＝グリエらヌーヴォー・ロマンの小説家は執拗な物の描写に新たな小説の進路を見いだし、ジョルジュ・ペレックを始めとするウリポの面々はルーセル的〈手法〉を「先取り剽窃」と見なす、といった具合だ。その他にも、連想に基づく独特の執筆方法が、自伝作家ミシェル・レリスにおいて記憶の整序に影響を与えたこと、あるいは、死後出版による創作の秘密の暴露が、見えるものと見えないものの絡み合いをめぐって、ミシェル・フーコーの思考を誘発したことも知られている。それでいて、当の本人は最先端の文学には興味も理解も示さず大衆的読み物や人形劇に夢中だったり、孤高を気取ることなく世俗的成功を一心に望んでいたりと、格好いいやら憎めないやらなんともよく分からない人物である。

ルーセルの作品中、もっともよく知られ読まれているのは、双子のようによく似た二冊の小説、『アフリカの印象』（一九一〇）と『ロクス・ソルス』である。前者は「奇想天外の演芸大会」（岡谷公二）の趣で、黒人王国に漂着し捉えられた白人捕虜たちが、王の戴冠式で次々に珍妙な芸を披露するという内容をもつ。後者は、裕福な独身科学者マルシャル・カントレルが、隠棲先の「ロクス・ソルス荘」に親しい客を招き、自らの驚異的な発明品や秘蔵品を見せてまわるとの設定であり、その際の品々の描写と発明や獲得に至る経過説明が小説内容のすべてであるから、やはり岡谷の言葉を借りれば「荒唐無稽の博覧会」ということになる。『ロクス・ソルス』の発明品中でもっとも有名なのは、死者が生前の一場面を演じる〈ガラスの檻〉であろう。博士の説明によると、遺体を特殊な薬品で処理し電気刺激を加えると、生涯でもっとも忘れがたい瞬間の動作を正確に繰り返すというのだから、これは蘇生ではなく単なる物理現象なのである。動く剥製を展示しているようなものだから、グロテスクで倫理的に許されないと見る向きもあろうが、この小説における描写には暗さやためらいはみじんもなく実にあっけらかんとしている。死という一回限りの、取り返しのつかない出来事すらも、この小説では、化学薬品や機械装置と同列の、操作可能な対象とみなされているのではないか。そこで展開されているのは喪の感情や死者への愛惜などとは無縁の機械的世界ではないのか。うっかり読み流すとそんな印象すら受けかねないほどだ。

そうした印象に拍車をかけかねないのが執筆にあたってルーセルが用いた特異な手法である。ウリポの先駆とも見なされるその方法とは、既知の定型表現の構成要素をそれぞれ異なる意味に読み換えることによって、新たな表現やイメージを得るというものである。たとえば、『アフリカの印象』には、両手がなく両足が不自由な男がひとりで笛、アコーディオン、トライアングル、太鼓、シンバルを演奏する場面が出てくるのだが、死後出版の種明かしによると、この部分は「開口部つきの献金箱」を意味する tronc à ouverture を「序曲を演奏する手足のない男」と読み替えることによって発想されたのだという。tronc は「献金箱」と「胴体」を、ouverture は「開口部」と「オペラの序曲」を、それぞれ意味しうるのだ。これだけであれば単発の発想法に過ぎまいが、短編「黒人たちの間で」（一九〇〇）は、こうした読み換えでまったく異なる意味に解釈されうるほぼ同一の二つの文を作品の最初と最後に配し、その間を結びつけるという手法で書かれたことが知られている。そうなると、冒頭と結末があらかじめ決められたうえでの創作であるから、ウリポ的な「制約下の創作」に通じる面が確かに認められよう。

他方で、言語遊戯的な手法の暴露は、読者の側に厄介な反応も引き起こしうる。「人間オーケストラ」のごとき奇妙なイメージに魅惑されたとしても、所詮は駄洒落の産物だと思えば、読み手はそこに深い意味や意図を探そうとはしなくなるだろう。いかなる作品も単純な仕掛けのみで生み出されるはずはないのに、生成に寄与した仕掛けの一端が明かされると、もはやまともには読まれなくなってしまうのだ。実際、ペレックの『煙滅』は長らく「E の文字抜きで書かれた小説」として珍品扱いを受け、まともな読解の対象にならなかった。あるいは、ミシェル・フーコーが述べたように、読者が疑心暗鬼に陥り、本来、秘密などないところに秘密を見てしまうこともありうる。見いだしたつもりの秘密が本当に手法によるものなのかという以前に、罠を避けるかのごとく無用に神経をすり減らすことを強いられるのは、小説を読む態度として不幸だと言わざるをえまい。その意味で、仕掛けの暴露は書き手にとって益のない所業であるはずなのだが、その反面、作家が自ら知らしめなければ手法の存在もその精妙さも気づかれずに終わるのだとすると、それはそれで張り合いがないことだろう。『私はいかにしてある種の本を書いたか』（一九三五）の死後出版という、中途半端な暴露をルーセルが選択せざるをえなかったのも、こうしたジレンマと無関係ではあるまい。そしてまた、かくれんぼをする子供が隠れたままでいたいのか見つかりたいのか自分でも分からなくなってしまうような、隠しつつも明かしたいという引き裂かれた欲望は、死後出版の暴露を待たずとも、小説そのものの中にすでに書き込まれているのである。

フーコーがつとに指摘するとおり、そのものずばりの機械仕掛けにとどまらず、作品内演劇の登場人物から、軽業、手品、動物の調教にいたるまで、ルーセルの描くあらゆる装置は、小説の生成原理たる手法を喚起しうるものとなっている。たとえば、先に言及した「人間オーケストラ」を始め、ルーセルの小説にしばしば登場するハンディキャップを負った芸術家たちは、あえて手足を縛って創造に挑んでいるようなものであるから、「制約下の創作」の形象化ともみなしうる。こうした、手法の自己照射的喚起という観点からは、ルーセルと同じく「書くこと」を生業とする詩人、ジェラールの逸話が興味深い。というのも、このエピソードは、死者が演じる生前のハイライトとして小説に導入されており、そこでは「制約下の創作」と「死」が、すなわち「感情を排した作業」と「万感迫る一度きりの出来事」が、ともに前景化しているからである。

詩人ジェラールの遺体は、手前の壁だけ省かれた四角い部屋の中で、縁なし帽を編んだり本の白紙ページに金粉で文字を書いたり、あれこれと意味不明の行為をおこなっている。ジェラールの逸話に限らず、一般に『ロクス・ソルス』においては、まず、見物人たちが眺める発明品の描写が読者に対する〈謎〉として提示され、直後の由来説明によってその〈解明〉がなされる、という構成がとられている。都合八人の死者が演じる生前の場面も、のちにその由来が説明されることによって、ひとつひとつの行為の意味が明らかになるのである。ジェラールが演じていたのは、以前に体験した監禁事件中の挿話であった。家族との馬車旅行中、山賊に襲われたジェラールは、妻クロチルドを解放してもらい、追って幼い息子を逃がすことにも成功したものの、自らは山中の廃墟に監禁され処刑を待つ身となってしまう。死を覚悟した詩人は、遺言代わりに、手持ちの本の余白に詩を書きつけることを決意する。

> 高価で、その数ページの余白を利用するだけでは勿体ないこの本の値打ちを損わないようにするため、彼は、本文と密接に結びついた詩を作ろうと考えた。本に無関係な詩を書けば、全体を台なしにしてしまうだろうが、主題が共通ならば、かえって引き立てることになるはずだった。

〔岡谷公二訳〕

遺言として書くべき詩が、外枠をなす書物の「本文」や「主題」によってあらかじめ規定されており、詩と書物が調和すべく配慮しなければならないというのだから、これはまさに「制約下の創作」の一様態と言えよう。しかしながら、前述のごとく、このような仕方による手法の喚起はルーセル作品に溢れており珍しいものではない。この逸話において興味深いのは、死者によるパフォーマンスとその由来説明という体裁により、同じ場面が二度、視点を変えて語り直される過程で、「書く手段」に意味づけがなされていく点なのである。ジェラールは詩を書きつけようと思いたつものの、監禁中のためペンもインクも手に入らない。そこで、隠しもっていた金貨を削って金粉にして、これを水で溶いてインク代わりにし、ばらのとげをペンとして利用することにする。だが、どうして都合よくばらの花を持っていたのか。

あの悲劇の日、村を出た馬車が、摘みたての花々を握った手を争って差し出す貧しい子供たちとともに坂をのぼっていった時、ジェラールは、クロチルドのために花を買った。彼女は、すぐに全体の中からばらを一本抜いて、彼の襟に差して喜んだ。囚われ人となった詩人は、もはや再び会える望みのない女性の愛の形見として、それを大事に取っておいた。

つまり、遺言を記すための道具であるばらのとげは、これ自体が妻からの「愛の形見」だったというのである。しかしながら、一度目の語り、すなわち、ガラスの檻において遺体が演じる場面を読むと、このような由来には言及されておらず、すでに花の枯れ落ちた茎だけが単なる道具として描かれているに過ぎない。謎の解明のパート、すなわち演じられた場面の由来説明を読むとき、ペン代わりの茎に夫婦の微笑ましい愛のエピソードが隠されていたことを読者ははじめて知るのである。ジェラールの逸話に限らず、遺体が演じていた場面を由来説明として読み直す過程においては、精神とは無縁の、単なる物理現象に過ぎない一連の要素に、愛や憎しみなど人間的感情が付与されていくことになるのだ。そしてまた、「枯れたばら」を「愛の形見」として捉え直すというような、物から物語を紡ぐ営みは特殊な小説においてのみ出会う経験なのではなく、僕たちが何らかの過去の痕跡を読み解く際にも行うプロセスであることを思い起こそう。そうだとすれば、『ロクス・ソルス』における物の描写も、感情とは無縁の機械の所産とばかりはみなせなくなるのではないか。

さて、どうにか辞世の詩を完成させたジェラールは、そのまま処刑の瞬間を心安らかに待ったわけではない。創作で疲れきった頭脳を刺激しないよう、手持ちの本から「素気ない、科学的な文章」で書かれた地質学書を選び出し、「図版は見ないようにして、その中の光彩を欠く段落を覚えれば、死の強迫観念から逃れるための危険のない気晴らしになるだろうと考えた」。つまり、皮肉なことに、死体が演じる生涯の忘れがたい一場面では「死の強迫観念」が演じられているのである。甦った死体は再び生き直される生の中で死の恐怖におびえているのだ。「荒唐無稽の博覧会」がかくも色濃く喪に染まっているのは、『ロクス・ソルス』の執筆が開始される数ヵ月前に最愛の母が亡くなった事実とも関係しているようである。そして、死者への愛惜の情は、「死体の蘇生」という露骨な現象としてのみならず、過ぎ去った世界を追憶しその断片を保存しようとする欲求としても現れ、小説全篇をあまねく覆っている。ジェラールの遺体が演じる生涯の忘れがたい一場面は、愛の形見たるばらのとげや遺言として書かれた金文字の詩など、過去の痕跡をとどめる小道具に取り巻かれているのだ。ティフェーヌ・サムワイヨは、ルーセルのこうした志向、過ぎ去った世界を記憶し保全しようとする志向を、過去の痕跡やアルシーヴへの現代的関心に通じるものと見なしている。こうして見てくると、「隠しつつ明かす」ルーセルの振る舞いは、単に「創作の秘密」を暗示するのみならず、とかくイカモノ扱いされがちな機械的側面の背後に、思いのほか真率な感情をもかいま見せているのではなかろうか。

アンドレ・ジッド
『贋金つかい』
一九二六

なんといってもタイトルが魅力的だ。中学生の頃、『背徳者』(一九〇二)やら『狭き門』(一九〇九)やらを差し置いて、この小説からジッドを読み始めてしまったのも、詐欺師グループの暗躍を描くクライム・サスペンスか何かと勘違いしたからだった。ところが、小説の冒頭に登場するのは、詐欺師どころかブルジョワ家庭の面々ばかりではないか。肝心の贋金が実際に現れるのは小説の半ばに過ぎず、「贋金つかい」の少年グループが話題の中心となるのは最終盤でしかない。そこに至るまで無関係の物語がえんえんと続くようにも見えるが、中盤で、ベルナール少年がテーブルに放った贋金を喩えにして話し始める頃には、これが実体を偽ろうとする人間たちのメタファーなのだと了解されるだろう。

僕は生涯にわたって、ほんのかすかに打たれても、純粋な音を立てたいのです。実体をあらわす本物の音を。僕の知っている人は、ほとんど皆、実体を偽る音を立てる。外見どおりの価値を持つこと、自分の価値以上の外見を示そうとしないこと〔…〕〔二宮正之訳〕

ベルナールが訴えるとおり、『贋金つかい』が描いているのは、さまざまな領域で贋物が跋扈する、贋金だらけの世界なのだ。そもそも、開巻早々にして、件のベルナールは自らの父親が贋物であることに気づかされるのである。少年は母親宛の恋文を盗み読んで、自分が母とその恋人のあいだにできた子であることを知る。それまで実の父親だと信じてきた法律家、プロフィタンディユ氏とは別に、血の繋がった本当の父親が存在することを知って、衝撃のあまり家出してしまう。ベルナールはその後、子を宿したまま恋人に捨てられた年上の女性ローラに恋情を抱き、やがて生まれ来る私生児の身の上を思うにつれ、育ての父への感謝を新たにすることとなる。「僕の父親がわりの役を演じた人は、僕が実の子でないと思わせるようなことは何も言わず、何もしなかった。〔…〕それどころか僕をとくに愛してくれたので、僕は感謝していたのです」。自分の父親は血のつながりという点では確かに「贋物」なのだが、果たして「本物」の父親であることを保証するのは血縁だけなのだろうか。実際、ベルナールの疑問を裏書きするように、実の父親を受け入れられない人物も描かれている。「血」という意味では申し分のない貴族の家柄にありながら、売れっ子作家ロベール・ド・パッサヴァンは、父親の横柄な振る舞いを内心で忌み嫌っているのだ。こうして、ベルナールの葛藤は単なる家族内の問題にとどまらず、真贋を根拠づけるのは何かという、より普遍的な問いへと広がってゆくこととなる。

ベルナール少年の父親や作家パッサヴァンの父親だけでなく、『贋金つかい』に登場する父親たちは皆、法律家、貴族、牧師など、社会の価値基準を保証すべき地位にありながら、なんらかの意味でその「贋物」性を露わにされてしまう。ジャン＝ジョゼフ・グーの『言語の金使い』（一九八四）は、こうした父親の権威失墜が貨幣および言語をめぐる時代の危機と深く関わっていることを、説得的に示してみせた。貨幣経済における金本位制の廃止はすなわち貨幣の価値保証が消滅したことを意味するわけだが、金本位制の危機を顕在化させた第一次大戦の時期はまた、リアリズム文学が危機に瀕した時代でもあった。人々はもはや言語の表象能力を素朴には信頼できず、言葉によって世界を過不足なく描きうるとは信じられなくなったのである。つまり、貨幣が金による保証を失ったのと同じく、言葉も現実による支えから切り離されてしまったのだ。そして、基軸となる価値が喪失した時代にあって、その価値を保証するはずの「父親」の権威もまた失墜するほかなかった、というのがグーの見立てなのである。

『贋金つかい』において、父親の贋物ぶりが各様に描かれていたように、言語の、つまりは文学の「贋金」も何人かの登場人物によってそれぞれに体現されている。もっとも分かりやすい贋物は、ジャン・コクトーがモデルとされる流行作家、ロベール・ド・パッサヴァンによる大衆迎合文学であろう。パッサヴァンにとって「芸術作品は目的というよりは手段」であり、その文学は「時代のいいなり」で「深みがない」などと、同業者の一人はこの作家を散々にけなしている。とはいえ、この種の軽薄な人間にせよ芸術まがいにせよ、いつの時代にも存在するものであって、とりたてて贋金つかいの時代に特有の現象というわけではあるまい。金に保証されない貨幣、すなわち、現実から切り離された言葉で紡がれる文学のありようをシニカルに提示して見せるのは、贋金流通グループの黒幕にして前衛雑誌の編集長、ストルーヴィルーである。この男に言わせれば、絵画がとっくに捨て去った「モチーフ」などというものに、時代遅れの文学はいまだに執着している。未来の文学は、「現実」や「主題」どころか、意味や論理すらも捨て去るものとなるだろう、などとストルーヴィルーは同時代のダダやシュルレアリスムの戯画のごとき文学観を語ってみせるのだ。

それに対し、ものの見方の正確さや思索の明晰さにおいて、作者ジッドにもっとも近いとされる小説家エドゥワールは、パッサヴァンのように危機に目を閉ざしたまま「現実」への郷愁にしがみつくことはできず、かといって、ストルーヴィルーのごとく記号の戯れに身を投じる決心もつかない。古色蒼然たる「駅売りの文学」と、現実と完全に訣別した「前衛文学」のはざまで引き裂かれつつ、エドゥワールはこの両者の闘争こそが主題となるべきだと明確に意識し始めるのだ。小説中にしばしば挿入される「エドゥワールの日記」では、この主題は次のように定式化されている。

> 僕の本の「深層の主題」とでも呼べそうなものが見えてきた。それは、おそらく、現実の世界と我々がそれを表わすために用いる表象との拮抗だ。

この拮抗ないし対立を明確に問題化するためには、描かれるべき「現実」とそれを表象する「小説」とを別次元に置くのではなく、同一次元に位置づけることが必要となる。こうして、『贋金つかい』のトレードマークとして言及される「入れ子構造」、つまり、小説のなかに小説を取り込むことによって表象を表象することが要請されるのだ。そして、「表象の表象」という次元を導入する入れ子構造は、西洋芸術における模倣（ミメーシス）美学の伝統を問い返し表象の限界を探るための道具となり、ヌーヴォー・ロマン以降の小説によっても多用されたことはよく知られている（その詳細については、たとえば、リュシアン・デーレンバック『鏡の物語』を参照のこと）。

こうした潮流を考慮するなら、ジョルジュ・ペレックのいくつかの小説に顕著な入れ子構造が認められることにはなんら不思議はないとも言えよう。たとえば、ある一瞬間における集合住宅の断面を描く小説『人生　使用法』には、この小説そのものを思わせるような、集合住宅の断面図を構想している画家が登場する（もっとも『贋金つかい』のエドゥワールが作中で同じく『贋金つかい』と題された小説を一行たりとも書いていないように、ペレックの作中画家はほぼ白紙の画布を死後に残すことになる）。また、中編小説『美術愛好家の陳列室』（一九七九）には同じ題名の絵画が小説中に登場する。この段階ですでに入れ子構造が成立しているわけだが、この絵自体がまた、わずかな変異を伴いながら縮小された自分自身を含み込むという、眩暈を誘うような入れ子構造の絵画なのである。いずれのケースにおいても、「小説のなかの小説」ではなく「小説のなかの絵」が導入され、媒体が変換されている事実のうちに、流行りの仕掛けであった入れ子構造にペレックが付与した独自の意味を見出すことができるかもしれない。というのも、同時期のペレックは、日常生活の中で盲目化した視覚や麻痺した感覚を活性化させることに関心を示していたからである。その背景には、我々には馴染みすぎているため知覚できないものがある、という認識があった。一方で、ペレックは騙し絵に関心を寄せ小説中でも騙し絵的仕掛けを取り入れたりして、知覚の再検討ともいうべき試みにも着手していた。騙し絵と同じく、「小説のなかの絵」の言葉による記述も、読者の認知を混乱させずにはおかない。部屋に飾られた絵が細々と描写されていると、今描写されつつある「りんご」が絵に描かれているのか、それとも部屋に置かれた物体なのか、読者の知覚が混乱してくるからだ。これは目の錯覚による混乱ではなく、水準の異なる対象がいずれも同じ言葉で表象されているがゆえの混乱である。

他方で、『贋金つかい』以後の、とりわけヌーヴォー・ロマンによる入れ子構造は、表象を再検討し現実の表象不可能性を露呈させるものであったのに対して、ペレックにとってはそもそも表象されるべき現実そのものが、「不在」や「欠如」を抱え込んだ、定かならぬものであったことを忘れてはなるまい。「ぼくには子供の頃の思い出がない」との言葉で始まる自伝では、ひとつの思い出が語り直されるたびに細部に小さな差異が生じ、他者の体験と自らの記憶は区別しがたく渾然一体となってしまっている……。アイデンティティのこうした心許なさは、「小説のなかの絵」を始めとする入れ子表象がもつ、ステイタスの曖昧さや根拠の不確実さにも通じるものではなかろうか。

ところで、先にも述べたとおり、ジッドの『贋金つかい』における「贋金」とは、さまざまな領域における贋物のメタファーとして捉えうるものであったが、贋物や贋作もまたペレックの作品世界に溢れかえっている。ジッドにおける「贋物」の主題は、従来の価値基準が崩壊し始めた時代背景と結びついていたが、二十世紀後半に活動したペレックにとって、「贋物」はどんな意味をもっていたのだろうか。もちろん、一義的な意味づけを行うことはできないが、『傭兵隊長』（一九六〇）という初期の習作を読む限り、ペレックにとって贋作が提起する問題とは「アイデンティティの問題」でもあったとは言えそうである。主人公の贋作者ガスパール・ヴィンクレールは、「贋作者であるということは、つまりすべてを他人から得て、自分のものは何も与えないということなんだ」〔塩塚秀一郎訳〕と嘆き、自己の確立に苦しんだ挙げ句、結局は贋作すら完成させることができないのだ。もちろん、作中の贋作者の苦悩を安易にペレックのそれと短絡することは慎まねばなるまい。夥しい量の剽窃が方法的に導入されたペレックの作品は「二次創作」的性格を持つとも言えようが、それでも彼を「贋作者」と呼ぶのは憚られよう。だが、「すべてを他人から得て、自分のものは何も与えない」というこの贋作者の嘆きには、ペレック自身の肉声が響いているように思えてならないのだ。後年のドキュメンタリー作品『エリス島物語』（一九八〇）において、両親を育んだユダヤ文化からの隔絶を意識し、ペレックはこう述べずにはいられないからである。「ぼくは両親が話した言語を話しておらず、彼らが持ちえた思い出を一切共有していない、彼らのもの、彼らを彼らたらしめていたもの、その歴史、文化、希望がぼくには伝えられなかったのだ」〔塩塚秀一郎訳〕。戦争孤児であるにとどまらず、文化的孤児ともいうべき境遇にありながら、ペレックは「血のつながり」のないフランス文化からすべてを得て、類い稀なる文学的個性を開花させたのだった。その軌跡は、『贋金つかい』のベルナール少年が育ての父を受け入れる過程、つまり、「本物」の絆をもたらすのが「血の声」などではないと確信し、「贋物」の父と和解する過程を思わせなくもあるまい。贋物を偏愛するペレックは、そして贋金だらけの世界を描いたジッドは、真贋の区別がきわめて曖昧であること、身の置き方、視点の取り方によっていとも簡単に反転しうることに驚くとともに、その流動性を好ましく感じていたのではなかろうか。

マルセル・プルースト
『失われた時を求めて』

一九一三〜二七、一部死後出版

紅茶に浸した菓子のかけらを口に入れたとたん、えもいわれぬ快感に身を貫かれ、そのよってきたるところを辛抱強く探っているうちに、突然、少年時代に休暇を過ごした町の全体がそっくり甦る。「無意志的記憶」の典型例として知られるマドレーヌの挿話は、文庫にして十数巻におよぶ日本語訳の、第一巻の最初の百ページを過ぎたあたりで語られており、ここで小説は最初の区切りを迎えることになる。文学史の教科書でマドレーヌの挿話が取り上げられやすいのは、「無意志的記憶」の典型例としての分かりやすさもさることながら、完読に挫折した人でもこの辺までは読んでいる可能性が高いからでもあるのだろう。

とはいえ、百ページ我慢すればこういうご褒美が待っているとしても、初心者にとってはこのマドレーヌまでたどり着くのもそう簡単ではないかもしれない。なにしろ小説の冒頭で、語り手「私」が語り始めるのは、自らの就寝習慣についてなのだ。はなから眠りに誘うような展開である。灯りを消して間もなく眠り込んでも、しばしば夜半に目覚めてしまい、寝入る前に読んでいた本はすでに手からすべり落ちてしまっている。にもかかわらず、当人は朦朧とした意識の中で本で語られていた対象そのもの、教会やら四重奏曲（！）やらになりかわっている、などと夢うつつの混乱が展開されるのだ。こんなものを読まされる読者も、そのまま眠りに誘われ本を手放しそうになってしまう。だが、夜半に目覚めた瞬間自らの置かれた状況を見失っているという経験、すなわち座標の喪失を描くこの導入部は、読者の参入を拒む障壁として構想されたわけではもちろんなく、むしろ、作品の基調をあらかじめ提示し読者の理解に寄与すべく冒頭に位置づけられているのである。

というのも、マドレーヌの挿話にみられる無意志的記憶の経験とはまさに、思いもよらぬ快感の襲来に一瞬自分の居場所を見失う経験だとも言えるからだ。遠い記憶であれ未知の真実であれ、日常の地平と隔絶した何かと出会うには、自分の現在位置を正確に把握して意図的に接近するというわけにはいかぬはずで、記憶や真実はこちらの意向とは無関係に、否応なく暴力的に押しつけられるものである。何ものかのそうした顕現に直面したとき、僕らは時空間の意識を掻き乱され途方に暮れるほかない。

もっとも、小説の冒頭でかつての不眠の夜を回想している語り手によれば、座標を見失いうろたえるのは「精神」や「思考」のほうであって、「身体にやどる記憶」は、「肋骨や、膝や、肩にやどる記憶が、かつて寝たことのある部屋をつぎつぎに提示してくれ」、そのおのおのについて、「ベッドの種類をはじめ、すべてのドアの位置、窓の明かりの取り具合、廊下の有無」にいたるまでを教えてくれるのだという〔吉川一義訳〕。思いだそう、思いだそう、と意志的に思考してもかなわぬことが、そうした思惑とは無縁の、身体的な記憶によってもたらされるというのだから、これら「かつて寝たことのある部屋」の想起は、のちに花開く無意志的記憶の萌芽あるいは先駆けとみなしうるだろう。

あらゆるリスト化にめざとく反応するジョルジュ・ペレックは、プルーストのこの箇所に触発され、自分が「かつて寝たことのある部屋」のすべてについて、正確で完全なリストを作成しようと試みている。この企ては数年にわたって継続され、その結果の片鱗はエッセイ『さまざまな空間』

（一九七四）や『考える／分類する』（一九八五、死後刊行）にうかがえるのだが、ペレックが想起している部屋はプルーストの部屋とはきわめて対照的である。プルーストの語り手は、客として訪れた別荘やホテルの部屋も想起しているものの、なによりも最初に思い浮かべているのは、少年時代に休暇を過ごした部屋、「コンブレーの祖父母の家で私にあてがわれた寝室」なのだ。一方、『さまざまな空間』でペレックが描いている部屋は、語学研修先だったイギリスの田舎町ロックの民宿のもので、懐かしい家族の思い出とは無縁の場所である。プルーストにおけるコンブレーの寝室では、ランプの灯や暖炉が「巣」のような安心感を醸しだしているのに対し、ペレックの民宿の思い出は「ベッドの狭さ、部屋の狭さ、冷めてしまった濃いお茶の舌に残る苦さ」〔塩塚秀一郎訳〕と結びついており、部屋に伴って甦る田舎町も殺風景で暖かさとも高揚感とも無縁なのだ。「どんより曇った浜辺、寒々とした海、妖精や鬼火の出そうな、古めかしい石橋のある田園風景……」。それもそのはずで、ペレックは六歳のとき母親をアウシュヴィッツの「ガス室」で亡くしており、そもそも甦るべきプルースト的少年期を経験していない。プルーストにおける「コンブレーの祖父母の家」にあたる場所、「目印、出発点、起源となるような場所」は、ペレックにはもともと存在しなかったのである。

　こう述べたからとて、プルーストにおいて想起される部屋、とりわけコンブレーの寝室が、一点の曇りもなき幸福の原型として提示されていると言いたいわけではない。この寝室こそは、かの「就寝の悲劇」の舞台にほかならないのである。コンブレーで過ごした少年時代、「私」は就寝前に母親からおやすみのキスをしてもらう習慣であったが、来客があったときには二階の寝室まで来てもらえず、悲しみを抱えたまま眠れぬ夜を過ごさざるをえなかった。キスのお預けに苦しんでいたある晩、「私」はようやく客が帰ったことを知ってこらえきれなくなり、母親が寝にあがって来るのを待ち受けておやすみのキスをねだる。優しい母親を失望させること、厳しい父親から罰を課されることも承知の上で、ほとんど身投げの覚悟で敢行した大胆な振る舞いであった。ところが、予想に反して、父親は頭ごなしに叱らなかったのみか、妻にしばらく子どもと一緒にいてやるよう言いつけ、「私」に望外の喜びをもたらしてくれたのだ。おやすみのキスを受けられるだけでなく、寝つくまでお母さんが一緒にいてくれるなんて！　にもかかわらず、あとから回想する語り手にとってこのときの出来事は、待ち望んだ幸福の実現としてではなく、不安と安堵の入り混じった「すすり泣き」とともに思い出されている。

それから幾多の歳月がたつ。父のかざすロウソクの光の影があがって来るのを見た階段の壁は、もうずいぶん前から存在しない。私の内部でも、いつまでもつづくと想っていた多くのものが破壊され、つぎつぎと新しいものが築かれ、それが当時は想いも寄らなかった苦痛や歓びを生み出したが、それと同じで昔の苦痛や歓びはいまの私には理解しがたいものとなった。父がお母さんに「この子といてやりなさい」などと言うことができなくなってからも、長い歳月がたつ。そのような時間がふたたび私に生じることは二度とないだろう。しかし、父の前ではなんとか堪えて、

> お母さんとふたりきりになってようやくどっと溢れだしたすすり泣きの声が、ほんのしばらく前から、じっと耳を澄ますと、ふたたびはっきりと聞きとれる。実際には、このすすり泣きはけっして止むことはなかったのである。それが私にあらためて聞こえてくるのは、いまや私のまわりの生活がいっそう静まりかえったからにほかならない。

「私」のすすり泣きには、母親のキスを受けられない不安や、恐れていた叱責もなく望んでいたものが得られた安堵のほかに、強く育って欲しいとの母の願いに背いた悔恨など、複雑な思いが混在したはずだ。しかも、「昔の苦痛や歓びはいまの私には理解しがたいものとなった」と言われているにもかかわらず、このすすり泣きが今にいたるまで止むことがなかったのは、少年時代のこの感情にいまだかたがついていないからであろう。一方、母に甘えることも叱られることもできなかったペレックの悔しさは、プルーストの描く悔恨とは別種のものである。自伝『Wあるいは子供の頃の思い出』（一九七五）には、想像上のありえたかもしれない過去として、母の不在が引き起こした悲しみをうかがわせる一節が読まれる。「ぼくはといえば、晩ごはんの後、食卓を片づける母のお手伝いがしたかった。〔…〕それからぼくは、学校かばんを取りに行き、教科書、ノート、木の筆箱を取り出し食卓に並べ、宿題をやっていただろう。ぼくの教科書には、そんなふうに描かれていた」〔塩塚秀一郎訳〕。お手伝いや宿題など、普通の子供なら嫌がることも進んでおこなうことで、教科書に描かれた理想の子供のように振る舞いお母さんにほめられたかったのに、そんな親孝行の機会すら与えられなかった。自らに非があるわけでもない、どうにもならない悔しさをもてあますペレックと、もはや取り返せない過去の振る舞いを悔いつつその当時の万感にいまなお胸を締めつけられるプルーストの「私」。どちらの感情も痛切に胸に迫ってくるのではあるまいか。

『失われた時を求めて』がペレックにとって重要な作品であっただろうことは、「かつて寝たことのある部屋」への言及にとどまらず、代表作『人生　使用法』の生成源をなす二十点の文学作品にプルーストの小説が含まれていることからもうかがえよう。とりわけ意義深く感じられるのは、『人生　使用法』の最終章、主人公バートルブースの死が描かれる決定的場面において、重要な描写の一部に、『失われた時を求めて』第六篇「消え去ったアルベルチーヌ」の一節が溶かし込まれていることである。ジェラール・ジュネットはプルーストの大小説を「マルセルは作家になる」と要約したが（語り手を「マルセル」と呼ぶことの問題はさておき）、これにならって『人生　使用法』を提示するなら「バートルブースはジグソーパズルを組み立てる」とでもなるだろう。種々の小さな物語が詰め込まれた『アラビアン・ナイト』のような小説に、一本の筋を通すメインストーリーとして、主人公がパズルを組み立てる、という話が貫通しているわけである。そんな主人公が死の直前まで取り組み、未完成のまま残されるジグソーパズルの絵柄、ダーダネルス海峡の小さな港の描写に、プルースト由来の一節が流用されているのである。

それはまるで東方の物語に出てくる宮殿群のようで、そこへ連れてゆかれた登場人物は、夜明け前に自宅へ連れもどされると、もう二度とその魔法の住まいを見つけることができず、ついにはそこへ出かけたのは夢としか思えなくなってしまう。

『失われた時を求めて』冒頭で座標の喪失が提示されていたのと同様に、ここでも、一種の迷宮感覚あるいは浮遊状態に言及する箇所が選ばれているのが興味深い。「目印となり、出発点となり、起源ともなるような場所」を持たないペレックにとって、異国をさまよう旅人の寄る辺なさこそ常に抱えていた心情であったのかもしれない。一方、プルーストにおける「私」がこのような迷宮感覚を経験するのは、母親とヴェネツィアを訪れる挿話においてである。恋人アルベルチーヌの出奔と死による傷心、さらには、死後もとらわれ続けた恋人への嫉妬や疑惑からの「私」の回復は、いくつかの段階を踏んでなされることになり、母との旅行はその最終段階に相当する。つとに指摘されるとおり、このヴェネツィア旅行では水の都の景観からたえず内陸の村コンブレーが喚起され、失った恋人と入れ替わるようにして母親の存在感が増してゆく。

母は運河を眺めながら、昔のコンブレーでは見せなかったほど辛抱づよく私を待っていた。母はいまだコンブレーでは、その後に実現しなかった期待を私にかけていたので、私をどんなに愛しているかを見せようとはしなかったのである。いまや母は、冷淡を装ってもなにも変わらぬことを悟って、私に惜しげもなく愛情を示してくれたが、それはもはや治る見込みがないと判明した病人には、それまで禁じられていた食べものを与えるようなものだった。

強くあってほしいとの期待からコンブレーでは努めて「私」に冷淡に接していた母が、ここヴェネツィアでは惜しげもなく愛情を示してくれている。だが、この優しさは、期待に沿わなかった息子への諦めを意味するのだから、素直に喜べるどころか、またしてもあの「すすり泣き」を呼び戻しかねないものなのだ。そのうえ、「消え去ったアルベルチーヌ」に描かれたヴェネツィア旅行には、プルーストによる亡き母への鎮魂の情が反映しているとも言われ〔吉田城〕、主人公の「私」が母に抱く思いにも、悔恨とともに愛惜の情が先取りされているようにすら感じられるのである。サン・マルコ大聖堂でモザイクに見入る息子を案じて肩にそっとショールを掛けてくれる母。そんな母をカルパッチョの《聖女ウルスラ伝》に描かれた喪服の女性として心に刻みこむ「私」。諦め、悔恨など複雑な感情を包み込みながらも、このヴェネツィア旅行では母と子の優しい心情の通い合いが見られるようにも感じられる。ところが、いよいよヴェネツィアを発つ日の夕方になって、「私」はつまらぬ理由で母と仲違いし、ひとりで帰るよう言い放ってしまう。

太陽はどんどん落ちてゆく。母はもう駅のそばまで行っているにちがいない。もうじき発ってしまい、私はひとりヴェネツィアにとり残されるだろう、自分のせいで母を苦しめたことを悲しみ、慰めてくれる母もいないまま、ひとりきりになるのだ。汽車の時刻が迫っている。取り返しのつかない孤独に陥るときは間近に迫り、その孤独がすでに完全にはじまっているような気がした。

結局、考え直して駅に駆けつけた「私」は、無事、列車に間に合い、諦めて涙を湛えていた母と再会することになるのだが、作家プルーストがすでに経験してしまっている「取り返しのつかない孤独」が想像上の出来事として、ここに先取りされていることになる。

ちなみに、六歳のとき、占領下の首都を避け、ひとりで自由地帯に疎開させられたペレックは、パリのリヨン駅で母との「取り返しのつかない」別れを現実に経験している。また、プルーストの「私」が母に似た女性を認めた《聖女ウルスラ伝》は九点からなる連作で、ケルン、つまりドイツで虐殺された巡礼団の運命を描いているのだが、ウルスラが天使からこの悲劇を予言される場面を描く《聖女ウルスラの夢》は、『人生　使用法』の生成源をなす十枚の絵のひとつとなっている。感情の直接的な吐露を好まなかったペレックが「ドイツでの虐殺」に込めた意味については言うまでもあるまい。

以前の僕は、「ペレックの部屋」に比べて「プルーストの部屋」は暖かく、幸福そのもののイメージを体現しているように、短絡的かつ一面的に考えていた。もちろん、母親の記憶をほとんど持たないペレックと比べれば、『失われた時を求めて』の主人公にせよ、作家プルーストにせよ、愛情に満ちた母との思い出を持ちえただけでも幸福であったことに間違いはなかろう。それでも、その幸福なるものが単色に塗られているわけでも永続しうるものでもないことは、プルーストの小説が手を替え品を替え描くところだ。実際、コンブレーの部屋にもヴェネツィア旅行にも、母との関係に起因する悲しみがつねに漂っていて、思わず胸を突かれるのである。

ミシェル・ビュトール『心変わり』

一九五七

日本には内田百閒、阿川弘之、宮脇俊三と連なる鉄道紀行文学の系譜が存在するわけだが、これに相当するジャンルがフランスにもあるのか、僕は寡聞にして知らない。フランス鉄道は平野をひたすら突っ走るため車窓風景が単調になりがちだし、パリから放射状に広がる路線図上では『最長片道切符の旅』（一九七九）のような遊戯も盛り上がるまい。それでも、鉄道の車内を舞台とする「鉄道文学」なら見当たらないわけではなく、ある本には次のような作品が例示されていた。モーパッサン『女の一生』（一八八三）、ゾラ『獣人』（一八九〇）、サンドラール『シベリア横断鉄道とフランスの少女ジャンヌの散文』（一九一三）、ジッド『法王庁の抜け穴』（一九一四）、プルースト『失われた時を求めて』「第二篇　花咲く乙女たちのかげに」（一九一九）、ヴァレリー・ラルボー『秘めやかな心の声…』（一九二三）、ミシェル・ビュトール『心変わり』。なかでも、ビュトールの「二人称小説」が描くのは、「きみ」によって指示される主人公、中年男のレオンが列車内で過ごす二十一時間ほどであり、彼の身体はほぼ列車のコンパートメントを離れることがない。

この小説で起こる出来事は、それだけを取り出せば特に複雑なものではない。パリでのレオンは家庭にも仕事にも行き詰まっており、ローマ在住の愛人、セシルとの逢瀬だけを楽しみに生きていたのだが、ついに妻アンリエットと別れセシルと一緒になることを決意し、セシルにパリでの仕事を見つけてやり新生活への準備を万端整える。小説に描かれているのは、そのことを知らせにローマへ向かう旅なのだ。ところが、いざ旅が始まると、車窓から見える風景、車室で出会う人々、床の模様や埃など、レオンを取り巻くあらゆるものが思考に影響を与え始め、過去の旅と未来の旅が車室の現在と交錯しつつ脳裏をよぎる。パリの街、ローマの街、パリに見られるローマ的要素、パリに遊びに来たセシル、ローマで迎えてくれたセシル、パリに暮らす妻や子供、新婚旅行先のローマでの妻……。列車がローマに到着する頃、レオンは当初の決心をひるがえし、愛人には会わぬままパリに帰り今までの関係を続けようと思い定める。

『心変わり』の結末は愛人との生活を選ぶか否かでしかなく、しかもこの肝心の決定には妻も愛人も直接関与せず、男の頭に浮かんだ想念のみが最終決定をもたらすのである。このような性格の小説にとって鉄道という枠組みはもちろん無償の選択ではない。文章の線形性を象徴する鉄道は小説で展開されるはずの冒険を喚起しうる一方で、その経路や目的地はあらかじめ定められていて、旅の帰趨自体は旅人にとっても読者にとっても主要な関心事にはなり得ない。つまり、ストーリーに副次的性格しか与えられていないことが鉄道旅行という設定によって暗示されているとも言えるのだ。通俗ドラマと見なすなら、この小説の梗概は愛人と妻のあいだで引き裂かれた主人公レオンの葛藤に還元されようが、実際のところ、この小説の主眼は三角関係の帰結ではなく男の内心に去来する想念にこそある。この旅路においては道中の由無し事が行き先以上に意味を持っており、そのありようは、語りへの注力が出来事の提示に優先する現代小説に対応しているとも言えよう。

ときにヌーヴォー・ロマンにも分類される『心変わり』が、鉄道という装置をフィクションの舞台かつ隠喩として機能させているのに対し、より近年の「鉄道文学」であるフランソワ・ボン『鉄の風景』(二〇〇〇)は、鉄道、とりわけその速度を、世界認識の方法として活用している。パリを拠点に活動するボンは、頼まれ仕事のため、週に一度パリとフランス東部のナンシーを列車で往復することになる。その際、ある種の実験として、毎回、同時刻発の列車の、同一車両、同一座席に腰かけ、車窓の風景を繰り返し書きとめようと試みた。時間に追われつつひたすらメモするのだから、印象的な風景があっても詳細に描写するわけにはいかない。そもそも、沿線は寂れた工業地帯であって、車窓を流れるのは特徴もない建物ばかりである。ふつうなら目を凝らして眺める気にはなるまいが、まさにその時、列車の「速度」が意外な効力を発揮し始めるのだ。車窓風景に飛び込んでくる対象は、〈家〉だとか〈倉庫〉だとかいった、観察者による安易な了解がなされる前に視野から消え去ってしまう。つまり、速さのおかげで謎と関心が生まれるわけである。もっとも、対象が素早く消え去るばかりなら、謎が残るだけで理解が深まることはないだろう。ボンの独創は

「速度」と「反復」を結び付けた点にある。語り手は、今回よく見られなかったものを次回はもっとしっかり見ようと心に決める。すると、何の変哲もない単調な車窓風景が微妙に変化しはじめ、語り手の視線が焦点を結び始めるのだ。「速度」による謎の発生と「反復」による深化が結びついて、観念的な枠組には収まらない風景が出現するわけである。さらに、こうした仕掛けによって見えてくる風景もまた、「速度」と密接に関わっている。列車の窓枠内からは、永続すると思われがちな身近な対象、工場や農家などが一瞬にして消え去ってしまうため、旅人の心中で、はかなきものへの哀惜、消えゆくものへの感度が高められるのだ。その結果、かつてフランスの工業発展を担いつつも、産業構造の変化とともに打ち捨てられてしまった工場や住居が浮かび上がり、資本の論理や効率優先主義に荒廃させられた沿線風景が印象づけられることになる。

実は、ボン自身が明言しているとおり、行動の制約によって外界の認識を深化させるという技法は、ジョルジュ・ペレックが一九六〇から七〇年代に行った一連の実験に由来している。街路の定点観測とも言うべきそれらの試みでは、現場で何を見て何を書くかについての制約はないものの、とにかく月に一度決められた場所に身を置くよう規則で定められていた。あらかじめ定められた時に定められた場所へと移動させるというような、主体の行動を縛る規則は現在では「実存的制約」と呼ばれ、ペレックの独創的考案であるとされている。週に一度、同じ列車の同じ座席に座って車窓風景を観察するというフランソワ・ボンの試みが、この「実存的制約」の発展形であるのは明らかであろう。

鉄道の話題だけに思わぬ脱線をしてしまったが、『心変わり』の主人公レオンもまた期せずして座席に縛りつけられながらも、その精神は過去や未来へと自由に飛翔しているのである。とはいえ、レオンの想像はパリ＝ローマ間の経路と無関係に広がるわけではなく、同じ路線を通ったかつての旅行を思い出したり未来の旅を先取りしたりと、鉄道路線という、身体に課された制約が心中でも反復されている点に留意すべきだろう。フランソワ・ボンが旅の反復によって沿線風景への認識を深めているのと同様に、レオンは現実の列車旅に身体を運ばれつつ、そこに時間層の異なる心中の列車旅を重ねることで、自らの旅への認識を深めていく。ただし、レオンの認識対象は沿線風景ではなく、旅の目的、つまりセシルへの愛の真実なのだ。彼の思考をこのように旅の目的そのものの再検討へと促すのは、現下の旅とこれまで反復されてきた旅との微妙な偏差である。これまでのレオンは出張にかこつけて愛人に会っており、夜出発する列車の一等を利用する習慣であったが、今回は私的な旅行であるため朝出発の三等車に乗っている。

いまごろは、もっとくつろいでいるはずなのに、そうでないのはなぜだろう？　きみのなかに、このような心の顚倒《てんとう》、場ちがいな感じ、このような懸念を惹き起したのは、ほんとうに、単純に時刻表を変更したためなのか、習慣どおり夜出発するのではなくて、朝の八時発の汽車に乗ったというそれだけの事実のためなのだろうか？　とすると、きみはもう、それほどまでに惰性的になり、習慣の奴隷となっているのだろうか？

〔清水徹訳〕

このような疑問に導かれた主人公の心の動きについては、ビュトール自身が『即興演奏』において次のように明快に説明している。「今回は何年かぶりの個人的な旅行で、いささか締まり屋の彼は三等で旅行している。いつもは日常生活や型にはまった仕事に心を侵蝕されたまま旅行しているのですが、今回は彼の注意力は激しく掻きたてられ、そのため彼は、どうしてこのようないままでにない条件下で旅行することになったのか再検討するようになる」〔清水徹・福田育弘訳〕。このような再検討の過程で、レオンは過去のローマ旅行を回想し、今回予定されているローマ滞在と比較して、自らのローマに対する思い入れや愛人への気持ちを見つめ直すことになるだろう。その結果、彼は自分が愛しているのは愛人自身というよりローマの街なのであり、パリで会う彼女からは魅力が消え失せるだろうと思い至るのだ。

だが、レオンの覚醒の核心はこの確認そのものにあるのではなく、それをもたらしたより根源的な発見にある。そもそも、ベンヤミンが指摘するとおり、見ず知らずの他人と何時間にもわたり、言葉も交わさず隣り合って過ごすという気詰まりな体験は、十九世紀になって鉄道の発達とともに出現したものであった。この気まずい時間をやり過ごすために、乗客たちは車窓風景を眺めたり読書に耽ったりする。もちろんレオンもこうした逃げ道を求めてはいるのだが、長続きはせず、結局自らの内面に沈潜してゆく。同一経路の旅を反復するフランソワ・ボンの目に未知の風景が出現しているのに対し、同じく心中で過去から未来にわたる旅を反復するレオンに浮上してくるのは、心の奥底で自らの偏見や習慣を規定している審級なのである。そして、この自覚にともない、心中のその審級がもたらす制約は無効化されていく。

〔…〕現在の自分の状況を反省しなければならぬ羽目に立ち到ったきみは、すっかり忘れ去り、お払い箱にしていた古い思い出のすべてに扉をひろびろと開けてしまうと、その思い出のうちできみのなかに残っていたあるもの（といって、きみがそのことをまったく考えていなかった以上、それをきみ自身と呼ぶことができるだろうか）、きみのそれまでの思考をまさしく規正していたし、きみ自身をみごとに庇護していたと思っていたなにかある思い出、――まさしくそのなにかしらが、事態の急激な変化、この旅行の新しさ、そのつねならぬ相貌によってあふれ出てしまったのだ。これまではどうにかこうにか覆いかくすことに成功していたきみ自身のなかにある別な心の力域が、いまや繰りひろげられ、白日にさらされているのだが、その心の力域もだんだんと衰え、消失しつつある。

定められた経路の反復という顕在化された制約が、隠された制約を無効化するというこの過程は、レーモン・クノーが主張していた明示的制約の効用を思い出させるものでもある。クノーによれば、インスピレーションに頼ることは、あらゆる衝動に盲目的に従うことを意味し、実際には隷属状態に過ぎない。そこからクノーは、知悉した規則に従う創作をむしろより自由なものとみなすのである。一方、ビュトールにおいても、主体が隠された制約である「心の力域」を意識していく過程は、『心変わり』の主要テーマのひとつをなしており、そのことはこの小説の際立った特徴である二人称語りによっても示唆されている。ビュトール自身が述べているように、小説前半で二人称「きみ」による語りがなされているのはレオンがいまだ自らの状況を把握しきれていないためであるが、小説の後半での覚醒とともに「わたし」による発話が出現し始めるのだ。このように、登場人物の身体を縛る明示的制約は、小説の語りとも連動しつつ、自己の奥底に隠され、自己を縛る「意識されざる制約」を暴き出しているのである。

　ビュトールの『心変わり』においては、回想や予期による経路の反復や、それによってもたらされる微妙な差異が、主体の認識を深めていく様子が描かれている。ただし、ボンの場合とは違って、認識が深められていく対象は外界ではなく内面なのである。さらに、自己の心の奥底で、知らず知らずのうちに主体を規定しているものが、鉄道の路線という明示的な制約によって暴き出されていく様子は、クノーが定式化したウリポ美学の淵源に通じているという意味でも興味深い。ボンにおいてもビュトールにおいても、鉄道の旅を通じて旅人が出会うのは、事前には望んでいなかったもの、予期していなかったものであるが、それこそが、彼らの世界認識や行動指針において大きな役割を果たすことになっている。旅にせよ、執筆にせよ、そのもっとも意義深い賜物は未知との遭遇であるからにほかなるまい。

アニー・エルノー
『戸外の日記』
一九九三

先頃（二〇二二年十月）ノーベル文学賞を受賞したアニー・エルノーは、若い頃影響を受けた作家として、感化された順にヴァージニア・ウルフ、アンドレ・ブルトン、ジョルジュ・ペレックの名を挙げている。初めての性体験（『娘の回想』二〇一六）、非合法の堕胎経験（『事件』二〇〇〇）、妻子ある男性との身を焼くような恋（『シンプルな情熱』一九九二）など、女性としての体験を果敢に書き記してきたエルノーにとって、評論『自分だけの部屋』で知られるウルフは女性として書く偉大な先達であっただろう。一方、エルノーの口からシュルレアリスムの首領の名が発せられるのはやや意外にも感じられるが、人生から切り離された文学、あるいは、文学に奉仕する人生を拒み、文学と人生の相互作用を探求する姿勢において、ブルトンとエルノーには確かに共通点が認められる。

それでは、エルノーが「最も決定的な」影響を受け、その作品中に「書くことをめぐる自分の関心と無関係なものは一切ない」とまで断言するペレックとの間には、いかなる関係が見出せるだろうか。最も分かりやすいのは、両者に共通する「都市の日常生活への関心」だろう。エルノーには「外的日記」とでも言うべき系列の作品があり（『戸外の日記』一九九三、『外の生活』二〇〇〇、『愛する人よ、あの輝きを見て』二〇一四）、いずれにおいても、ニュータウンのスーパーマーケット、地下鉄の車内、パリの街路など、彼女が戸外で見聞きした物事や状況がスケッチ風の簡潔な文体で記されている。一方、ペレックには、サン＝シュルピス広場の三日間にわたる定点観測（『パリの片隅を実況中継する試み』一九七五）や、パリの十二の場所を現地での描写と記憶による想起の両面から年一回十二年にわたり記録する企て（『場所』一九六九〜七五）がある。両者のこうした作品は、その社会学的あるいはドキュメンタリー的性格において確かに共通していると言えるだろう。

社会学的関心に加えて、ペレックとエルノーを繋いでいるのは、具体的なもの、人生の物質的次元を通じた記憶、さらには集団的記憶をめぐる作品の存在である。エルノーの最高傑作との評価が定着しつつある『歳月』（二〇〇八）は、第二次大戦から現在までの彼女の足跡と時代の移りゆき、個人と集団の記憶を綴っている。広告の文句、流行歌の歌詞、家族写真などから、個人と時代の記憶が引き出されるという趣向が、ペレックの『僕は覚えている』（一九七八）に通じていることはつとに指摘される通りだ。「僕は覚えている。『ワンダーの電池は使わなければ減りません』というのを」（断章三四六）といった調子で、ペレックのこの作品も、やはり広告や流行歌、有名人のゴシップなど、集団的記憶からなる断片を四八〇個列挙しているのである。同時代を生きた人たちにとっては、固有名詞がすぐさま当時の思い出を喚起するのに対し、まだ生まれていなかった後続世代や外国人にとっては、固有名詞の放つ磁力を感知しにくいという読後感に至るまで、『歳月』と『僕は覚えている』はじつによく似ている。今回、『逸脱のフランス文学史』のためにエルノーから一冊を選ぶに際しては、最高傑作の誉れが高い『歳月』を採りたかったのだが、こうした事情に加え、いまだ日本語訳が存在しないことから断念した。その代わりに、『歳月』を準備する役割を果たしたとも称される隠れた傑作『戸外の日記』を取り上げてみたい。

『戸外の日記』が書き留めているのは、一九八五年から一九九二年までの八年間に、エルノーがパリ近郊のニュータウンで見聞きした日常生活の一場面である。日付はなく、年ごとにまとめられているだけで、短いものは数行、長いものでも三ページほどに収まってしまう。適当にページを開いて、短い断章を引用してみよう。

《リベラシオン》紙上で、歴史家ジャック・ルゴフ〔フランスの最高学府、コレージュ・ド・フランスの教授〕が言っている。「地下鉄に乗ると日常性から脱出できて気分が一新する」と。毎日地下鉄に乗る人びとは、コレージュ・ド・フランスへ行くと、日常性から脱出できて気分が一新するだろうか。それは知る機会がない。〔堀茂樹訳〕

エルノーは地方で零細食料品店を営む両親の下で育ち、勉学によってのし上がり、作家・知識人として名をなしたという経歴の持主である。多くの断片にはそうした彼女の社会的軌跡が反映しており、労働者階級や文化的に恵まれない人びとへの強い連帯感を読み取ることが出来る。当然、ジェンダーにまつわる問題も繰り返し取り上げられることになるのだが、エルノーの冷徹な視線は、権力構造において劣位に置かれた人びとに、無条件の同情を示すだけには留まらない。たとえば、こんなスケッチ。

> ひとりの身体障害者がレジのところにいる。車椅子に乗って、レジ係の女性たちと談笑している。彼女たちが彼に、バーコードの入っていない商品の値段を見てきてほしいと依頼する。彼は包みを腹の上に載せ、しかるべき売り場の方へすっ飛んで行き、戻ってくる。レジ係たちは、彼の機動力が見事なのと、彼が自分たちの望みに喜んで従ってくれるのとでニコニコしている。彼は、綺麗でからかい好きな女の子たちの関心の的となっているのが嬉しそうだ。彼女たちは彼女たちで、相手として何ら用心する必要がなく、あたかも小犬のようにあちらこちらへ車椅子で走らせることのできる男性をそばに置いていることで、いい気分になっている。

労働者階級の出身者として、また女性として、エルノーは日常生活にも見出される支配／被支配の関係に極めて敏感なのであるが、このスケッチにおいては、通常、被支配の地位に置かれがちな二者の間にも、連帯や共闘が芽生えるどころか、支配／被支配の関係が再生産されてしまうことがえぐり出されているとも言えよう。

このように、『戸外の日記』は原則として日常生活のスケッチから成り立っているのだが、時折、そうした自らの営みに対する反省や批評と見なしうる断章が挟み込まれている。そうした断章はエルノーの文学観を知る上でも興味深いものとなっている。彼女は初期に三冊の小説を発表した後、小説というジャンルを放棄しており、『戸外の日記』に至っては、小説どころかフィクションや物語性をも拒絶し、ただひたすら事実に基づく記録を行うのみなのである。この点について、一九九三年の来日時のインタビューにおいて、エルノーはこう述べている。「美しい文章を書くとか、いかにも感動的な物語を作るとかいったことに価値があるとは思えません。小説という形式も、今では採用する気になれません。いわゆる小説の形にまとめようとすると、どこかで妥協して、真実をごまかすことになるからです」〔『凍りついた女』日本語訳巻末インタビュー〕。もちろん、小説でしか表現できない真実というものは確かに存在するはずであり、小説やフィクションの存在意義は否定されるべきものではないが、「現実」との関係においてはエルノーの主張にも一理ある。エルノー同様、現実の記録を行う作家マルセル・コーエンは、自分がフィクションから離脱した理由を説明して、「フィクションはあまりに論理的で行儀が良すぎる」と述べている。現実はもっと乱暴で、不条理で、不可解なものであり、行儀よくフィクションに回収されるものではない、というのだ。「現実」と妥協し、ごまかしながら小説に回収する振る舞いとして、エルノーはたとえばどんなことを想定しているのだろうか。『戸外の日記』の中には、それを暗示するような断章が存在する。エルノーはテレビでルポルタージュ番組を見ている。福祉施設〈ナンテールの家〉の入居者が庭で石を熱心に並べている情景で番組は終わるのだが、かぶせられるナレーションはこの入居者の行為をきれい事として意味づけるばかりか、本来提起されるべき問いを覆い隠してしまっている。

エルノーはそう憤慨するのだ。

その光景がルポルタージュの締めくくりの映像となり、そこにナレーションが入っていた。「ここに〈ナンテールの家〉の隠喩を認めることができるでしょう。〈ナンテールの家〉は、秩序正しく営まれている施設であり、同時に、秩序が乱れないようにする役目を果している施設でもあるのです」。こうして、堂に入った終わり方をしたいがために、ひとりの人間の行為を、存在の断片をただの象徴に、文飾に変えてしまい、それを使う。こういうやり方のせいで、人は自らに問いかけなくなる。なぜその人間がそこにいるのかと――。

この断章が暗示し諌めているのは、「一心不乱に庭の石を並べる人」という現実を行儀のよいフィクションへ回収する、書き手のごまかしであるとともに、他者の謎めいた振る舞いを簡単に「理解」し「共感」しようとする、読者の側の安易な解釈でもあるだろう。『戸外の日記』に収録されたスケッチの中には、現象の意味もさることながら、これを書き留めようと考えたエルノーの動機がよく分からないものも相当数含まれている。読者としては、ついつい、階級、ジェンダー、差別などなど、エルノーの意図を推測し、通りのよい解釈を作り上げたくなってしまうのだが、そこはこらえなければなるまい。というのも、本書の緒言において、エルノーはこう記しているからである。「私は自分を登場させることを、また、個々の断章を書く動機となった情動を表現することを、できるかぎり避けた。それどころか、現実界をそのまま写し取る一種の写真的記述法、ふと見かけた人生からそれ本来の不透明性と謎を奪うことのない書き方を実践しようと努めた」。『戸外の日記』の最終節で、エルノーは、群衆のひとりひとりが彼女の人生の断片を握っていると夢想するとともに、自分自身も他者の人生を運ぶ者なのではないか、という感慨を抱いている。自伝など、「私」をめぐる書き物の前提に多くの変更を迫る、非常に意義深い一節だと言えよう。本作品を最後まで読んだ読者ならば、他者が自分の一部を反映しているというエルノーの実感をすんなりと受け入れることが出来るはずだ。「他者を通じての自己認識」がこの企ての中心に位置していることは、書物の中ほどで彼女自身が述べている通りである。

たまたま出会った人びとの行為、態度、言葉を記すことで、私は自分がその人びとに近いような幻想を得る。私は彼らに話しかけない。彼らを眺め、彼らの言っていることに耳を傾けるだけだ。けれど、彼らが私に残していく感動は、幻《まぼろし》でも、かりそめのものでもない。おそらく、彼らをとおして、彼らの物腰や彼らの会話をとおして、私は自分に関する何かを探しているのだろう。

もっとも、「他者を通じての自己認識」という考え方そのものは、さほど驚くべきものではないかもしれない。エルノーの場合、「他者」とされているのが、偶然出会った匿名の人びとであるから奇異な印象を与えているが、「偉人(の著作)」、「歴史」、「動物」などが相手ならば、程度の差はあれ、自己認識の更新をもたらさないはずはないからだ。けれども、エルノーはこの事態を逆側からも想像するのである。「たぶん私自身、街や店を行き交う群衆の中にあって、他人たちの人生を宿しているのだろう」。この相互性にエルノーの倫理性を感じ取ることも可能だろう。人類学者のように、他者を「観察対象」として眼差すからには、自らも同じ視線に貫かれてしかるべきなのだ。だが、エルノーによって書かれた『戸外の日記』からは、他者が彼女をどう見ていたのか、彼女の中にいかなる自己を見出していたのかを知ることは出来ない。エルノーにも分からなかったはずである。見られる者としてのエルノー、他者の人生を宿すエルノーは、戸外の存在なのではなく、本書を含む彼女の作品そのものだと言うべきであろう。エルノーは先に言及した来日時のインタビューでこう述べている。

「自分が書いたものを介して、会ったこともない人びと、自分とはおそらくずいぶん異なる人生を生きているであろう人びとが、それぞれ自己発見をする……それは私自身にとって、とても感動的なことです。というのは、そういうことを可能にするところにこそ、文学作品の深い存在意義があると思うからです。」

〔『凍りついた女』日本語訳巻末インタビュー〕

そのためにこそ、エルノーは自らの性体験、堕胎、肉欲、病を包み隠さず書き記しているのだろうが、読者による「自己発見」はエルノーの人生、体験のみを通じて行われるわけではない。彼女は読者を自らと同じ営みへと、過去の想起へと誘いかけているのである。先に言及した『歳月』やペレックの『僕は覚えている』が、著者および同世代の読者にしか通じないような固有名詞を大量に含みながらも、若い読者や外国人にも何らかの感銘を与えうるのは、それが同種の試みを通じた自己発見へと読者を誘う契機となっているからではあるまいか。

パトリック・モディアノ『ドラ・ブリュデール』

一九九七

二十世紀末以降のフランス文学に顕著な特徴のひとつとして、ノンフィクションの隆盛が挙げられる。その理由については様々な要因が考えられうるだろうが、二十世紀後半の文学、とりわけ小説において、言語的洗練や実験が行きすぎてしまい、結果として小説が現実や社会と乖離した絵空事と受け取られ始めたことは無視しえぬ背景のひとつに違いない。この潮流は、一九八〇年代にかつてのヌーヴォー・ロマンの作者たちがいっせいに自伝的作品を発表し始めたこととも根を同じくするであろうし、言語的形式主義の極致とも言えるウリポの趨勢とも無関係ではなさそうだ。ビュトールに関連して言及した「実存的制約」は、一九八二年のペレックの死後、ウリポの枠を超えて、言語遊戯とは無縁の作家や現代アーティストらにも刺激を与えていった。「ペレックの独自性はウリポの精神をテクストから人生へと移植した点にある」（マイケル・シェリンガム）と評価されるとおり、今日、ウリポの精神のもっともよき後継者として生産的な活動を行っているのは、狭義の言語遊戯に自閉するウリピアンたちではなく、グループの外部で実存的制約に則った制作に取り組む書き手たちであるように思われる。実存的制約、すなわち、あらかじめ定められた時と場所に書き手の身体を移動させるという具合に、主体の行動を縛る規則を用いて生み出される作品は、自然の成り行きとしてノンフィクションの性格を帯びることとなる。先に言及したフランソワ・ボン『鉄の風景』（二〇〇〇）も、フランス北東部の荒廃を描いたノンフィクションであった。

一九九七年に発表された『ドラ・ブリュデール』〔邦訳『1941年。パリの尋ね人』〕も、小説家パトリック・モディアノによる初のノンフィクションとして注目された。一九八八年、モディアノは一九四一年十二月の日付をもつ古新聞「パリ・スワール」紙に、一人のユダヤ人少女ドラ・ブリュデールの尋ね人広告が掲載されているのを目にする。たまたま彼女の実家が若き日のなじみの界隈にあったことから、モディアノは家出少女の行方を探し始めることになる。ドイツ占領下の一九四二年、パリの厳冬を家出少女がどこでどう過ごしたのか、行政文書を調べ、ゆかりの場所を探り歩く過程がこのノンフィクションの中核をなすのだ。なにしろ失踪から四十年以上もたってからの調査であるから、少女の行動について具体的なことはほぼ分からずじまいに終わるものの、ただ一つだけ確かなことが判明する。それは、一九四二年九月十八日、ドラ・ブリュデールが、父親と、そしてその他多勢の人びとともに、アウシュヴィッツへ向かう移送列車の中に居たという事実であった。

一九六〇年代のデビュー以来、モディアノの小説はアイデンティティを模索し彷徨う人物を描いており、その方法にせよ文体にせよ、ヌーヴォー・ロマンや言語的実験とは一線を画している。モディアノがノンフィクションへと舵を切ったのは、現実と乖離した小説を見限ったからというより、現実に肉薄する手段としての小説に限界を感じたからであったようだ。ただし、それは、フィクションによってアウシュヴィッツを表象することは不可能であるという、しばしば持ち出される理由によるものではない。第一、モディアノが取りあげているのは少女による「家出」であって、「収容所」経験ではないのだ。いわゆる証言文学の迫力によってフィクションが色あせて見えるということはありうるにしても、モディアノがノンフィクションを選んだのはそうした種類のためらいによってではなかったはずである。

そもそも、モディアノはなぜこの少女に関心を抱いたのだろうか。『ドラ・ブリュデール』の冒頭では、尋ね人広告にたまたま目をとめたかのように書かれているのだが、現在ではこれは一種の演出であることが判明している。考えてみれば、四十年も前の古新聞をたまたま目にするはずもないのであって、作家は何らかの目的をもって古新聞を通覧していたのだ。セルジュ・クラルスフェルトの『強制収容所移送者記録名簿―フランスから消えたユダヤ人』（一九七八）に衝撃を受けたモディアノは、痕跡を残さなかった人々の人生を理解しようとする試み、カルロ・ギンズブルク流の「マイクロヒストリー」に取り組むべく、その対象を探していたのである。『記録名簿』にはそれこその中から調査対象には事欠かないはずであるが、そのなかでなにゆえにドラが選ばれたのだろうか。ドラが住んでいた「オルナノ大通り」がモディアノにとってもなじみの場所であったことから、時を超えた縁を感じたことも一因となったのだろうが、なによりも彼女が家出少女であり反抗者であったことが決定的だったに違いない。モディアノ自身も若き日には親との葛藤を抱え、家出を試みたことがあったのだ。生きた痕跡をほとんど残さなかった少女への接近はこうして、ユダヤ人という集団的属性以上に、反抗者という個人的性格への共感に導かれることになる。

とはいえ、この世に生きた証拠をろくに残さなかった少女に、いかにして接近しうるというのか。モディアノがまず試みるのは、ドラの両親が住んでいた界隈、在籍していた寄宿学校、利用していたはずの地下鉄駅など、少女にゆかりの場所に足を運んで、彼女の足跡に自らの足跡を重ねてみることであった。だが、四十年以上も経て現場に立ったからとて何らかの手がかりが見いだせるはずもなく、「彼らが住んでいた場所に行くたびに、不在感、空虚感におそわれてしまう」〔白井成雄訳〕との嘆きがもれる。ドラについて分かること、語りうることがあまりにも乏しいため、作家はおのずと場所をめぐる自分自身の記憶に頼るほかなくなってしまう。家出する前、寄宿学校に入れられていたドラは、日曜ごとに、自宅最寄りのサンプロン駅と寄宿舎に近いナシオン駅を結ぶ地下鉄経路を利用していたはずだ。モディアノはそう推測すると、手始めにサンプロン駅をめぐる自らの思い出をたぐり始める。

〔ドラの寄宿学校時代の〕二十年後、私はよくサンプロン駅で地下鉄《メトロ》に乗ったものだった。いつも夜の十時頃だった。その時間になると駅はがらんとしていた。長く待たないと地下鉄《メトロ》はこなかった。

ドラも日曜日、夕方も近くなってくると、同じ道筋で帰ったに違いない。両親は見送ってくれたのだろうか？　ナシオン駅に着いても、まだ歩かねばならなかった。一番の近道はファーブル＝デグランティヌ通りからピクピュス通りに出る道だった。

まるで監獄に戻るようだった。日は短くなっていた。お墓となっている人造の岩山の前を通って校庭を横切るときはもう暗かった。建物の入口の階段の上に電球が一つ点《とも》っていた。廊下づたいに、日曜夕方のミサのため礼拝堂に行く。それから、整列して、無言のまま共同寝室へ戻る。

ドラは週に一度、両親のもとで羽を伸ばすと、夕方には規律の厳しい寄宿学校に戻らなければならなかった。モディアノはひとけのない寂しい地下鉄駅の回想を出発点に、親元を離れ学校に戻るドラの道筋や寄宿舎での課業のみならず、「まるで監獄に戻るようだった」と、少女の内面まで想像している。このように、痕跡をほとんど残さなかった少女、不在や空虚にしるしづけられた少女に近づくため、作家はなじみの場所を足がかりとして、自らの記憶に想像の展開を接ぎ木するのである。通常、『ドラ・ブリュデール』はノンフィクションに分類されるものの、フィクションへの扉は至るところに開いており、モディアノはそこをくぐることをためらってはいない。

ただし、この書物におけるフィクションの援用は、「知りえないこと」の空白を想像力で一挙に埋めようとする無遠慮な振る舞いなのではなく、想像可能なことがらをささやかに、丹念に描きだすことによって、それでも「知りえないこと」を逆説的に浮かび上がらせる性質のものなのである。日曜日の休暇を終えて寄宿舎に戻る際のドラの心情を思えば、両親宅から地下鉄駅までの道のりに見送りがあったかどうかは無視しえない情報となるはずだが、実際がどうであったのかについてモディアノは想像を控えているし、無言のまま共同寝室に戻った少女の感慨にも踏み込んではいない。同じくドラの家出を題材として『新婚旅行』(一九九〇)というフィクションを書き上げながら、モディアノが飽き足らない思いを抱かずにはいられなかったのも、「知りうること」と「知りえないこと」、両者の微妙な緊張関係においてしか浮かびあがらない真実が存在するのだと思い至ったからに違いない。さらに、モディアノによれば、このような抑制的な想像力そのものは、安易でも恣意的でもあってはならず、何かを書く際に精神の極度の緊張が生み出す一種の「透視能力」、過去や未来の出来事についての直感なのだという。たとえば、ドラの幼少期を想像する次のような一節では、なじみの場所を介して少女と過去を共有しようとする願望と、「細部にまで精神を集中する」ことから生み出された「透視能力」が見事に結びついていると言えよう。

幼いとき、彼女はクリニャンクール小公園で遊んだに違いない。このあたりは、時によっては、どこかの村のような雰囲気をかもしだす。夕方、近所の人々は歩道に椅子を並べ、雑談に花を咲かせる。カフェのテラスにレモネードを飲みにいく。時折り、本物の山羊《やぎ》番か露天商かはわからないが、男たちが山羊を幾頭か連れて通り、乳を大コップ一杯十スーで売ってゆく。乳の泡が口のまわりに白い口髭《ひげ》を描くのだった。

ドラ個人の過去に関する想像は、「クリニャンクール小公園」という作家にもなじみの場所を介して、ひとまず「近所の人々」にも共有される思い出へと拡大される。この過程で、作家とドラも「どこかの村のような雰囲気」の過去を共有しているのである。そして、乳の泡で口髭をつけるという、いかにも子供らしい振る舞いは、幼いドラも体験したはずの光景として、作家の「透視能力」が現出させたものなのだ。

家出少女ドラの反抗的性格に共感し、彼女にゆかりの場所を歩き回り、「透視能力」を駆使してあたうかぎりの細部を想像することで、モディアノは執拗にドラへの同一化をはかっているように見えるが、その一方で、ドラから距離をとろうとする志向もうかがえる。ドラについての調査が行き詰まり、それ以上知りうることがなくなると、モディアノはドラと同じ時期に同じ場所にいたはずの少女たちや、逮捕された同じ年頃のユダヤ人少年少女らにまつわる詳細を記し始める。ドラ個人を離れユダヤ人迫害の犠牲者集団へと関心を広げてゆき、彼らを忘却の淵から救い出すことによって、『ドラ・ブリュデール』という書物を集団的な記憶の記念碑へと変貌させていくのだ。

だがその際、ドラにせよ同世代のユダヤ人少年少女にせよ、彼らが実在の人物である以上、想像力の行使にはおのずと限界があり、分からないことが残り続けるのは致し方があるまい。たとえば、ユダヤ人一斉検挙の夜、捕えられたモディアノの父と同じ囚人護送車に乗っていたという若い女性。父からこの思い出を聞かされたモディアノは、彼女こそがドラだったのだと思い込んでしまう。結局この推測が誤りだと判明した後、彼は次のように記している。

この見知らぬ娘が、父と同じように、ユダヤ人に共通の運命《さだめ》を免れた可能性もある。彼女の名は永遠にわからないだろう。彼女の名も、またあの夜捕らえられた影のような他の人たちの名もわからないだろう。〔…〕これを書き留める私という存在がいなければ、シャンゼリゼで一九四二年二月に、護送車の中にいた私の父や、あの見知らぬ女性がこの世に存在した証拠は何一つ残らないだろう。「身元不明者」の範疇に入れられる人間（死んでいようがいまいが）でしかなくなるのだ。

無名の人々が生きた証、痕跡を書き留めること、それが作家の使命だとする自覚をうたいながらも、モディアノは、彼らにまとわりつく謎を明らかにすることは決してできないと述べ、自らの限界もまた慎ましく認めているのである。彼はしばしば徹底的に調査することをためらい、ドラのすべてを明らかにすることを躊躇しているようにも見える。ドラが通っていたかもしれない小学校の校長から、学籍簿を直接確認しに来るよう促されても、「いつか行こうとは思っている。けれどまだ躊躇しているところだ」と煮え切らない。こうしたためらいが示しているのは、書物の末尾における価値の逆転、すなわち、残り続ける謎こそが真に貴重なものなのだとする判断が、調査の初期からモディアノの心中に胚胎していたということなのだろう。

> 最初に逃亡した冬の数ヶ月、新たに逃げ出した春の数週間、彼女は誰と一緒だったのか、私には永久にわからないだろう。それは彼女の秘密なのだ。哀れな、しかし貴重な秘密であり、死刑執行人も、布告も、いわゆる占領軍当局も、警視庁留置所も、獄舎も、収容所も、歴史も、時間も（私たちを汚し、打ち砕くもろもろのすべてのものも）、彼女から奪い去ることのできなかった秘密であろう。

「知りうること」よりも「知りえないこと」に価値を置き、雄弁な「空白」によって語らせようとする姿勢は、ペレック『Wあるいは子供の頃の思い出』（一九七五）の中央にぽっかりと口を開けた、あの中断符「…」に通じるものでもあろう。ペレックにおいても、自らの幼年期と両親をめぐる細部について「知りうること」が徹底的に調査され、かつ、アウシュヴィッツを思わせる架空の島Wの悲惨が想像力の及ぶ限りに描写されているからこそ、その中核に据えられた中断符が「母の死」をめぐる万感の思いを読者に伝えうるのだ。

もっとも、「空白」の意味を逆転させて結局はポジティヴに捉えるだけでは、『ドラ・ブリュデール』という書物を「記憶の記念碑」としてのみ見ることになり、ユダヤ人の悲劇を代表しうる人物でさえあれば、この本の主人公はドラでなくともよかったということにもなりかねない。だが、やんちゃ娘の家出にただならぬ共感を示していたモディアノが、「集団の悲劇」を語るために「個人」を手段として利用したはずはなかろう。シルヴィ・セルヴワーズが喝破したように、この結末は、ドラを、そしてあらゆるユダヤ人犠牲者を「記念碑」という囲いそのものから解放する意味をも持つのである。なぜなら、彼らの人生はその悲劇的な結末によって覆い尽くされるものではなく、他の多くの人生と同じく、恋、友情、親子関係の機微に彩られていたはずなのだから。ドラは記憶されるべき哀れなユダヤ人犠牲者である前に、「とても反抗的で、独立心が強く、おませ」な少女だった。ドラの「貴重な秘密」を喚起する結末は、こうした意味においても読まれるべきであろう。

おわりに

僕たちのフランス文学をめぐる旅はここでひとまず終わる。支流から見晴るかす風景はいかがだっただろうか。ウリポとの関連にこだわるあまり、肝心の作品をほっぽり出してのこじつけゲームになってしまったきらいもあろう。個人的価値判断の偏向を埋め合わせるべく、文学史上のメジャーな名前を取り上げようと心がけたため、自分の取っておきの作家・作品を出し損ねてしまったという悔いも残る。それでも、文学史上のビッグネームをあの手この手でウリポにこじつけてみるという試みは、僕にとってなかなかに愉快な遊戯だった。そして確信したことは、フランス文学の多様性、豊穣をもってすれば、ウリポ以外のどんなテーマに対しても、同様のゲームが成立するだろうということだ。

旅を終えるにあたって、見えた風景の総括をしておきたい。フランス文学とは人間性探究の営みであるとか普遍性への志向であるとかの常套句をここで復唱しても仕方あるまいから、当初掲げた通りに「ウリポのプリズム」を通して、本書で言及した作品を簡単に振り返ってみよう。ウリポに通有の特徴のうち、よりクノー色が強いものとして、〈笑い・冗談〉が挙げられる。本文中にも記したように、晦渋さや居丈高な調子が目を引きがちなフランス文学においても、冗談好きのエスプリ・ゴーロワは現代に至るまで潜行しているのである。本書で取り上げた作家・作品の中では、中世の『狐物語』、十六世紀のラブレー、十七世紀のモリエールは分かりやすい例であるが、本文中では必ずしも〈笑い〉の視点から言及しなかった作品についても、この特徴は際立っている。十八世紀では、ヴォルテール『カンディード』、ディドロ『運命論者ジャックとその主人』、十九世紀については、フロベール『ブヴァールとペキュシェ』は言うまでもなく、スタンダール『パルムの僧院』の笑いも味わい深い。とりわけ、ワーテルローの戦いで右往左往するファブリスはしょっちゅう滑稽な場面を演じている。二十世紀のルーセルについても、本文中ではどちらかというと感傷的な側面に焦点を当てることになったが、「黒いユーモア」が底流にあるのは間違いない。とりわけ、死の色が濃い『ロクス・ソルス』よりも、「人間オーケストラ」や「チターを弾くみみず」など珍妙なイメージが頻出する『アフリカの印象』の方が、より笑いに親和的だと言える。

一方、ペレックが自らの仕事を分類した四つの領域、〈自伝〉、〈波瀾万丈な物語〉、〈日常の探究〉、〈形式の実験・遊戯〉に則して振り返ってみることもできよう。〈自伝〉については、本文中でも中心的に言及したルソー『告白』以外にも、モンテーニュ『エセー』、デカルト『方法序説』、プルースト『失われた時を求めて』、エルノー

『戸外の日記』、モディアノ『ドラ・ブリュデール』に〈私のエクリチュール〉の特徴が見いだせる。とりわけ、二十一世紀まで続く「調査の文学」の端緒をなす『ドラ・ブリュデール』においては、少女ドラの調査過程が客観的に記されるのではなく、調査主体である〈私〉の過去・記憶・躊躇までが書き込まれている点に、自己についての現代的書法の特質が現れている。

ペレックは、寝そべってひたすら読みふけることができるような、〈波瀾万丈な物語〉を自らの理想のひとつとして掲げていた。そのような理想を体現する小説として、本文中ではスタンダール『パルムの僧院』を挙げておいたが、無論、他の作品にもこの特徴を認めうる。コルネイユ『舞台は夢』は、家出した息子クランドールの波瀾万丈の半生を、父親プリダマンに「劇中劇」の幻影として映し出す。本文中では、この「劇中劇」の仕掛けがもつメタフィクションの意義に焦点を絞って言及したが、そうした仕掛けが活きるのも、父親とともに観客が手に汗握って芝居に没頭するからなのであり、〈波瀾万丈な物語〉あってのメタフィクションであることを忘れてはなるまい。他にも、ヴォルテール『カンディード』、ヴェルヌ『神秘の島』、ルーセル『ロクス・ソルス』は、文句なく読んで面白い物語である。形式の実験を試みるにもやぶさかでなかったペレックが、素朴な読み手を装うかのように、あえて〈波瀾万丈な物語〉を言挙げしたのは、形式に凝るあまり読み物として面白さを失ってゆく現代文学への批判的意図によるものだったことは疑いない。二十一世紀の読者である僕たちは、物語の面白さを頭から馬鹿にしてかかるべきではないだろう。

当然永続するものと思い込んでいた日常を、ホロコーストによって一夜にして失ったペレックは、やがて消えゆく〈日常〉の記録にも傾注した。とはいえ、日常のはかなさは歴史を通じての不変の真理であろうし、時代や環境の変化がもっとも分かりやすく表出するのも日常を通じてのことである。そんなわけで、ラブレー、モンテーニュ、デカルト、ボードレール、エルノーにも日常への視線がはっきりと刻み込まれている。また、本文中でも指摘したように、通常は冒険小説と見なされるヴェルヌ『神秘の島』に、ある種の人びとは「事件なき日常性の魅力」を見出しているし、『ドラ・ブリュデール』においてモディアノが再現しようと試みるのは、極限状況における少女の最期ではなく、破局に怯えつつも危うい均衡を保っていたその日常だった。

ペレックによる分類の最後の項目〈形式の実験・遊戯〉こそはウリポの本領であるから、これについては本文中でその都度言及してきた。コルネイユ『舞台は夢』、ディドロ『運命論者ジャックとその主人』、ルーセル『ロクス・ソルス』、ジッド『贋金つかい』、ビュトール『心変わり』の仕掛けについてはここで振り返るには及ぶまいが、ラクロ『危険な関係』についても、自らの創造過程の内包という、二十世紀小説に通じる新しさがあることを再確認しておきたい。

最後に、ペレック『人生　使用法』、クノー『リモンの子供たち』に端的に認められる百科全書志向に則して顧みてみよう。フロベール『ブヴァールとペキュシェ』に見られる百科全書的性格については本文中でも指摘したが、森羅万象を愛で慈しむかのような列挙を含むラブレー『ガルガンチュアとパンタグリュエル』や、コレクションを主役とするバルザック『従兄ポンス』にも百科全書志向の片鱗を認めることができよう。ロラン・ドゥマンズが喝破したごとく、現代的な百科全書小説において実現されているのは、専門分化した学問があきらめた〈全般的説明〉を、再び引き受けようとの文学の野心なのである。歴史学と文学の分離に端的に示されるように、文学は十九世紀に知を生産する正当な制度とは認められなくなってしまったが、知の領域の中心から外れたことにより、かえって文学は特権的地位を獲得し、知の細分化や学問の専門分化に抗することが可能となったというのである。二十世紀末以降、興隆しているルポルタージュ文学の一様式、〈私〉による「調査の文学」は、社会学、歴史学、人類学など、いかなる学問の専門家でもない作家が、素人として世界に向き合い知を生み出そうとする営為である。その意味で、クノーとペレックが共有し、フランス文学の歴史にも合流する百科全書志向は、二十一世紀の新しい文学の潮流とも通じ合っているのである。

「愚かな者たちは、高い評価を受けた作家のものはなんでも感心します。わたしは自分のために読むだけです。もっぱら自分の用を足してくれるものしか、好きになれません」。これは『カンディード』〔植田祐次訳〕の末尾近くに登場するヴェネツィア貴族ポコクランテの言葉である。教養が洗練されすぎあらゆる関心を失ってしまったという人物によって掲げられる方針であるから、決して有りがたく押し頂くようなものではあるまい。それでも、ポコクランテの割り切り方に共感を覚えずにいられないのは、文学史の教科書で「高い評価を受けた作家のもの」を読んでも、必ずしも感心できないことが僕にもままあるからである。そういうとき、自分は「愚かな者」ではないからだと思えればいいのだが、実際には、傑作とされる作品に感心できない自分の理解力や感受性を責めることになりがちだ。あのペレックですら、一流とされる作家よりも大衆的な作家を好んでしまうため、自分は作家にはなれないだろうと思っていたと述懐しているのである。そんなペレックがひとかどの作家になっているのだから、僕たちだって傑作とされる作品を無理して有り難がろうとせず、もっと自分勝手に、「自分のために」読んでもいいはずだ。そう開き直ったからというわけでもないが、本書からはいくつものビッグネームが脱落している。ウリポとの関連が見出せなかったからでもあるが、僕自身が心の底から感心できなかったせいでもあることをここに白状しておきたい。

他方で、「もっぱら自分の用を足してくれるもの」しか読まなくなれば、その末路はポコクランテの抜け殻みたいな無感動に行き着くほかあるまい。自分の趣味に合わない作品、面白いと思えない本を無理して有り難がるのは馬鹿らしいが、苦労してでも読んでみればやはり得るものはある。柄ではないと思いつつも僕が仏文科の教師をやっていて良かったと思うのは、自分の好みではない作家、自分からは進んで読まなかっただろう作品を、初めて手に取ったり、再読したりする機会が絶えず訪れるからだ。その結果、従来の評価を改めることもあれば、やはり苦手だとの思いを強くすることもあるのだが、そうであったとしても、相性が悪いとのイメージをうっすら抱えているのではなく、はっきり嫌いだと再認識することには大きな意味がある。

本書で紹介できた作品の数は二十五ほどに過ぎず、フランス文学の宝の多くを取りこぼしていることは明らかだ。クレオール文学やフランコフォン文学、あるいは現代思想について、本書ではまったく言及できなかったが、これらを抜きにして二十世紀フランス文学が語り得ないことは言うまでもなかろう。『逸脱のフランス文学史』と題された書物に必要十分な情報が盛られていると考える向きもないだろうが、読者諸賢におかれてはこれらの欠落を補うべく適切な書物を参照していただきたい。

本書の企画立ち上げから編集に至るまで、書肆侃侃房の藤枝大さんにひとかたならぬお世話になった。藤枝さんが、僕の旧著『ジョルジュ・ペレック　制約と実存』を付箋だらけにして持参し、感心した箇所を例示しながら熱心に口説いてくれなかったなら、一人で文学史を物すなどというとんでもない企てに、臆病なこの僕が手を出すことはなかっただろう。この場を借りて藤枝さんに深く御礼を申し上げる。また、校正作業においては、同社代表の田島安江さんに貴重な助言をいただいた。短歌、批評、文芸誌などのジャンルで刺激的な挑戦を続ける出版社が我が故郷の福岡県を拠点にしていることも、僕のチャレンジを後押しする動機となった。本書の出版によって足を引っ張られることなく、書肆侃侃房が福岡の地からますます自由な活動を展開していくことを願っている。最後に、最初の読者として遠慮のない意見を述べてくれた妻の里香に、心からの感謝を捧げたい。

二〇二三年初冬　　塩塚秀一郎

- ジョルジュ・ペレック、塩塚秀一郎訳、『傭兵隊長』、水声社、2016
- ジョルジュ・ペレック、酒詰治男訳、『エリス島物語』、青土社、2000
- プルースト、吉川一義訳、『失われた時を求めて1　スワン家のほうへⅠ』、岩波文庫、2010
- ジョルジュ・ペレック、塩塚秀一郎訳、『さまざまな空間』、水声社、2003
- Pierre Bayard, *Le hors-sujet : Proust et la digression*, Les Éditions de Minuit, 1996
- Gérard Genette, *Figures III*, Seuil, 1972
- プルースト、吉川一義訳、『失われた時を求めて12　消え去ったアルベルチーヌ』、岩波文庫、2018
- 吉田城、『『失われた時を求めて』草稿研究』、平凡社、1993
- François Bon, *Paysage fer*, Verdier, 2000
- 塩塚秀一郎、「日常と破壊—現代フランス文学における都市への視線をめぐる実験」、小谷一明他編、『文学から環境を考える　エコクリティシズムガイドブック』、勉誠出版、2014、pp.99-115
- ミシェル・ビュトール、清水徹訳、『心変わり』、岩波文庫、2005
- ミシェル・ビュトール、清水徹・福田育弘訳、『即興演奏　ビュトール自らを語る』、河出書房新社、2003
- ヴァルター・ベンヤミン、浅井健二郎編訳、『パリ論／ボードレール論集成』、ちくま学芸文庫、2015
- Johnnie Gratton and Michael Sheringham (ed.), *The Art of the Project : Projects and Experiments in Modern French Culture*, Berghahn Books, 2005
- Annie Ernaux, « Rien, dans l'œuvre de Perec, n'est étranger à mes propres préoccupations d'écriture », *L'Herne*, n° 116, 2016, pp. 99-100
- アニー・エルノー、堀茂樹訳、『戸外の日記』、早川書房、1996
- ジョルジュ・ペレック、酒詰治男訳、『ぼくは思い出す』、水声社、2015
- Annie Ernaux, *Les Années*, Gallimard, 2008
- アニー・エルノー、堀茂樹訳、『凍りついた女』、早川書房、1995
- Marie-Jeanne Zenetti, *Factographies : L'enregistrement littéraire à l'époque contemporaine*, Classiques Garnier, 2014
- パトリック・モディアノ、白井成雄訳、『1941年。パリの尋ね人』、作品社、1998
- Sylvie Servoise, « Dora Bruder de Patrick Modiano ou l'impossible récit d'une vie », dans J.-M. Wittmann (dir.), *Biographie et roman*, Metz, Centre de Recherche Écritures de l'Université Paul Verlaine, 2012, pp. 187-200

おわりに

- Laurent Demanze, *Les Fictions encyclopédiques : de Gustave Flaubert à Pierre Senges*, Corti, 2015

- 保苅瑞穂編、『プルースト評論選Ⅰ　文学篇』、ちくま文庫、2002
- ジャン=ピエール・リシャール、芳川泰久・山崎敦訳、『フローベールにおけるフォルムの創造』、水声社、2013
- フローベール、太田浩一訳、『感情教育』（上）、光文社古典新訳文庫、2014
- レーモン・クノー、宮川明子訳、『棒・数字・文字』、月曜社、2012
- ギュスターヴ・フローベール、菅谷憲興訳、『ブヴァールとペキュシェ』、作品社、2019
- 鈴木道彦他訳、『フローベール研究』、筑摩書房（フローベール全集　別巻）、1968
- 蓮實重彥、『物語批判序説』、講談社文芸文庫、2018
- レーモン・クノー、塩塚秀一郎訳、『リモンの子供たち』、水声社、2013
- ジュール・ヴェルヌ、手塚伸一訳、『ミステリアス・アイランド　神秘の島』（上）、集英社文庫、1996
- 石橋正孝他、「『神秘の島』読書会」、「Excelsior!」、第6号、2011、pp.49-78
- ロラン・バルト、野崎歓訳、『いかにしてともに生きるか』、筑摩書房、2006
- Pierre Macherey, *Pour une théorie de la production littéraire*, François Maspero, 1966
- ジュール・ヴェルヌ、手塚伸一訳、『ミステリアス・アイランド　神秘の島』（下）、集英社文庫、1996
- Jacques Noiray, *Le Romancier et la Machine. L'Image de la machine dans la roman français (1850-1900)*, José Corti, 1982, t.II

二十世紀

- 塩塚秀一郎、『レーモン・クノー　〈与太郎〉的叡智』、白水社、2022
- ウィリアム・マルクス、塚本昌則訳、『文学との訣別 ── 近代文学はいかにして死んだのか』、水声社、2019
- イヴァン・ジャブロンカ、真野倫平訳、『歴史は現代文学である　社会科学のためのマニフェスト』、名古屋大学出版会、2018
- Laurent Demanze, *Un nouvel âge de l'enquête : Portraits de l'écrivain contemporain en eunquêteur*, Corti, 2019
- 岡谷公二、『レーモン・ルーセルの謎　彼はいかにして或る種の本を書いたか』、国書刊行会、1998
- レーモン・ルーセル、岡谷公二訳、『アフリカの印象』、平凡社ライブラリー、2007
- ミシェル・レリス、岡谷公二訳、『レーモン・ルーセル　無垢な人』、ペヨトル工房、1991
- ミシェル・フーコー、豊崎光一訳、『レーモン・ルーセル』、法政大学出版局、1975
- レーモン・ルーセル、岡谷公二訳、『ロクス・ソルス』、平凡社ライブラリー、2004
- Tiphaine Samoyault, « Présentation », Raymond Roussel, *Locus Solus*, GF Flammarion, 2005
- 二宮正之訳、『アンドレ・ジッド集成IV』、筑摩書房、2017
- ジャン=ジョゼフ・グー、土田知則訳、『言語の金使い　文学と経済学におけるリアリズムの解体』、新曜社、1998
- リュシアン・デーレンバック、野村英夫・松澤和宏訳、『鏡の物語　紋中紋手法とヌーヴォー・ロマン』、ありな書房、1996

2006
- ミラン・クンデラ、近藤真理訳、『ジャックとその主人』、みすず書房、1996
- Pierre Chartier, « Préface » de Denis Diderot, *Jacques le Fataliste*, Le Livre de Poche, 2000
- 田口卓臣、『ディドロ限界の思考　小説に関する試論』、風間書房、2009
- ミラン・クンデラ、西永良成訳、『小説の技法』、岩波文庫、2016

十九世紀

- ブリュノ・ヴィアール、小倉孝誠・辻川慶子訳、『100語でわかるロマン主義』、白水社、2012
- ミラン・クンデラ、西永良成訳、『カーテン』、集英社、2005
- スタンダール、大岡昇平訳、『パルムの僧院』(上)、新潮文庫、2014
- スタンダール、桑原武夫・生島遼一訳、『アンリ・ブリュラールの生涯』、人文書院(スタンダール全集7)、1977
- ロラン・バルト、沢崎浩平訳、『テクストの出口』、みすず書房、1987
- Georges Perec, *« 53 jours »*, P.O.L, 1989
- 若島正、『殺しの時間　乱視読者のミステリ散歩』、バジリコ、2006
- 池澤夏樹、『増補新版　世界文学を読みほどく　スタンダールからピンチョンまで』、新潮選書、2017
- バルザック、柏木隆雄訳、『従兄ポンス　収集家の悲劇』、藤原書店、1999
- ジョン・エルスナー、ロジャー・カーディナル編、高山宏・富島美子・浜口稔訳、『蒐集』、研究社、1998
- ヴァルター・ベンヤミン、今村仁司・三島憲一他訳、『パサージュ論』(2)、岩波現代文庫、2003
- Tiphaine Samoyault, « Le Collectionneur », *Le Cabinet d'amateur*, Presses Universitaires du Mirail, n° 6, décembre 1997, pp.83-100
- ボードレール、安藤元雄訳、『悪の華』、集英社文庫、1991
- Raymond Queneau, *Courir les rues / Battre la campagne / Fendre les flots*, Gallimard (poésie), 1981
- Jacques Roubaud, *La forme d'une ville change plus vite, hélas, que le cœur des humains*, Gallimard, 1999
- ジョルジュ・ペレック、酒詰治男訳、『家出の道筋』、水声社、2011
- ジュリアン・グラック、永井敦子訳、『ひとつの町のかたち』、書肆心水、2004
- 塩塚秀一郎、「ジュリアン・グラック『ひとつの町のかたち』における変化の肯定――モニュメントと空き地をめぐって」、文学と環境、第24号、2021、pp.30-38
- 工藤庸子、『フランス恋愛小説論』、岩波新書、1998
- フローベール、太田浩一訳、『感情教育』(下)、光文社古典新訳文庫、2014
- Manet van Montfrans, « Perec, Roussel et Proust : trois voyages extraordinaires à Venise », *Marcel Proust Aujourd'hui*, vol.7, Rodopi, 2009, pp.139–158
- メルヴィル、牧野有通訳、『書記バートルビー／漂流船』、光文社古典新訳文庫、2015
- ジャック・デュボア、鈴木智之訳、『現実を語る小説家たち　バルザックからシムノンまで』、法政大学出版局、2005

十七世紀

- スタンダール、「ラシーヌとシェイクスピア」、『スタンダール全集 10』、人文書院、1973
- コルネイユ、岩瀬孝・井村順一訳、『嘘つき男・舞台は夢』、岩波文庫、2001
- ジャン・ルーセ、伊東廣太・齋藤磯雄・齋藤正直他訳、『フランス　バロック期の文学』、筑摩叢書、1970
- デカルト、谷川多佳子訳、『方法序説』、岩波文庫、1997
- 山田広昭編訳、『ヴァレリー集成IV　精神の〈哲学〉』、筑摩書房、2011
- 谷川多佳子、『デカルト『方法序説』を読む』、岩波現代文庫、2014
- 山田弘明他訳、『デカルト全書簡集』第一巻、知泉書館、2012
- ジャン・ルーセ、金光仁三郎訳、『ドン・ファン神話』、審美社、1988
- ロジェ・ギシュメール、廣田昌義、秋山伸子共編、『モリエール全集 4』、臨川書店、2000
- 水林章、『ドン・ジュアンの埋葬　モリエール『ドン・ジュアン』における歴史と社会』、山川出版社、1996
- ジョルジュ・ペレック、塩塚秀一郎訳、『煙滅』、水声社、2010
- Henri Lefebvre, « Divertissement pascalien et aliénation humaine », in *Blaise Pascal, l'homme et l'œuvre*, Cahier de Royaumont, Philosophie, n° 1, Paris, Ed. de Minuit, 1956, pp.196-203
- パスカル、塩川徹也訳、『パンセ』（上）、岩波文庫、2015
- レーモン・クノー、三ツ堀広一郎訳、『ルイユから遠くはなれて』、水声社、2012
- ヴォルテール、斉藤悦則訳、『哲学書簡』、光文社古典新訳文庫、2017

十八世紀

- ヴォルテール、斉藤悦則訳、『カンディード』、光文社古典新訳文庫、2015
- ヴォルテール、植田祐次訳、『カンディード他五篇』、岩波文庫、2005
- 水林章、『カンディード』〈戦争〉を前にした青年』、みすず書房、2005
- テオドール・W・アドルノ、木田元・徳永恂・渡辺祐邦・三島憲一・須田朗・宮武昭訳、『否定弁証法』、作品社、1996
- ラクロ、桑瀬章二郎・早川文敏訳、『危険な関係』、白水社、2014
- Pierre Bayard, *Le paradoxe du menteur : sur Laclos*, Les Éditions de Minuit, 1993
- シャルル・ボードレール、阿部良雄訳、「『危険な関係』に関する覚書（抄）」、『ボードレール批評 3』、ちくま学芸文庫、1999
- T・トドロフ、菅野昭正・保苅瑞穂訳、『小説の記号学　文学と意味作用』、大修館書店、1974
- ルソー、桑原武夫訳、『告白』（上）、岩波文庫、1965
- ルソー、桑原武夫訳、『告白』（中）、岩波文庫、1965
- ジョルジュ・ペレック、酒詰治男訳、『W あるいは子供の頃の思い出』、水声社、2013
- 石川美子、『自伝の時間　ひとはなぜ自伝を書くのか』、中央公論社、1997
- ジャン・スタロバンスキー、山路昭訳、『ルソー　透明と障害』、みすず書房、2015
- イタロ・カルヴィーノ、須賀敦子訳、『なぜ古典を読むのか』、河出文庫、2012
- ドニ・ディドロ、王寺賢太・田口卓臣訳、『運命論者ジャックとその主人』、白水社、

- E・アウエルバッハ、篠田一士・川村二郎訳、『ミメーシス　ヨーロッパ文学における現実描写』（上）、ちくま学芸文庫、1994
- 新倉俊一・神沢栄三・天沢退二郎訳、『フランス中世文学集 4　奇蹟と愛と』、白水社、1996
- 新倉俊一、『ヨーロッパ中世人の世界』、ちくま学芸文庫、1998
- 新倉俊一・神沢栄三・天沢退二郎訳、『フランス中世文学集 2　愛と剣と』、白水社、1991
- フィリップ・ヴァルテール、渡邉浩司訳、「ローラン、トリスタン、ペルスヴァル――中世ヨーロッパの英雄の 3 つの顔――」、仏語仏文学研究（中央大学仏語仏文学研究会）、第 50 号、2018、pp.139-163
- イヴ・ボヌフォワ、阿部良雄他訳、『ありそうもないこと　存在の詩学』、現代思潮新社、2002
- ジョルジュ・ペレック、酒詰治男訳、『人生　使用法』、水声社、1992
- 鈴木覺・福本直之・原野昇訳、『狐物語』、白水社、1994
- 鈴木覺・福本直之・原野昇訳、『狐物語 2』、溪水社、2003
- 天沢退二郎訳、『ヴィヨン詩集成』、白水社、2000
- 鈴木信太郎訳、『ヴィヨン全詩集』、岩波文庫、1985

十六世紀

- 安藤元雄・入沢康夫・渋沢孝輔編、『フランス名詩選』、岩波文庫、1998
- Raymond Queneau, *Œuvres complètes I*, édition établie par Claude Debon, Gallimard (Bibliothèque de la Pléiade), 1989
- ラブレー、宮下志朗訳、『ガルガンチュアとパンタグリュエル 3　第三の書』、ちくま文庫、2007
- マイケル・A・スクリーチ、平野隆文訳、『ラブレー　笑いと叡智のルネサンス』、白水社、2009
- ミハイル・バフチン、杉里直人訳、『フランソワ・ラブレーの作品と中世・ルネサンスの民衆文化』、水声社、2007
- 渡辺一夫、「ラブレー管見」、『渡辺一夫』（ちくま日本文学全集 58）、筑摩書房、1993
- Georges Perec, *Entretiens et conférences : volume I 1965-1978*, Édition critique établie par Dominique Bertelli et Mireille Ribière, Joseph K., 2003
- ラブレー、渡辺一夫訳、『パンタグリュエル物語　第四之書』、岩波文庫、1974
- ラブレー、宮下志朗訳、『ガルガンチュアとパンタグリュエル 2　パンタグリュエル』、ちくま文庫、2006
- モンテーニュ、宮下志朗訳、『エセー 6』、白水社、2014
- モンテーニュ、宮下志朗訳、『エセー 7』、白水社、2016
- モンテーニュ、宮下志朗訳、『エセー 5』、白水社、2013
- モンテーニュ、宮下志朗訳、『エセー 1』、白水社、2005
- モンテーニュ、宮下志朗訳、『エセー 4』、白水社、2010
- ジャン・スタロバンスキー、早水洋太郎訳、『モンテーニュは動く』、みすず書房、1993
- モンテーニュ、宮下志朗訳、『エセー 3』、白水社、2008

引用・参照文献

はじめに

- ロラン・バルト、渡辺守章訳、『ラシーヌ論』、みすず書房、2006
- 塚本昌則・鈴木雅雄編、『〈前衛〉とは何か？　〈後衛〉とは何か？　文学史の虚構と近代性の時間』、平凡社、2010
- 蓮實重彥、『凡庸な芸術家の肖像　マクシム・デュ・カン論』（上）、ちくま学芸文庫、1995
- アントワーヌ・コンパニョン、今井勉訳、『文学史の誕生　ギュスターヴ・ランソンと文学の第三共和政』、水声社、2020
- 出口裕弘、『辰野隆　日仏の円形広場』、中公文庫、2019

フランス文学との出会い

出会い

- Jean-Paul Manganaro, *Italo Calvino,* Seuil, 2000

個人的係数

- ミシェル・レリス、岡谷公二・田中淳一・高橋達明訳、『幻のアフリカ』、平凡社ライブラリー、2010
- 石井洋二郎訳、『ロートレアモン全集』、ちくま文庫、2005
- *Pour une bibliothèque idéale,* Enquête présentée par Raymond Queneau, Gallimard, 1956
- Georges Perec, *Entretiens et conférences II,* Joseph K., 2003
- ジョルジュ・ペレック、酒詰治男訳、『W あるいは子供の頃の思い出』、水声社、2013
- 宮沢章夫、「『さまざまな空間』書評」、北日本新聞、2003 年 10 月 12 日
- カルヴィーノ、米川良夫・和田忠彦訳、『アメリカ講義　新たな千年紀のための六つのメモ』、岩波文庫、2011
- ジョルジュ・ペレック、塩塚秀一郎訳、『さまざまな空間』、水声社、2003

フランス文学史

中世

- 鈴木覺・福本直之・原野昇訳、『狐物語』、岩波文庫、2002
- 新倉俊一・神沢栄三・天沢退二郎訳、『フランス中世文学集 1　信仰と愛と』、白水社、1990

塩塚秀一郎（しおつか・しゅういちろう）

1970年、福岡県北九州市生まれ。専門は近現代フランス文学。東京大学教養学部（フランスの文化と社会）卒業。同大学院人文科学研究科修士課程（仏語仏文学専攻）修了、パリ第3大学博士（文学）。現在、東京大学大学院人文社会系研究科教授。著書に『ジョルジュ・ペレック　制約と実存』、『レーモン・クノー　〈与太郎〉的叡智』、訳書にペレック『さまざまな空間』『煙滅』、クノー『あなたまかせのお話』『リモンの子供たち』（日仏翻訳文学賞受賞）などがある。

逸脱のフランス文学史　ウリポのプリズムから世界を見る

2024年2月10日　第1刷発行

著者　塩塚秀一郎
発行者　池田雪
発行所　株式会社 書肆侃侃房（しょしかんかんぼう）
〒810-0041 福岡市中央区大名2-8-18-501
TEL 092-735-2802　FAX 092-735-2792
http://www.kankanbou.com
info@kankanbou.com

編集　田島安江、藤枝大
装丁　加藤賢策（LABORATORIES）
本文デザイン　成原亜美（成原デザイン事務所）
DTP　黒木留実
印刷・製本　モリモト印刷株式会社

ISBN978-4-86385-613-4　C1098